주제를 알아라! 잡종

달필공자   Sila

목차

제15장 승천

던전 오페라하우스를 공략했습니다.
남은 곳은 음악당, 서예박물관, 디자인미술관입니다.
생존인원-음악당:12/25,서예박물관:9/15, 디자인미술관:3/7

Close	View

눈을 뜨자마자 메시지가 보였다.

수아의 안색이 창백해졌고,형준은 몸을 떨었다. 메시지의 내용이 그만큼 충격적이었기 때문에.

"사망자가 이렇게 많을 줄은 몰랐습니다. 다들 엄선해서 뽑힌 플레이어들인데……."

"다른 구획의 난이도가 오페라하우스와 같다면 피해가 클 겁니다."

여전히 떨고 있는 형준과 달리 인호의 태도는 담담했다. 성모상을 찾는 퀘스트를 진행하면서 이런 일이 일어날 것을 예상했으니까.

"오빠의 능력이 아니었으면 저희도 위험했겠네요."

"그랬을 확률이 높지."

인호는 수아의 의견에 동의했다.

이번 던전을 공략하기 위해 3성 영웅 둘을 소환하고 4성 영웅 한 명과 계약을 맺었다. 그만한 전력을 대동하고서도 공략하는 데 하루 이상이 걸렸다.

이곳에 모인 플레이어들의 실력을 인정하지만, 영웅들에 비할 바는 아니었다. 당연히 피해가 클 수밖에 없었다.

"저희가 도와주러 가야 하지 않을까요?"

"저도 수아 씨 의견에 찬성합니다."

"좀 더 지켜본 다음에 가도 늦지 않습니다. 확인할 것도 있고."

두 사람의 마음은 이해했다. 그렇다고 무턱대고 달려들 수 없었다. 마음만으로 할 수 없는 일은 언제나 존재했기 때문에.

자신의 의견을 밝힌 인호는 잔 다르크를 바라보았다. 그녀가 정말 던전 밖으로 나올 수 있을까 싶었는데 다행히 기우였다. 그녀는 멀쩡히 따라왔고 일행 곁에서 주변을 둘러보고 있었다.

"잔 다르크, 몸은 괜찮습니까? 어디 이상이 있으면 바로 말씀해 주십시오."

"전 괜찮아요."

인호가 걱정하자 잔은 부드럽게 대답했다. 허나 그녀의 표정은 좋지 않았다. 그는 그 이유를 잘 알고 있었다.

"보기 좋은 광경은 아닙니다."

"거리에 죽음의 기운이 가득해요. 이게 여러분이 살아가는 세상이군요."

생전 처음 보는 커다란 건물들이 많이 있었다. 그래서 더 가슴이 아팠다. 원래라면 많은 사람이 있어야 할 곳에 아무도 없었기 때문에.

그러나 잔은 금방 우울함을 털어냈다.

처음부터 이런 광경을 예상하지 않았던가. 이곳에 온 목적은 위험에 빠진 세상을 구하는 것. 현실에 짓눌려 절망하고 싶지 않았다. 일행이 자신을 신경 쓰지 않도록 일부러 과장된 어조로 말을 이어나갔다.

"그래도 신기하네요. 500년, 아니 600년이 지났을 뿐인데 세상이 이렇게 많이 바뀔 줄이야."

"이미 알고 있는 거 아니었습니까?"

의아해하는 인호.

3성 영웅인 무명이나 길잡이와 달리 잔은 4성 영웅이었다. 진짜 영웅이 된 그녀라면 이 세상에 대해서도 알 거라 생각했다.

"이상한 말을 하네요, 인호? 아무리 저라도 처음 온 세상에 대해 알 리 없잖아요?"

잔이 어처구니없다는 표정으로 인호를 응시했다. 깜짝 놀란 인호는 길잡이 쪽으로 고개를 돌렸다. 그녀는 피식 웃더니 고개를 끄덕였다.

"잔의 말이 맞아요, 주인님. 등급에 상관없이 영웅들은 자신이 겪은 세상밖에 모른답니다. 굳이 더 알고 있는 게 있다면 다른 세상의 영웅들 정도라 할 수 있겠네요. 그나마도 단편적이지만."

─사실이다. 영웅들끼리 싸우는 걸 최대한 피하려고 서로서로를 어느 정도 알아보게 했지. 또 나만 해도 그 총이라는 병기에 대해

모르지 않았나?-

"그건 그랬지."

-내색하지는 않았다만 이곳에 와서 얼마나 놀랐는지 네놈은 모를 거다. 그러니 명심해라, 영웅은 절대 완벽하지 않다는 것을-

길잡이와 무명이 잔을 거들었다.

"새로운 세상에서 활동하기 쉽도록 여러 지식 같은 걸 받은 줄 알았습니다."

"제가 얻었던 지식, 기술만 받아요. 모르는 걸 알게 하다니, 그런 편리한 일이 일어날 리 없잖아요?"

"시간이 되면 이곳에 대해 차근차근 알려드리겠습니다. 일단 여기서……. 윽!"

"인호!?"

갑자기 휘청거리는 인호. 깜짝 놀란 잔이 그를 부축했다.

시야가 흐릿해졌지만 인호는 자신의 몸에 무슨 일이 일어났는지를 금방 파악했다. 몸에서 힘이, 정확히는 마력이 빠져나가고 있었다. 그것도 엄청난 속도로.

-정신 차려라, 김인호! 얼른 심법을 운용해라!-

무명이 다급히 외쳤다.

그 말에 따라 인호는 수라멸천신공을 운용했다. 하단전과 중단전에서 마력이 샘솟아 신체 내부를 돌기 시작했다. 허나 마력이 생성되는 양보다 나가는 양이 더 많았다.

새삼 느꼈다. 강줄기로는 드넓은 바다를 꽉 채울 수 없다는 사실을.

"인호 오빠!?"

"대표님!"

수아와 형준은 당황하며 인호에게 다가왔다. 땀으로 범벅이 된 그의 모습을 본 두 사람의 안색이 금방 창백해졌다.

"다들 걱정할 필요 없어요. 마력을 많이 사용했을 뿐, 몸에 이상이 있는 건 아니에요."

그때, 길잡이가 다가와 일행을 안심시켰다. 그러나 수아는 여전히 발을 동동 굴렀다. 말 한마디로 안도하기에는 인호의 상태가 너무 나빴다.

"조, 조금 전까지만 해도 괜찮았잖아요?"

"유적이 잔 다르크의 존재를 지탱해줬으니까요."

"이제는 다르다는 건가요?"

"맞아요, 수아. 이제부터 주인님은 혼자서 그녀를 감당해야 해요. 4성이라는 격을 가진 진짜 영웅을. 그것만으로도 힘든데 저까지 유지해야 하니 지치는 게 당연하죠."

설명을 마친 길잡이는 인호의 손을 붙잡았다. 그녀의 마력이 전달되자 그는 바로 알아차렸다. 원래 있던 곳으로 돌아가려는 게 분명했다.

"……미안하다. 더 오래 있게 해주고 싶었는데."

"그 마음만으로도 충분하답니다. 앞으로 얼마든지 절 부르실 수 있잖아요?"

"그건 그렇지."

행운이 겹쳐 그녀를 두 번 소환하는 데 성공했다. 곧 있으면 그녀는 도감에 저장될 것이다. 그리되면 언제든지 그녀를 소환할 수 있게 된다. 이전과 달리 기약 없는 이별을 하지 않아도 되는 것이다.

"앞으로 많이 힘들 거예요, 주인님. 원래 있던 곳으로 돌아가는 저나 수호령으로 남은 무명과 달리, 잔은 계속 주인님 곁에 남아있어야 하니까요."

"던전에서 데리고 나오는 영웅들은 다 이런 건가?"

"네. 소환된 영웅들과 달리 그들은 이 세상의 정식 일원으로 인정받거든요. 그렇다고 해서 진짜 사람이 된 건 아니에요. 반은 각성자고 반은 영웅이라고 할까요? 각성자로 인정받지만 각성자의 혜택은 못 받을 거예요."

"상관없지. 함께 있는 것만으로도 도움이 될 테니."

"주인님의 생각이 맞아요. 다만 그녀의 몸을 유지하기 위해서는 많은 마력이 필요해요. 알겠죠?"

"더 노력해야겠어."

영웅화가 45퍼센트에 도달하면서 마력의 양이 비약적으로 상승했다. 그뿐인가? 수라멸천신공을 비롯해 각종 스킬들의 레벨도 올랐다.

그런데도 잔을 감당하지 못하고 골골거렸다. 인호는 자신이 얼마나 나약한 존재인지 절감했다.

"주인님이라면 앞으로도 잘 해낼 거예요. 그럼 돌아가기 전에 주인님이 가야 할 길을 알려드릴게요."

"경청하지."

"지금 유적 안에 있는 사람들은 공략에 실패할 거예요. 이 상황을 타개하기 위해서는 주인님이 다시 안으로 들어가야 해요. 다른 사람들도 마찬가지고."

"만약 우리가 안 들어가면 어떻게 되나?"

"저 유적은 그대로 터질 거예요."

한숨이 절로 나올 정도로 나쁜 소식이었다. 그렇다 해도 외면할 수 없었다. 던전 브레이크로 인해 소중한 사람들이 위험에 빠지는 것만큼은 막아야 했다.

"던전 안으로 들어가겠다."

"그거면 됐어요."

"마지막으로 하나만 더 얘기하지. 네 이름은……."

잔 다르크는 자신이 만든 7성 영웅 중 하나였다. 만약 자신이 만든 7성 영웅이 소환의 매개체라면 길잡이는 바로,

"거기까지예요, 주인님."

길잡이가 오른쪽 검지를 인호의 입술에 댔다.

"제 이름과 기억을 알고 싶은 건 사실이에요. 하지만 제대로 된 승급을 통해 되찾고 싶지, 이런 식으로는 아니에요. 이해하죠?"

"이해한다. 다음에 만날 때는 꼭 승급시켜주지."

"그걸로 충분하답니다. 그럼 잔 다르크."

"말씀하세요."

어느새 투명해진 길잡이는 잔에게 다가갔다. 그리고 손을 뻗어 잔의 뺨을 쓰다듬었다.

"이 세상은 정말 추악한 곳이에요. 당신이 있던 세상보다 훨씬 더. 당신의 뜻을 존중하지만 그래서 더 걱정돼요. 사람들에 의해 상처 받을까 봐."

"인호나 수아 같은 사람도 있잖아요? 당장 투쟁의 시대를 끝낼 수는 없지만 분명 더 나은 세상을 만들 수 있을 거예요."

다시 한 번 자신의 결의를 밝히는 잔. 길잡이는 상대의 밝은 모습을 보며 안심했다.

"수아, 형준. 두 사람도 고생 많았어요. 현주에게도 안부를 전해주세요."

"다음에 또 봐요."

수아는 환하게 웃으며 길잡이를 끌어안았다. 길잡이 또한 흐뭇
해하며 상대를 껴안았고.

우웅.

잠시 뒤, 빛이 길잡이를 휘감았다. 그러더니 빛과 함께 사라
졌다.

> 3성 영웅 '불신의 길잡이'의 소환이 해제됩니다.
> 이에 따라 영웅화가 1퍼센트 진행됩니다. 현재 영웅화-46%
> 3성 영웅 '불신의 길잡이'를 두 번 소환했습니다.
> 해당 영웅은 도감에 저장되며 앞으로 자유롭게 부를 수 있습니다.
>
> 3성 영웅 불신의 길잡이가 가진 스킬 일부가 플레이어 김인호에게
> 전달됩니다.
> 액티브 스킬 정안의 레벨이 대폭 상승합니다.
> 현재 정안의 레벨-9
>
> | Close | View |
> | --- | --- |

메시지는 무시했다.

하늘로 떠오르는 빛의 입자만 바라볼 뿐.

-감상에 빠질 일이 있나? 앞으로 마음대로 부를 수 있을 텐데-

'이럴 때는 제발 닥치고 있어라, 무명.'

눈치 없이 끼어드는 무명을 보며 인호는 한숨을 내쉬었다. 그래
도 그의 말은 옳았다. 언제든지 그녀를 만날 수 있게 됐으니 과거
에 매달릴 필요는 없었다.

그거면 충분했다.

"사망자가 늘었습니다, 대표님."

형준이 굳은 얼굴로 말했다. 그 말을 들은 인호는 곧장 생존자를 확인했다.

[생존 인원-음악당:8/25, 서예박물관:6/15, 디자인미술관:3/7]

짧은 시간 동안 7명의 사상자가 추가됐다. 이대로 시간이 흐르면 길잡이가 한 말대로 던전 공략에 실패하리라. 그 경우만큼은 반드시 막아야 했다.

"문제가 있습니다. 지금 저희는 어디가 제일 위험한지 모릅니다."

"인원을 나눠야 한다는 거네요."

"잔 다르크, 단독으로 움직일 수 있습니까?"

수아의 질문에 대답하는 대신, 인호는 잔을 응시했다. 그녀가 혼자 움직일 수 있다면 인원을 나눠도 괜찮았다. 그녀와 자신이 던전을 하나씩 맡고, 수아와 형준이 나머지 하나를 맡으면 되니까.

"그건 안 될 거 같아요. 저희가 다른 유적에 들어가는 순간, 연결이 끊어질 거예요."

"현재 보유하고 있는 마력으로도 안 됩니까?"

"미안해요, 인호. 간신히 싸우는 게 전부예요. 기술은 하나도 사용할 수 없고."

확실히 잔의 기세는 이전보다 줄어든 상태였다. 그래서 인호는 쓰게 웃었다. 자신의 마력을 계속 공급하고 있는데도 그녀의 컨디션을 끌어올릴 수 없다는 사실이 안타까웠다.

"가장 위험한 던전부터 도와주겠습니다. 최대한 빨리 해결한 다음에 다른 곳을 가도록 하죠."

"그건 너무 위험합니다, 대표님. 자칫 잘못하면 다 무너질 수 있습니다!"

"이게 최선입니다, 형준 씨. 여러분의 목숨으로 도박하고 싶지 않습니다."

잔의 말을 듣는 순간, 인호는 결론을 내렸다. 인원을 나누는 건 불가능했다. 그녀가 단독으로 움직일 수 없는 이상, 수아와 형준이 각각 던전 하나를 맡아야 하지 않는가?

그것 또한 너무 위험했다.

물론 던전 브레이크를 저지하는 건 중요하다. 다만 안전지대와 동료를 지키는데 더 중점을 뒀을 뿐. 애꿎은 목숨을 가지고 도박하고 싶지 않았다.

"하지만……."

번쩍!

형준은 말을 잇지 못했다. 갑자기 예술의전당 전체가 환한 빛을 내뿜었기 때문에. 다들 깜짝 놀라 고개를 돌렸다.

[던전 디자인미술관이 공략됐습니다. 남은 곳은 음악당, 서예박물관입니다.]

우웅.

검은 구멍이 만들어지더니 그 안에서 누군가 나왔다. 바로 권태한 일행이었다.

"젠장! 내가 먼저 끝낼 줄 알았는데!"

인호를 보자마자 권태한은 욕설을 내뱉었다.

처음 격돌했을 때 상대가 튜토리얼 MVP라는 사실을 알고 얼마나 분했던가. 그래서 이번 던전 공략만큼은 인호보다 더 빨리하려고 했는데 또 뒤처졌다. 화가 나서 미쳐버릴 것만 같았다.

이에 반해 인호는 환하게 웃었다. 다른 사람들도 마찬가지였다. 고민했던 문제가 깔끔하게 해결됐다.

"개똥도 약에 쓰려면 없다던데 그래도 개똥보다는 낫군."

"뭐?"

"당장 음악당이나 서예미술관으로 들어가라!"

"잠깐만. 사정을 설명해줘야 할 거 아니야?"

"다른 쪽이 위험하다. 얼른 우리가 안 가면 공략에 실패한다. 기껏 고생한 게 공염불 되는 건 싫겠지?"

얼굴을 찌푸리면서도 권태한은 고개를 끄덕였다.

던전을 공략하기 위해 온 힘을 다했다. 그 과정에서 사상자가 발생하는 바람에 얼마나 불쾌했던가?

그런데 그게 전부 무위로 돌아간다고? 절대 좌시할 수 없었다.

무엇보다 한 가지 기대되는 점이 있었다.

"이번에 내가 너보다 빨리 나오면 퀘스트 MVP가 될 수 있겠지!"

"관심 없으니까 얼른 들어가라."

MVP 따위는 알 바 아니었다. 그저 공략한다는 사실 자체만 의미가 있을 뿐. 상대의 어리광에 어울려줄 생각은 추호도 없었다.

"오케이. 난 그럼 음악당으로 간다."

선택의 이유는 간단했다. 음악당이 더 어려워 보였다. 그러니 저곳에 가서 인호보다 더 활약하면 MVP가 될 수 있을 거라는 믿음이 있었다.

결론을 내린 권태한은 성큼성큼 정문으로 들어갔다. 정찬우와 이지연은 그런 그를 뒤따랐다.

"그럼 저희는 서예박물관으로 가겠습니다."

망설일 때가 아니었다. 인호 일행도 다시 정문으로 들어갔다. 그리고 서예박물관으로 연결된 입구 안으로 발을 내디뎠다.

좌아아아!

커다란 물줄기가 연못으로 떨어졌다. 보는 것만으로도 압도되는 장엄한 풍경을 만든 건 바로 폭포였다.

"멋진 곳이네요."

"그러게."

인호는 수아의 말에 동의했다. 시원하게 떨어지는 물줄기는 보는 것만으로도 상쾌한 느낌을 주었다.

다만 풍경 외의 뭔가가 느껴졌다. 닿는 것만으로도 몸에 활력을 주는 무언가. 같은 생각을 한 수아는 잔 다르크를 바라보았다.

"정신을 맑게 해주고 몸에 힘을 불어넣는 이 기운, 당신의 힘과 비슷한 거 같은데요? 신성력이라고 했죠?"

"순수하고 맑다는 점에서 비슷해요. 하지만 본질적으로는 완전히 달라요."

잔 다르크는 웃으며 수아의 질문에 대답했다. 그러자 이번에는 인호가 의문을 드러냈다.

"다르다고?"

"신성력은 신과 관련 있는 힘이에요. 신이 신자에게 힘을 내리고 신자는 그걸 다루는 거죠. 반면, 이 영력은 누군가가 홀로 수행을 거듭한 끝에 생기는 힘이에요."

"다르긴 다르군."

신이 내린 힘과 홀로 터득한 힘. 잔 다르크의 설명대로 본질적인 부분에서 차이가 컸다.

'무명, 4성이 되면 너도 영력을 다루나?'

―아마 그럴 거다. 성녀나 무녀처럼 신을 따르지 않는 영웅들은 대부분 영력을 다루니까―

'마력보다 더 우월한 힘인가?'

―딱히 그렇지는 않지. 어차피 신성력이든 영력이든 마력을 바탕으로 삼고 있다. 마력의 다른 면이라고 할까? 크게 의미를 둘 필요는 없다―

무명의 설명에 납득한 인호는 고개를 끄덕였다.

"그럼 누가 수행을 하고 있다는 건데, 아무도 없지 않습니까?"

"그러게 말입니다."

형준이 의문을 제기하자 인호는 주변을 둘러보았다. 형준의 말마따나 근처에는 일행밖에 없었다. 그런데도 영력이 계속 흘러오니, 이해하기 어려운 현상이었다.

그 모습을 지켜본 무명은 한숨을 내쉬었다. 그리고 인호를 타박했다.

―둔한 놈. 연못 밑에 영물이 있지 않으냐?―

'영물이라고? 만년화리나 금와 같은?'

―어째 그런 건 또 잘 아는군. 연못 아래에 영물이 살고 있다. 폭포가 있는 걸 볼 때, 이무기일 확률이 높고―

'이무기는 요괴 아니었나?'

―원래라면 그렇지. 하지만 천 년 동안 수행을 거듭한 이무기는

여의주를 얻어 승천한다. 이곳의 기운을 생각하면 놈은 승천을 앞
두고 있을 거다-

승천을 기다리고 있는 이무기.

촉이 왔다. 이 상황은 퀘스트와 관련이 있다고. 어떤 식으로 퀘
스트가 나올지는 아직 알 수 없었지만.

우우웅.

"누군가 이쪽으로 오고 있어요."

"전원, 공격 준비!"

인호가 말을 하는 순간, 일행의 앞에 빛의 입자가 모여들었다.
그리고 반투명한 상태의 청년이 모습을 드러냈다.

'선비인가?'

말총으로 만들어진 흑립, 옥색 빛깔을 자랑하는 도포, 흰색 버선
은 전형적인 선비의 옷차림이었다. 사극에서 많이 보는 옷차림이
라 빨리 알아볼 수 있었다.

아직 얼굴이 드러나지 않아 정체를 알 수 없었다. 한 가지 확실
한 건, 영력을 가지고 있다는 점이었다.

"저 사람 영웅 아니에요?"

"맞아."

수아의 말에 대답한 인호는 청년을 응시했다. 입자가 계속 모여
들었고 얼굴까지 드러났다. 그 순간, 인호는 상대가 누구인지 깨달
았다.

4성 영웅 '일필휘지(一筆揮之)'

한석봉.

명필의 대명사라고 알려진 위인 중의 위인.

그게 바로 청년의 정체였다.

"이국에서 온 사냥꾼들 맞나? 제발 사냥꾼이라고 해주게!"

"저희 모두 사냥꾼입니다. 그런데 무슨 일입니까?"

"천지신명이여, 감사합니다! 내 이름은 한석봉이라고 하네. 다 짜고짜 이런 말을 해서 미안하네만 힘을 빌려주게! 안 그러면 자네들의 동료가 다 죽을 걸세!"

정말 급한지, 발을 동동 구르는 한석봉.

일행의 앞에 퀘스트 메시지가 떠올랐다.

"도와드리겠습니다."

"오! 이 일에 대해서는 반드시 보답하겠네."

안도의 한숨을 내쉬는 한석봉. 진심으로 좋아하는 기색이 역력했다.

"어디로 가면 됩니까?"

"아래로 쭉 내려가다 보면 자연히 알 수 있을 걸세. 어렵겠지만 앞으로 6시진(12시간)이 지나면 진시(오전 7시~9시)일세. 그때까지만 버텨주면 되네."

"최대한 빨리 내려와 주게!"

그 말을 끝으로 한석봉은 사라졌다.

그리고 일행은 얼굴을 찌푸렸다. 퀘스트가 정식으로 시작돼서 그런지, 아까 전까지만 해도 느낄 수 없던 기운이 일행을 덮쳤다.

"뭔가 굉장히 불쾌한 기운이에요. 닿는 것만으로도 몸이 얼어붙을 거 같아요."

"다들 마력을 최대한 운용하세요. 안 그러면 이 사특한 기운에 사로잡힐 거예요."

수아가 얼굴을 찌푸리자 잔 다르크가 경고했다. 그녀의 말에 따라 세 사람은 마력을 펼쳐 자신의 몸을 보호했다. 그러자 사악한 기운이 몸에서 떨어져 나갔다.

"시간이 없으니 당장 출발하겠습니다."

플레이어 중 절반 이상이 사망했다. 이에 더해 한석봉의 태도를 볼 때, 산 아래에서는 격전이 펼쳐지고 있는 게 확실했다. 얼른 가서 그들을 도와줘야 했다.

팟!

모두 동의했고 아래쪽으로 몸을 날렸다.

쾅! 콰쾅!

내려가면 갈수록 총성이 더 커졌다. 게다가 끊임없이 울려 퍼졌다. 격렬한 싸움이 일어나고 있다는 증거였다.

인호 일행은 계속 달렸고 마침내 한석봉이 있는 곳에 도착했다.

그리고 깜짝 놀랐다.

커다란 빛의 장막이 벽처럼 펼쳐져 산 중심을 가로질렀다. 장막에서 흘러나오는 기운은 폭포에서 느껴진 영력과 같았다.

"결계예요. 기운의 주인이 펼쳤겠죠."

"그나마 다행이군요."

잔 다르크가 설명하자 인호는 안도했다. 다행히 산 전체를 지켜야 하는 사태는 피했다.

그러나 딱 거기까지였다.

결계의 아랫부분 중 한 곳은 이미 크게 뚫린 상태였다. 요괴들은 그곳을 통해 산으로 올라왔다. 그 모습이 마치 해일과 같았다.

"저게 요괴인가."

"끔찍하게 생겼네요."

수아의 말마따나 요괴들의 생김새는 기괴했다. 황소만 한 크기의 거미, 자기들끼리 뭉쳐 늑대만 한 크기로 변한 쥐들, 새끼 고양이 머리를 한 거대한 뱀 등, 하나같이 괴상했다.

"대표님, 혹시 이번 퀘스트는……?"

"저도 형준 씨랑 같은 생각입니다."

아래의 상황을 보는 순간, 이번 퀘스트의 정체를 깨달았다.

타워 디펜스.

아니, 이 상황에서는 마운틴 디펜스라고 해야 할까? 이름이 뭐가 됐든 끊임없이 적들이 몰려든다는 점에서 디펜스 게임과 유사했다.

그렇기 때문에 확신했다. 이곳에서의 싸움은 오페라하우스 못지않게 피곤할 거라고.

"빌어먹을!"

달무리 클랜의 리더, 이재혁은 욕설을 내뱉었다. 이 산에 온 지 벌써 하루가 지났다. 앞으로 12시간만 지나면 퀘스트는 끝날 것이다.

그런데도 이재혁은 기뻐할 수 없었다. 그때까지 자신이 살아남는다는 확신을 할 수 없었기 때문에. 요괴들의 숫자는 줄어들 기미를 보이지 않았다. 심지어 더 센 놈들이 차례차례 모여들었다.

'이제 6명 남았나.'

15명 중 9명이 죽었다. 그중에는 투쟁의 시대 이전부터 함께 했으며 클랜의 일원이었던 친구 2명도 있었다. 이제 달무리 클랜에는 이재혁을 포함해 단 둘만이 남아 있었다.

더 가슴 아픈 건 슬퍼할 여유는 없다는 점이었다. 요괴들은 물밀듯이 쳐들어왔고 곁에 있는 사람들을 지키기 위해서라도 싸워야만 했다. 비록 자신이 오늘 이곳에서 죽는다는 걸 예감하고 있었지만.

"도깨비다! 도깨비가 나타났어!"

"사수들은 저놈부터 죽여!"

다른 사람들의 외침을 들은 이재혁은 자신의 마력총을 겨누었다. 생김새는 SF에서나 나올 법했지만, 기본적으로 대물저격총이었다.

한 번 쏠 때마다 마력의 소모가 극심하고 연사도 할 수 없지만 대신 위력만큼은 강력했다. 한 발, 한 발의 위력이 30mm의 포탄에 필적할 정도로.

총을 견착한 이재혁. 그는 스코프를 통해 적을 노려보았다. 1m 남짓한 남자아이가 서 있었다. 한복을 입었을 뿐인 남자아이는 누가 봐도 평범했다. 하지만 그는 상대의 외양에 속지 않았다.

6급 네임드 몬스터 '그슨대'

한국 도깨비 중 하나.

그림자를 부리는 저 괴물 때문에 친구 셋이 죽었다. 복수를 위해서라도 반드시 놈을 잡아야 했다.

"불 피워! 그림자를 안 없애면 저놈 못 잡아!"

"알겠어요!"

가람 클랜의 리더, 김시현이 수인을 맺고 주문을 외웠다.

"라이트!"

마법의 이름을 외치자 환한 빛이 그슨대를 덮쳤다. 그러자 놈의 주위를 넘실거리고 있던 그림자가 사라졌다. 스코프를 통해 이를 확인한 재혁은 방아쇠를 당겼다.

콰아앙!

농구공만 한 마력탄이 허공을 가르며 날아갔다. 눈 깜짝할 사이에 쇄도한 마력탄은 상대의 몸을 박살냈다.

"썅!"

재혁은 또 욕설을 뱉었다. 주변에 있던 요괴들이 그슨대를 보호하기 위해 몸을 날렸다. 벽이 된 요괴들 때문에 목표로 했던 놈 대신 다른 놈들만 죽이고 말았다.

"선비님!"

"알겠소!"

재혁이 부르자 한석봉이 응했다. 붓을 움켜쥔 그는 허공에 글자를 썼다.

保(지킬 보).

은색 빛으로 이루어진 글자가 선명한 빛을 발했다. 빛은 곧 반투명한 보호막이 되어 일행을 보호했다. 그 위로 그림자 수십 줄기가 떨어졌다.

"크윽!"

충격의 여파를 이기지 못한 한석봉이 신음을 토했다. 그 또한 지친 지 오래였다. 정신력으로 버티고 있었지만, 그것만으로 싸우기에는 몬스터들이 너무 많았다. 거기다 체력과 마력 역시 바닥을 드러낸 상태였고.

으드득.

스코프 너머의 적을 보며 재혁은 이를 갈았다. 마음 같아서는 그 슨대에게 마력탄을 퍼붓고 싶었다.

"참아주세요, 재혁 씨."

"알고 있습니다."

김시현이 말하자 재혁은 차갑게 대답했다. 보호막 안에 있을 때는 공격할 수 없었다. 바깥의 공격은 잘 막아도 안에서의 충격에는 취약했기 때문에. 마음에 안 들어도 지금은 참아야 했다.

"다들 조금만 더 버텨라! 그대들의 원군이 왔으니! 그들이 이곳을 향해 오고 있을 것이다!"

"그게 정말입니까?"

"4명이 가세했다! 그들이 합류하면 이 시련을 극복할 수 있겠지. 삶을 포기하지 마라!"

"좋았어!"

"살 수 있어! 살 수 있다고!"

한석봉의 말에 남은 플레이어들은 희망을 되찾았다.

콰아앙!

모두가 기뻐하고 있을 때, 거짓말처럼 보호막이 깨졌다.

"이게 무슨!?"

너무나 갑작스러운 일이었기 때문에 한석봉은 당혹감을 금치 못했다. 재혁을 비롯한 다른 플레이어들의 얼굴에는 두려움이 떠올랐다.

"저, 저게 뭐야!"

"왜 갑자기 커졌어!?"

조금 전까지만 해도 어린아이였던 괴물은 없었다. 대신 일반 성인의 두 배에 달하는 몸집을 가진 괴물이 서 있었다. 크기에 비례해 요력 역시 한층 더 증폭됐고.

5급 네임드 몬스터 '도깨비-그슨대'

자기 혼자 거대해진 괴물이 발을 내디뎠다. 그러자 수십 줄기에 달하는 그림자가 채찍이 되어 일행을 향해 쇄도했다.

"어딜!"

충격에서 벗어난 한석봉은 다시 글자를 쓰려 했다. 이 중에서 저 괴물의 공격을 막을 수 있는 사람은 자신뿐이었다. 그러나 그는 뜻을 이루지 못했다.

콰드득.

거미 요괴가 쏜 거미줄이 그의 붓을 부러뜨렸기 때문에. 한석봉은 절망했다. 플레이어들은 죽음을 받아들였다.

그렇게 그림자가 일행을 꿰뚫으려고 할 때,

번쩍!

거대한 빛줄기가 그림자를 말 그대로 날려버렸다.

그걸로 모자랐는지 빛줄기는 궤도에 있던 요괴들도 싹 쓸었다. 뒤를 이어 수십에 달하는 마력탄이 떨어졌다. 한 발, 한 발이 정확하게 요괴들의 머리를 박살냈다.

팟!

수라멸천신공을 최대한 운용한 인호가 궁신탄영의 수법을 펼쳐 나아갔다. 목표는 현재 요괴 중 가장 위험한 그슨대였다.

"그림자를 펼쳤을 때는 물리 공격이 안 먹힙니다!"

"빛이 있어야 해요!"

달려드는 인호를 본 재혁과 김시현이 다급하게 외쳤다. 이 방법을 늦게 알아차리는 바람에 얼마나 많은 사람이 죽었던가. 더는 피해자를 늘리고 싶지 않았다.

"잔 다르크!"

"알겠어요!"

인호의 외침에 응답한 잔.

그녀는 다시 한 번 창을 내질렀다. 그러자 빛의 해일이 퍼지며 요괴들을 뒤덮었다. 공격 기술이 아니었지만, 놈들을 떨게 만들기에는 충분했다.

'내단이라도 하나 먹든가 해야지.'

길잡이가 원래 있던 곳으로 돌아가면서 마력에 여유가 생겼다. 그런데 잔 다르크가 공격을 두 번 한 것으로 마력이 절반 이상 소모됐다.

그래도 성과는 있었다. 그슨대 주위에 있던 그림자가 사라졌다.

동시에 주위를 가득 채우고 있던 놈의 힘이 완전히 사라졌다. 거대해졌던 몸집은 원래 아이로 되돌아왔으며 힘은 아예 7급으로 떨어졌다.

-크헝?-

당황한 그슨대가 도망치려 했다. 허나 인호는 이를 좌시하지 않고 성검을 휘둘렀다.

뇌광참(雷光斬).

1.5m에 달하는 검붉은 벼락이 떨어졌다. 말 그대로 놈은 일도양단됐고 그것으로 싸움은 끝났다.

-키에에엑!-

-캬아아악!-

대장이었던 그슨대가 죽자 다른 요괴들이 혼란에 빠졌다. 기회를 포착한 인호는 일행의 이름을 외쳤다.

"수아야! 형준 씨!"

"알았어요!"

"저한테 맡겨주십시오!"

수아와 형준이 남은 몬스터들을 향해 달려들었다.

이윽고,

> 13번째 웨이브가 끝났습니다.
> 앞으로 10분 뒤,
> 14번째 웨이브가 시작됩니다.
>
> 플레이어 김인호가 위기에 빠진 동료를 구했습니다.
> 이는 영웅의 업적입니다.
> 이에 따라 영웅화가 1퍼센트 상승합니다. 현재 영웅화-47퍼센트

Close	View

승리의 메시지가 떠올랐다.

10분이라는 시간은 너무 짧다. 그렇다고 가만히 넋 놓고 적을 기

다릴 수만은 없었다.

스윽.

한석봉이 품속에서 붓을 꺼내 허공에 글자를 새겼다. 그러자 결계에 뚫린 구멍 위로 새로운 결계가 덧씌워졌다.

"이걸로 임시방편은 될 걸세. 요괴들의 움직임을 유도하려면 굳이 더 강화할 필요도 없고."

"올바른 결정이라고 생각합니다. 지금 인원으로 이곳을 전부 막아내는 건 불가능하니까요."

인호는 한석봉의 판단을 지지했다.

구멍이 뚫린 것으로 보아 이무기가 펼친 결계는 완벽하지 않았다. 이런 상황에서 구멍을 완전히 막아버리면 요괴들의 움직임을 예측할 수 없게 된다.

만일 그렇게 되면 일행에게 불리했다. 11명의 인원으로 드넓은 산을 커버하는 건 불가능하니까. 그러니 굳이 구멍을 막아 요괴들을 분산시키느니 한데 모으는 게 현명했다.

"같은 판단을 내려 다행이군. 그건 그렇고 정말 고맙네. 자네들이 오지 않았다면 위험했을 거야."

"도움이 돼서 다행입니다."

인호의 대답에 고개를 끄덕인 뒤, 한석봉은 잔 다르크와 무명을 응시했다. 같은 영웅인 만큼, 그들은 이미 서로의 존재를 의식하고 있었다.

"영웅들이여, 이곳에 와줘서 고맙소. 짧은 시간이나마 함께 하게 되어 영광이오."

"잔 다르크라 해요."

"어린 나이에 서방 세계를 구한 성녀가 있다는 얘기를 들어본

적이 있소. 만나게 되어 영광이오."

"저도 붓 한 자루로 동방에 이름을 떨친 문인에 대해서 많이 들었어요. 잘 부탁드려요."

한석봉은 흐뭇해했다. 서방에도 자신의 이름이 알려져 있다니, 영웅으로서 자부심을 느꼈다. 그런 다음 그는 무명을 바라보았다.

-무명이라 불러라. 너희들과 달리 아직 이름을 되찾지 못했으니까-

"그게 사실이오?"

믿을 수 없다는 듯이 무명을 바라보는 한석봉. 무명은 뭐가 문제냐는 듯 어깨를 으쓱였다.

-이런 일로 거짓말을 할 이유가 없지 않나?-

"봉인에서 벗어나지 못했는데도 그 정도의 힘을 가졌다니, 정말 대단하오. 필시 과거에 용명을 떨친 무장이었을 터."

-하하! 사람 보는 눈이 있는 유생이군!-

한석봉의 말이 마음에 들었는지 무명은 호탕하게 웃었다. 인호는 고개를 절레절레 흔들고는 자신에게 다가온 플레이어들 쪽으로 몸을 돌렸다.

"달무리 클랜의 이재혁이라 합니다. 도와주셔서 감사합니다."

짧게 정돈된 머리, 날렵한 체구를 가진 사내가 먼저 인사했다. 뒤를 이어 숏컷을 한 여인이 나섰다. 다부진 인상의 여인은 고개를 숙였다.

"가람 클랜의 김시현이라 해요. 덕분에 살았어요."

"영웅 클랜의 김인호입니다. 다들 무사하셔서 다행입니다."

각 클랜의 리더들이 인사를 나누자 다른 플레이어들도 나섰다. 인호 일행을 바라보는 그들의 눈빛에는 하나같이 고마움과 기쁨이 가득했다.

"가람 클랜의 장찬양입니다."

라이더복을 입고 한 손에는 소총 형태의 마력총을 든 청년이 자신을 밝혔다.

"같은 클랜의 정준호예요."

"같은 클랜의 김성환입니다."

정준호는 누가 봐도 앳된 얼굴을 하고 있었다. 외모로 볼 때, 아직 미성년자임이 분명했다. 지팡이를 무기로 사용했고. 김성환은 인호처럼 두 자루의 검을 소지했다. 짙은 눈썹의 그는 마른 근육질 몸을 가지고 있었다.

"전 조한중이라 합니다. 달무리 클랜에 소속되어 있습니다."

조한중은 곰을 떠올리게 할 정도로 몸집이 거대했다. 몸 전체에 우락부락한 근육이 자리 잡았으며 양손에 각각 방패와 도끼를 들고 있었다.

"이수아예요."

"김형준입니다."

영웅 클랜의 두 사람도 자신을 밝혔다.

통성명이 끝나자 인호는 다른 사람들에게 현재 상황에 관해 설명했다.

"오페라하우스와 디자인미술관의 공략은 완료됐습니다. 이제 음악당과 서예박물관만 공략하면 퀘스트는 끝납니다."

"……다른 곳에도 사상자가 있습니까?"

"이곳을 포함하여 총 26명이 사망했습니다."

"그렇게나 많이……."

인호에게 질문한 이재혁은 물론 김시현의 안색이 어두워졌다. 다른 이들의 표정도 마찬가지였다. 이미 함께 싸운 전우들의 죽음을 목격했다. 이에 더해 다른 사람들의 소식을 들으니 충격이 클 수밖에 없었다.

"무슨 일이 있었는지는 묻지 않겠습니다. 대신 저희가 주의해야 할 요괴에 대해서 간단히 알려주십시오."

그들의 심정은 이해되었지만, 그래도 인호는 그들을 배려하지 않았다. 5분이 지나면 다시 웨이브가 시작된다. 최대한 많은 정보를 얻는 게 그에게는 더 중요했다.

"요괴들은 기본적으로 몬스터하고 비슷해요. 다만 여우 형태와 도깨비 형태가 위험해요. 제일 약한 놈도 7등급이거든요. 대다수는 6등급이고."

"여우 요괴들은 불꽃을 비롯하여 각종 술법을 다룹니다. 개체마다 익힌 술법이 다 달라서 대처하기 까다롭습니다."

"대다수의 도깨비는 오우거처럼 싸워요. 다만 재생 능력 자체는 트롤보다 더 뛰어나니 주의해야 해요. 가끔 나오는 특수 개체들이 사용하는 신기한 능력은 굉장히 위험하고."

힘들어하면서도 김시현과 이재혁은 차분하게 설명을 마쳤다. 인호는 바로 다음 질문으로 넘어갔다.

"파티는 어떤 식으로 구성되었습니까?"

"한중이와 성환 씨가 전방에서 적과 맞서 싸웁니다. 저와 찬양 씨 그리고 시현 씨가 후방에서 적을 공격하며 준호 씨는 버프를 걸어줍니다."

기다렸다는 듯이 대답하는 재혁. 정석적인 파티 플레이였기 때문에 지적할 부분은 없었다.

"그동안 지시는 누가 내렸습니까?"

"제가 했습니다만 이제는 인호 씨가……."

"전 전방에서 싸워야 해서 지시를 내리기 어렵습니다. 요괴들에 대해서도 재혁 씨가 더 잘 알지 않습니까? 여태까지 했던 대로 지시를 내려주시면 감사하겠습니다."

"그렇게 하겠습니다."

대답하면서도 재혁은 속으로 크게 감탄했다. 인호는 튜토리얼 MVP 출신에, 고작 셋으로 오페라 하우스를 공략한 실력자였다. 그런데도 자신을 존중해 지휘권을 계속 맡겼다. 플레이어로서의 실력이 아닌, 인간으로서 격의 차이를 느낀 재혁이었다.

"형준 씨는 저와 전방으로 갑니다. 수아는 후방을 맡아줘."

"알겠습니다, 대표님."

"저만 믿어요, 오빠."

두 사람의 대답을 들은 인호는 마지막으로 영웅들을 응시했다.

"두 분께서는 저희가 정말 위험할 때만 나서주길 바랍니다. 적들의 공격이 언제 끝날지 모르는 상황에서 힘을 낭비할 수는 없으니까요."

"그리하도록 하지."

"알겠어요, 인호."

흔쾌히 대답하는 한석봉과 잔 다르크.

계속된 싸움으로 지친 한석봉이나 인호의 마력으로 존재를 유지하고 있는 잔 다르크 모두 쉽게 나설 수 있는 상황이 아니었다. 인호의 말 대로 힘을 최대한 아끼면서 제일 위험한 상황에 나서는 게 최선이었다.

> 앞으로 1분 뒤, 14번째 웨이브가 시작됩니다.
> 몬스터 목록-9급 200마리, 8급 100마리, 7급 50마리
>
> | Close | View |

전투를 예고하는 메시지가 떠올랐다.

대화는 끝났다. 인호를 비롯한 9명의 플레이어는 바로 움직였다.

전방에 선 인호와 성환은 쌍검을 뽑았다. 한중은 도끼를 양손으로 움켜쥐었으며 형준은 주먹을 꽉 쥐었다.

이수아, 이재혁, 장찬양은 덧씌워진 결계를 향해 마력총을 겨누었다. 김시현과 정준호는 각각 공격 마법과 버프 주문을 외우기 시작했다.

그렇게 1분이 지났을 때,

24번째 웨이브가 시작됩니다.

Close	View

메시지가 떠올랐다.

-캬오오!-

-키에엑!-

-캬아악!-

동시에 요괴들이 모습을 드러냈다.

멧돼지, 삵, 늑대 등 온갖 동물형 요괴들이 빠른 속도로 돌진했다. 전부 승용차 이상의 크기를 자랑했으며 생김새 또한 굉장히 흉측했다.

"결계를 열겠네!"

한석봉이 허공에 글자를 새겼다. 덧씌워졌던 결계가 사라졌다.

흩어져 있던 요괴들은 약속이라도 한 듯이 결계의 구멍을 향해 방향을 바꿨다.

"사격 개시!"

타타타탕!

세 명의 마력총 사수들이 방아쇠를 당겼고 푸른빛의 탄환이 폭우가 되어 쏟아졌다. 이에 얻어맞은 요괴들의 몸뚱이는 폭탄이라도 얻어맞은 것처럼 박살났다.

"파이어 애로우!"

주문을 다 외운 김시현이 마법의 이름을 외쳤다. 허공에 7발의 불꽃 화살이 형성되더니 요괴들을 향해 날아갔다.

쾅! 콰쾅!

불꽃 화살이 작렬하자 연쇄 폭발이 일어났다. 폭염은 결계의 구멍을 통과해 밖에 있는 요괴들까지 전부 집어삼켰다.

-캬오오오!-

-크허어엉!-

집중사격과 마법 때문에 50마리 이상의 요괴들이 목숨을 잃었다. 문제는 그 이상의 요괴들이 시체를 밟고 계속 달려든다는 점이었다. 끝이 보이지 않을 정도로 놈들의 숫자는 많았다.

'용의 힘이 대단하긴 대단하군. 이렇게 많은 요괴가 몰려드는 걸 보면.'

-네놈도 용의 힘을 잠시나마 사용했으니 잘 알지 않나? 용의 힘이 얼마나 강력한지-

'대단했지.'

인호는 타락한 용광검을 통해 용의 인자를 발동했던 때를 떠올렸다. 그건 무엇이든 해낼 수 있을 거 같은 느낌이 들 정도의 거대한 힘이었다. 그때의 전율, 환희를 어찌 잊을 수 있을까?

-용은 생물 중에서 최강이다. 그 힘의 편린을 얻으려고 환장하는 놈들도 많다. 하물며 저 여의주는 얻자마자 용에 필적하는 힘을 얻을 수 있다-

요괴들의 입장에서는 미쳐 날뛰는 게 당연했다. 그걸 이해해줄 생각은 없었지만.

-꺄아악!-

그때, 하늘에서 괴성이 울려 퍼졌다. 사람의 머리를 한 까마귀 둘이 빠른 속도로 날아오고 있었다.

"수아 씨! 찬양 씨!"

재혁이 다급하게 외쳤다. 거의 동시에 두 사람이 쏜 마력탄이 하늘을 향해 쏟아졌다.

그러나 단 한 발도 까마귀 요괴들을 맞추지 못했다. 놈들은 묘기에 가까운 움직임을 보이며 마력탄 사이사이를 파고들었다. 그래도 효과가 아예 없는 건 아니라 움직임 자체는 느려졌다.

팟!

이를 놓치지 않은 인호는 재빨리 옆에 있던 나무를 밟고 올라갔다. 순식간에 꼭대기에 도달한 그는 몸을 날렸다.

뇌광참(雷光斬).

검붉은 벼락이 까마귀 요괴 한 마리를 반으로 쪼갰다.

-까악!-

동족을 잃은 까마귀 요괴가 인호를 향해 쇄도했다. 인간은 하늘을 날 수 없다, 그 사실을 잘 아는 놈은 승리를 확신했다. 인호의 몸이 다시 치솟기 전까지만 해도.

팟!

이단 점프를 통해 허공을 박찬 인호. 깜짝 놀란 까마귀 요괴가 황급히 피하려 했지만 성검이 먼저 놈의 목을 베었다.

허공으로 떨어지는 와중에 인호는 아래를 내려다보았다. 처음보다 많이 줄어들었지만, 여전히 요괴들의 숫자는 많았다. 수아와 형준이 가세한 덕분에 아직까지 잘 버티고 있지만 뚫리는 건 시간문제였다.

그렇다고 영웅들에게 도움을 요청할 수는 없었다. 4성 영웅들은 5등급 이상의 괴물들을 상대해야 하는 비장의 패였다. 닭 잡는 데소 잡는 칼을 쓸 수는 없는 노릇이었다.

'그렇다면!'

위이잉.

수라멸천신공을 극한으로 운용하자 마력이 솟구쳤다. 절반 이상이 잔 다르크에게 전달됐지만 인호는 개의치 않고 자기 뜻을 관철했다.

뇌광참(雷光斬) 연속 출수.

마검과 성검이 번갈아 휘둘러졌다. 이에 맞춰 검붉은 번개와 검푸른 번개의 검기가 지상을 향해 떨어졌다. 마치 폭격기가 폭탄을 퍼붓는 것처럼.

쾅! 콰쾅!

검기 하나가 땅에 닿을 때마다 지면에 구멍이 형성됐다. 폭발로 인해 10마리가 넘는 요괴들이 쓸려나갔다.

그러나 공격은 여기서 끝나지 않았다. 뒤를 이어 11개의 검기가 차례차례 땅에 떨어졌다. 피와 살점이 흩날렸고 대지에 상흔이 새겨졌다.

그렇게 죽은 요괴의 숫자는 100마리를 넘었다.

"저 사람, 정말 검사 맞나요?"

"맞아요."

"말도 안 돼!"

수아의 대답을 들은 시현은 황당해했다. 클랜원인 김성환은 쌍검에 검기를 펼치는 게 한계였다. 그것만 해도 대단한데, 그런 검기를 무차별적으로 날리는 사람을 보니 할 말을 잃을 수밖에 없었다.

"오빠가 실력을 발휘했으니 저도 가만히 있을 수는 없죠."

쿠오오오!

주변의 마력이 요동치더니 마력 권총의 총구 안으로 빨려 들어갔다. 게걸스럽게 마력을 빨아들이는 모습이 블랙홀처럼 보였다.

"뭐, 뭐야!?"

"이런 게 가능하다고?"

같은 사수인 장찬양과 재혁은 어처구니없다는 듯이 수아를 바라보았다. 두 사람이 마력을 운용할 수 없을 정도로 그녀는 마력을 모으고 또 모았다.

-크헝!?-

-키에엑!?-

요동치는 마력의 흐름에 놀란 요괴들이 일제히 수아 쪽으로 고개를 돌렸다. 그게 놈들의 패착이 되었다.

이수아류 마력제어술

차지 어택

백열된 마력탄이 결계 밖에 있는 요괴들의 무리 가운데에 떨어졌다.

콰아아앙!

새하얀 섬광이 뿜어져 나오더니 주변에 있던 요괴들을 집어삼켰다. 그 순간, 육체가 분쇄됐고 강력한 열기가 땅과 그 위에 있는 것들을 녹여버렸다.

'같은 플레이어 맞아!?'

달무리 클랜과 가람 클랜 플레이어들의 뇌리에 똑같은 생각이 스쳐 지나갔다.

하지만 인호와 수아는 전혀 개의치 않고 요괴들을 공격했다. 두 사람에 비하면 부족하지만 형준 또한 착실하게 주먹을 내질러 요괴들의 숫자를 줄였다.

그렇게 30분이 흘렀을 때,

-꾸이익!-

승용차만 한 멧돼지 요괴가 엄니를 들이대며 달려들었다.

형준은 자신이 표적이 된 것을 알아챘지만 도망치지 않았다. 오히려 허리를 뒤로 젖히고는 놈이 다가오기를 기다렸다.

그리고 멧돼지 요괴가 접근한 순간,

적호권(赤虎拳)

1식 붕산권(崩山拳)

형준은 허리를 움직이면서 주먹을 내질렀다.

강체화로 단단해진 주먹에 마력의 빛이 깃들었다. 거기에 탄력이 더해져 위력이 한층 더 강화됐다.

콰앙!

주먹은 멧돼지의 머리를 정확히 강타했고 싸움은 끝났다. 머리는 물론 몸집이 전차포에 맞은 것처럼 박살났기 때문에.

마지막 남은 요괴가 목숨을 잃었다. 그러나 기뻐하는 사람은 없었다. 오히려 안색이 더 나빠졌다.

[14째 웨이브가 끝났습니다. 바로 15번째 웨이브로 이어집니다.]
[몬스터 목록-6급 몬스터 20마리]

-어째 약한 놈들만 있더니 처음부터 이럴 속셈이었나-

'잔대가리를 굴리는군.'

약한 몬스터들을 보낸 건 어디까지나 플레이어들의 체력과 마력을 소모시켜 집중력을 떨어뜨리기 위함이었다. 진짜 싸움은 이제부터였다.

쿵! 쿵!

가장 먼저 모습을 드러낸 요괴들은 거대한 몸집을 가지고 있었다. 키는 3m에 달했으며 기다란 털이 얼굴을 제외한 다른 부분을 뒤덮고 있었다.

얼굴은 사람과 비슷했지만, 피처럼 시뻘겋게 물든 눈동자는 보는 것만으로도 혐오감을 느끼게 했다. 개중에는 이마에 뿔이 달려 있고 피부가 시퍼런 개체도 있었다.

'저게 도깨비겠군.'

-그래. 하나같이 상대하기 까다로운 놈들이지. 사이사이에 있는 놈들도 귀찮기는 매한가지지만-

무명의 말대로 도깨비들 밑에는 10마리의 여우 요괴들이 있었다. 하나같이 4개의 꼬리를 가졌으며 붉은 털로 뒤덮여 있었다. 외양 자체는 귀엽게 생겼지만, 몸에서 흘러나오는 요사스러운 기운은 위협적이었다.

-조심해라, 김인호. 저 조합은 위험하니까-

'무슨 뜻이지?'

-술법을 부릴 줄 아는 여우 놈들은 뒤에서 깔짝거린다. 도깨비 놈들은 자기 육체만 믿고 앞에서 미쳐 날뛰는 역할이지-

'전술을 사용하는 요괴라……'

인호는 얼굴을 찌푸렸다.

사실 전방에 전사, 후방에 법사를 두는 건 기초적인 전술이었다. 문제는 그 전술을 실천하는 놈들이 괴물이라는 점이었다. 도깨비의 신체 능력과 여우들의 술법이 더해지면 시너지가 어떻게 발현될지 예측할 수 없었다.

"리프레시(Refresh)!"

인호가 고민하고 있을 때, 정준호가 주문을 외우며 지팡이를 휘둘렀다. 하늘색의 빛이 몸을 휘감자 인호는 정신이 맑아지고 가빴던 숨이 가라앉음을 느꼈다. 다른 이들도 피로가 회복됐는지 표정이 좋아졌다.

"사수들과 마법사들은 여우들을 공격! 형준 씨와 한중이는 탱커를, 인호 씨와 성환 씨는 근접 딜러를 맡으십시오!"

체력을 회복한 재혁이 우렁찬 목소리로 외쳤다. 이미 놈들과 많이 싸우면서 여러 전술을 경험했기 때문에 지시도 빨리 내릴 수 있었다.

그 말에 따라 형준은 강체로 몸을 단단하게 한 뒤, 선두에 섰다. 그런 그의 옆에는 방패를 든 한중이 있었고, 성환은 두 자루의 검을 움켜쥔 채, 언제든 달려들 준비를 했다.

"재혁 씨, 사미호는 제가 혼자 처리할 테니 나머지 분들은 도깨비를 상대해주십시오."

단 한 사람, 인호만큼은 재혁의 뜻을 따르지 않았다. 그의 지시 자체는 아무런 문제도 없었다. 단지 더 좋은 방안을 찾은 이상, 가만히 있는 것도 올바른 태도는 아니었다.

"인호 씨의 힘은 잘 알고 있습니다. 하지만 놈들은 6급입니다. 플레이어 혼자서 상대할 수 있는 놈들이 아닙니다."

"잘 알고 있습니다만 사미호에 한해서는 다릅니다. 한 번만 믿어주시면 감사하겠습니다."

진지하게 말하는 인호를 보며 재혁은 고민했다. 전열을 갖춘 도깨비들이 출발했기에 조금이라도 빨리 결론을 내려야 했다.

'진짜 미친 짓인데……'

6급 몬스터 10마리를 혼자서 상대한다니, 완전 자살행위 아닌가? 자칫 잘못했다가는 일행 전체가 위험에 빠지게 된다. 그런데도 재혁은 인호의 제안을 거부할 수 없었다.

조금 전에 압도적인 힘을 보지 않았던가? 보는 것만으로 존경심을 품게 될 정도였다. 그런 인호라면 이번에도 해내지 않겠냐는 기대감도 생겼고.

"알겠습니다. 그럼 사미호들은 인호 씨에게 맡기겠습니다. 나머지 플레이어들은 도깨비에 집중해주시길 바랍니다."

마지막 지시가 떨어졌다.

-크어어엉!-

-쿠워워워!-

몽둥이와 돌도끼로 무장한 도깨비들이 성큼성큼 다가왔다. 속도 자체는 느렸지만, 보폭이 워낙 커 순식간에 거리가 좁혀졌다.

"사격 개시!"

타타탕!

화르르!

마력탄과 마법이 한데 어우러지며 도깨비들을 향해 쏟아졌다. 공격에 의해 놈들의 살점이 터져나가고 피가 비산했지만 놈들은 멈추지 않았다.

누가 6급 몬스터 아니라고 할까 봐 재생 능력이 대단했다. 마력 공격에 당한 상처가 눈에 보일 정도로 빠르게 회복됐다. 그 상태에서 놈들은 느릿느릿하게 결계를 향해 접근해왔다.

하지만 인호는 도깨비들을 무시했다. 지금 동료들이라면 자신이 사미호를 잡을 때까지 버틸 능력이 있었다. 그러니 자신에게 주어진 일을 처리하는 게 더 중요했다.

'정안(正眼).'

흑백으로 물들어버린 세상. 그 안에서 손바닥만 한 빛들이 반짝이고 있었다. 표적들에게 다가가기 위한 길이었다.

'뇌영보(雷影步).'

파지직.

번개의 기운이 신경을 비롯한 육체를 강화했다. 준비를 마친 인호는 곧장 몸을 날렸다. 정안이 비춰주고 있는 곳만 정확히 밟으면서.

-크헝?-

-캬오!-

인호가 갑자기 달려들자 도깨비들이 당황했다. 놈들은 들고 있던 몽둥이와 돌도끼를 휘둘렀지만, 그의 옷깃조차 스치지 못했다. 순식간에 놈들의 사이를 파고든 그는 결계 밖으로 나섰다.

-힘을 아껴라, 김인호! 자칫 잘못하면 성녀가 못 움직이게 된다!-

'가만히 지켜봐라.'

적이 다른 놈이었다면 무명의 말 대로 힘을 아끼는 게 옳았다. 그러나 이번만큼은 힘을 많이 사용해도 상관없었다.

－캬아아악!－

－아오오올!－

사미호들의 꼬리에 맺히는 푸른 불꽃. 사십에 달하는 불꽃이 화살처럼 인호에게 날아들었다. 그는 피하지 않았다. 대신 성검을 칼집에 꽂은 뒤에 왼손을 내밀었다.

우우웅!

불꽃들이 한데 뭉치더니 왼손의 반지에 빨려 들어갔다. 불순한 요력은 반지 안에서 정화되어 인호의 힘으로 바뀌었다.

'역시.'

전투 중이었는데도 인호는 웃었다. 잔 다르크를 데리고 나온 뒤, 항상 마력 부족에 시달렸다. 조금 전의 전투 때문에 안 그래도 없던 마력이 더 줄었고.

그런데 상황이 달라졌다. 놈들의 술법을 흡수하자마자 단전이 가득 채워졌다. 여전히 잔 다르크에게 마력이 전달되고 있었는데도!

그 광경을 본 무명은 한탄했다.

－그 빌어먹을 반지를 잊고 있었군. 네놈 너무 장비에 의존하는 거 아니냐?－

'의존이라니? 상황에 맞춰 적절하게 써먹는 거지.'

금마의 반지.

고유(Unique) 등급을 자랑하는 이 반지는 요력처럼 사이한 기운은 물론 마법이나 술법들을 빨아들인다. 사특한 존재인 데다가 술법을 사용하는 사미호에게 지금의 인호는 천적 그 자체였다.

서걱!

오른손의 마검이 벼락처럼 떨어졌다. 정면에 있던 사미호의 머리가 쪼개졌고 이를 확인한 인호는 놈을 걷어찼다. 시체에 얻어맞은 사미호 한 마리가 비명을 토해냈다. 이를 본 인호는 놈에게 달려들어 목을 베었다.

휘잉!

인호의 간격에서 벗어난 사미호 두 마리가 이번에는 바람의 칼날을 날렸다. 사각을 파고들었을 뿐만 아니라 무형의 공격인 만큼, 놈들은 승리를 확신했다.

-뒤!-

허나 인호에게는 무명과 정안이 있었다. 경고를 듣자마자 인호는 몸을 틀었다. 본래라면 보이지 않았을 바람의 칼날이 생생히 보였다. 그는 왼손을 뻗었고 공격은 반지 안으로 흡수됐다.

뇌광참(雷光斬).

검에서 분리된 검기가 허공에 검붉은 궤적을 그렸다. 그러더니 사미호 두 마리의 몸통을 베어 갈랐다.

-아우우우!-

-아우우울!-

6마리의 사미호들이 일제히 울부짖었다. 그건 저주였다. 상대를 미치게 하는 환각의 저주.

콰직.

그러나 회심의 공격은 통하지 않았다. 저주는 인호의 몸에 닿자마자 깨졌고 그 안에 깃든 요력은 그대로 인호의 것이 됐다. 온몸을 가득 채운 힘을 느낀 그는 궁신탄영을 펼쳤다.

눈 깜짝할 사이에 사미호 앞에 다가간 인호. 그는 왼발을 올려 놈의 턱을 걷어찼다. 머리가 박살나며 시체가 나가떨어졌다.

그 틈을 타서 다른 한 마리가 인호의 뒤에서 달려들었다. 놈은 그의 목덜미를 물어뜯기 위해 주둥이를 활짝 열었다. 허나 그는 뒤도 돌아보지 않은 채, 마검을 찔렀다. 칼끝이 사미호의 주둥이를 꿰뚫었다.

덜덜덜.

살아남은 네 마리가 몸을 벌벌 떨었다. 인호에게 극심한 공포를 느껴 더는 달려들지 못했다. 그렇다고 도망쳤냐면 그건 아니었다. 여의주에 대한 탐욕이 그들을 움직이지 못하게 막았다.

-요괴든 인간이든 탐욕 앞에서는 부질없군-

'그래도 깨달음은 얻었을 거다. 분수에 넘치는 욕망을 추구하면 험한 꼴을 당하게 된다는 걸 알게 됐으니까.'

움직이기를 포기한 적은 사냥감에 불과했다. 인호는 남은 네 마리의 숨통을 모조리 끊었다.

> 플레이어 김인호가 누구의 도움도 받지 않고 6급 몬스터 10마리를 처단했습니다.
> 이는 영웅의 업적. 영웅화가 1퍼센트 진행됩니다.
> 현재 영웅화-48퍼센트
>
> | Close | View |
> | --- | --- |

메시지가 떠오르는 순간, 다시 신체가 변화했고 단전의 크기가 더 커졌다. 마력이 늘어난 건 두말할 것도 없었고. 정신적 피로는 여전했지만, 앞으로의 전투에 지장이 있을 정도는 아니었다.

쾅! 콰쾅!

도깨비들도 차례차례 차디찬 주검이 되어 쓰러졌다. 남아있는 놈은 이제 두 마리뿐이었고 형준과 한중, 성환이 거세게 밀어붙였다. 피투성이를 넘어 걸레짝이 된 놈들이 이길 가능성은 조금도 남아있지 않았다.

"수아 씨, 정말 저분 사람이 맞나요?"

"MVP는 정말 다르네요. 얼마나 노력해야 저분처럼 강해질 수 있을지 감도 안 잡혀요."

인호의 활약에 경악한 김시현과 정준호는 떨리는 눈으로 수아를 봤다. 혼자서 6등급 몬스터 10마리를 학살하는 플레이어라니, 누가 몬스터고 누가 사람인지 도저히 알 수 없었다.

"소중한 사람을 지키기 위해 강해지기로 맹세한 분이니까요. 따라잡고 싶은데 쉽지 않네요."

"수아 씨도 대단한 건 마찬가지입니다."

"공격을 뚫고 달려오던 도깨비를 단숨에 끝장내지 않았습니까?"

이재혁과 장찬양은 조금 전에 있었던 일을 떠올렸다. 포위망을 뚫고 쏟아지는 공격을 전부 버티며 달려드는 도깨비가 있었다. 후방에 있는 인원들에게 도달한 놈은 돌도끼를 휘두르려 했다.

"마력의 칼날을 펼쳐 일격에 놈의 목을 꿰뚫었죠. 덕분에 살았습니다."

"진짜 고마워요, 수아 씨."

네 사람은 고개를 숙였다. 만약 수아가 나서지 않았다면 최소한 한 명은 목숨을 잃었으리라. 그 사실을 잘 알기에 다들 고마움을 표했다.

'좋은 사람들이네.'

그동안 만났던 많은 플레이어는 자신의 욕망을 이루기 위해 혈안이 됐고 타인의 목숨을 거리낌 없이 빼앗았다. 그래서 다른 플레이어들을 무조건 경계했는데 그게 잘못이라는 사실을 깨달았다.

여기 이렇게 좋은 사람들이 있지 않은가? 물론 나쁜 사람들도 있다는 걸 알고 있다. 다만 그렇다고 해서 편견에 사로잡혀 무작정 의심할 필요 없다는 생각이 들었다.

수아의 입가에 미소가 떠올랐다. 그녀의 생각을 장악했던 편견이 사라졌다. 그 순간, 그녀는 자신의 눈앞에 떠오르는 메시지를 볼 수 있었다.

플레이어 이수아가 작은 깨달음을 얻었습니다.

Close	View

눈에 띄는 변화는 없었다. 그러나 수아는 내부의 무언가가 바뀌었음을 직감했다.

쿵!

때마침 남아있던 도깨비들도 쓰러졌다. 하지만 긴장의 끈을 놓은 사람은 없었다. 다들 굳은 얼굴로 다음 메시지를 기다렸다.

15번째 웨이브가 끝났습니다.
요괴들이 이대로는 이무기가 있는 곳에 도달할 수 없다고 결론을 내렸습니다. 지금부터 총공격이 시작됩니다.
이번이 마지막 웨이브입니다.

Close	View

드디어 마지막에 도달했다.

다만 아직은 끝이 보이지 않는 게 문제였을 뿐.

-크르르-

-카우우-

산 아래가 요괴들로 득실거렸다. 놈들에게서 흘러나오는 요력 때문에 나무가 시들고 수풀이 녹아내렸다. 시냇물은 보랏빛으로 물들어 용암처럼 부글부글 끓었다.

다만 한 가지 이상한 점이 있었다.

"왜 안 오는 거지?"

"이런 적은 한 번도 없었는데."

이재혁과 김시현이 의아해했다.

의문을 느낀 건 다른 이들도 마찬가지였다. 웨이브가 시작되면 요괴들은 무조건 달려들었다. 단 한 번의 예외도 없었다. 그랬던 놈들이 이제 와서 꿈쩍도 하지 않는다니, 이해하기 어려웠다.

"당연한 일이네. 왕이 아직 오지 않았는데 어찌 신하가 움직일 수 있겠는가?"

"왕이 모습을 드러낼 때, 싸움이 시작될 거예요."

여태까지 싸움을 지켜보고 있던 한석봉과 잔 다르크가 나섰다.

"두 분 다 괜찮겠습니까?"

"걱정할 필요 없네. 자네들 덕분에 힘을 많이 회복했으니."

"저도요. 당신이 보여준 기지 덕분에 가능했어요, 인호."

두 영웅이 합류하자 다들 희망을 되찾았다. 그에 반해 두 영웅은 얼굴을 찌푸린 채, 아래를 내려다보았다.

"뭔가 느낌이 안 좋네요."

"그러게 말일세. 끔찍한 일이 생길 거 같군."

그때였다.

갑자기 요괴 무리가 반으로 갈라졌다. 그리고 그사이를 지나가는 두 마리의 요괴가 나타났다.

한 마리는 도깨비였다. 기존의 도깨비들보다 1m 이상 거대했으며 이마에는 두 개의 뿔이 달려 있었다. 주황색이 섞인 적발은 불꽃을 연상하게 했으며 얼굴은 짐승을 떠올리게 했다. 오른쪽 어깨에는 커다란 쇠몽둥이를 짊어졌고.

그 옆에는 다섯 개의 꼬리를 가진 여우가 있었다. 은색의 털은 비단처럼 윤기가 흘렀으며 행동거지는 우아했다. 크기는 사미호처럼 1m 남짓했지만 그 기세는 격을 달리했다.

5급 보스 몬스터 '두억시니-뇌명(雷鳴)'

5등급 보스 몬스터 '오미호-요화(妖火)'

이곳에서 군림하고 있는 요괴의 왕들이 모습을 드러낸 순간이었다.

꿀꺽.

이재혁과 김시현 일행은 침을 삼켰다. 일시적으로 5등급의 힘을 내는 요괴는 종종 봤지만 5등급 보스는 처음이었다. 보는 것만으로 압도될 수 있다는 게 어떤 감각인지 그들은 실감했다.

"걱정하지 말게. 왕들은 우리가 상대할 테니까."

한석봉이 말하자 잔은 고개를 끄덕였다. 왕들처럼 위험한 요괴들을 상대하기 위해 계속 싸움을 지켜보지 않았던가. 이제는 싸워야 할 때였다.

그런데 그때,

-캬오오오!-

-아오오올!-

요괴의 왕들이 포효했다.

일행은 전투태세에 들어갔다. 하지만 요괴들은 달려들지 않았다. 오히려 이해할 수 없는 행동을 보였다.

"뭐, 뭐야!?"

"왜 자기들끼리 공격해!?"

모든 요괴가 곁에 있던 놈들을 공격하기 시작했다.

콰직!

콰드득!

요괴가 요괴를 잡아먹었다. 심지어 놈들은 동족 또한 개의치 않고 공격했다. 마치 식탐에 지배되고 있는 것처럼 서로의 살점을 물어뜯고 피를 삼켰다.

두억시니와 오미호라고 예외는 아니었다. 아니, 그 둘이 가장 적극적으로 다른 요괴들을 먹어치웠다.

한 손에 한 마리씩 움켜쥔 두억시니는 닭다리를 뜯듯 요괴들을 집어삼켰다. 오미호는 자신의 술법을 펼쳐 요괴들을 새빨간 구체로 바꾼 뒤에 흡수했다.

"우욱."

"윽."

시현과 수아는 헛구역질을 했다. 살고자 하는 본능과 먹고자 하는 욕구만 남은, 너무나 추악한 광경이었다. 처음 투쟁의 시대가 시작됐을 때와 맞먹을 정도로 끔찍했다.

그렇게 모두가 굳은 얼굴로 지켜보고 있을 때,

"당장 막아야 하오!"

한석봉이 소리쳤다.

그의 안색은 새파랗게 질려 있었다. 그 모습을 보며 인호는 의문을 드러냈다.

"자기들끼리 알아서 공격하는데 저희가 나설 필요 있습니까?"

"저건 고독의 술이오! 자칫 잘못하면 진짜 괴물이 나타날 수 있소!"

"고독?"

-수많은 요괴가 자기들끼리 잡아먹어 그 힘을 흡수하는 술법이다. 한 마리가 남을 때까지 계속 저 짓을 반복하지-

한석봉을 대신해 무명이 설명했다. 그제야 인호는 사태의 심각성을 깨달았다.

눈앞에 모인 요괴들은 등급을 떠나 600마리가 넘는다. 그렇게 많은 놈의 힘이 하나로 합쳐진다면? 한석봉의 말마따나 진짜 괴물이 나타나리라.

"공격 개시!"

본능적으로 외친 인호는 성검과 마검을 휘둘렀다. 서로 다른 색깔의 뇌영참이 요괴들을 향해 떨어졌다.

콰앙!

하지만 검기는 요괴들에게 닿지 못했다. 놈들이 가진 요력이 뭉치고 뭉쳐 보랏빛 결계를 형성했기 때문에. 바깥에서 오는 충격을 차단할 뿐만 아니라, 안에 있는 놈들이 도망치지 못하게 막아버렸다.

쾅! 콰쾅!

뒤를 이어 마력탄과 마법이 작렬했다. 허나 결계는 흔들리기만 할 뿐, 전혀 깨질 기미를 보이지 않았다. 이를 보다 못한 한석봉이 붓으로 허공에 글자를 새겼다.

폭(爆).

집채만 한 불덩어리가 긴 꼬리를 그리며 떨어졌다. 플레이어들의 공격을 합친 것보다 더 커다란 폭발이 일었다. 검은 연기가 치솟고 흙먼지가 흩날렸다.

"이럴 수가!"

"말도 안 돼!"

연기가 사라지자 일행은 경악을 금치 못했다. 한석봉의 술법을 얻어맞았는데도 결계는 멀쩡했다. 그 와중에도 요괴들은 계속 서로를 잡아먹었다.

어느새 숫자가 절반 이상 줄어들었고 살아남은 놈들은 몸이 커지거나 감각이 생기는 등의 변화를 겪었다. 등급도 많이 올라 가장 약한 놈도 7등급이었다.

"잔 다르크. 할 수 있겠습니까?"

"해봐야 알 거 같아요. 그런데 괜찮겠어요, 인호? 당신의 마력이 많이 소모될 거예요."

"전 신경 쓰지 않아도 됩니다. 그럴 상황도 아니고."

"당신의 각오는 알았어요."

잔 다르크는 양손으로 창대를 움켜쥔 뒤, 창날을 앞으로 내밀었다. 그다음, 창날에 신성력을 집중했다.

우우웅.

백금의 빛이 그녀의 전신에서 흘러나왔다. 주변에 있는 수풀과 나무, 꽃에서도 빛이 피어올라 창에 모였다.

"……예쁘다."

위험한 상황인 걸 알면서도 시현은 무심코 중얼거렸다. 다른 이들이라고 해서 다를 바 없었다. 이를 이미 본 적이 있는 인호 일행도 빛에 홀린 듯이 잔을 바라보았다. 아름다웠고 고귀했으며 숭고한 모습이었다.

-크르르?-

-키이익?-

요괴들이 처음으로 싸움을 멈추고 잔을 노려보았다. 개중에는 빛에 압도되어 벌벌 떠는 놈도 있었다. 신성력은 사특한 기운을 가진 모든 생명체에게 천적으로 군림하는 힘. 아무리 강해진 요괴들이라도 겁을 먹을 수밖에 없었다.

촤아악!

창을 내지르는 잔 다르크. 그 순간, 창에 모인 빛이 해방됐다.

성스러운 광휘(La lumière divine).

거대한 빛줄기가 궤도에 있는 것을 박살내며 나아갔다. 그리고 요괴들이 펼친 결계를 강타했다.

콰아아앙!

어떤 공격에도 흠집조차 나지 않았던 결계였지만 이번에는 달랐다. 근간을 이루고 있는 요력은 신성력 앞에서 무력했다.

유리가 부서지듯 눈 깜짝할 사이에 박살난 결계. 그러나 이는 시작에 불과했다. 잔 다르크가 창을 옆으로 휘두르자 빛줄기가 4갈래로 나뉘어 요괴들을 집어삼켰다.

-크에엑!-

-끼아악!-

요괴들이 처절하게 울부짖었다. 도망치려 해도 그럴 수 없었다. 빛줄기는 계속 나뉘어 더욱 넓게 퍼져 놈들을 모조리 집어삼켰기 때문에.

사방에 빛의 입자가 흩날렸다. 오염된 대지와 시냇물이 원래의 색깔을 되찾았다. 시든 식물들은 살아나지 못했지만, 대지가 생기를 되찾은 이상, 시간이 지나면 다시 자라나리라.

"헉……헉……."

인호는 땅에 한쪽 무릎을 굽힌 채 숨을 헐떡였다. 잔이 황급히 그에게 다가왔다.

"괜찮나요, 인호?"

"……좀 지쳤지만 버틸 만합니다."

사미호의 요력을 흡수하고 영웅화가 진행되면서 어느 때보다 많은 양의 마력을 가지게 됐다. 그런데도 지금 하단전과 중단전은 텅텅 비었으며 상단전도 바닥을 드러냈다. 봉인된 성검의 권능이 없었다면 진즉에 쓰러졌을 것이다.

그런데 그때,

"아직 마음을 놓지 마시오! 적들은 남아 있소!"

한석봉이 소리쳤다.

"끈질긴 놈들!"

"좀 죽어라!"

다들 욕설을 내뱉었다. 조금 전의 공격을 맞고도 살아있는 놈이 있다는 사실을 믿을 수 없었다.

그렇다고 현실을 부정할 수는 없었다. 아래쪽에는 두 마리의 요괴가 여전히 당당히 서 있었으니까.

-크르르-

-아우울-

잔의 공격에 의해 피투성이가 됐지만, 왕을 떠올리게 하는 오연한 기세는 여전했다. 아니, 요괴들의 힘을 흡수한 탓인지 기세 자체는 이전보다 더 강렬했다.

"오빠, 싸울 수 있겠어요?"

"지금은 힘들어. 마력 좀 모을게."

수아가 질문하자 인호는 솔직하게 대답했다. 성검 때문에 의식은 유지되고 있지만 일어서는 것도 힘들었다. 최대한 빨리 마력을 모을 필요가 있었다. 내색하지 않지만, 안색이 창백해진 잔을 위해서라도.

"알았어요. 전투는 저희한테 맡기고 쉬세요."

"곧 돌아갈 테니까 조금만 버텨줘."

빙긋 웃은 수아는 마력 권총을 움켜쥐었다. 그 모습을 지켜본 한석봉은 다시 말을 이어나갔다.

"다행히 고독의 술은 깨졌소. 허나 저들은 이미 요괴들을 힘을 많이 흡수해 더 강해진 상태요. 방심하면 바로 목숨을 잃을 터이니, 최대한 주의하시오."

"알겠습니다. 그럼 전원 공격 준비!"

이재혁이 지시를 내렸다. 그 말에 따라 다들 전투태세를 취했다. 이에 맞춰 두억시니와 오미호 또한 전의를 드러냈다.

그렇게 국면이 일촉즉발로 치달을 때,

콰드득!

갑자기 두억시니가 왼손으로 수도(手刀)를 펼치더니 오미호를 꿰뚫었다.

-끼이잉!-

기습에 대처하지 못한 오미호가 처량하게 울부짖었다. 두억시니는 전혀 개의치 않고 상대의 신체를 들어 올리더니 머리부터 깨물었다. 피와 살점이 튀었지만, 놈은 개의치 않고 으적으적 씹었다.

"이런! 얼른 공격하시오!"

"사격 개시!"

한석봉이 경고하자마자 재혁이 외쳤다.

타타탕!

마력탄과 마법, 술법이 연이어 작렬했다. 화염이 피어오르고 흙더미가 치솟았다. 두억시니는 오른손으로 얼굴만 가린 채, 계속 식사에 집중했다.

쿠오오오오!

오미호가 완전히 먹히자 두억시니의 몸에서 검은 기류가 뿜어져 나와 하늘로 치솟았다. 붉은 노을이 사라졌다. 대신 그 자리에 먹구름이 형성되어 하늘을 뒤덮었다.

먹구름 사이사이로 번개가 쳤다. 거센 바람이 몰아치며 불길함을 자극했다.

-크와아아앙!-

천둥소리를 집어삼킬 정도의 포효가 산을 뒤흔들었다. 그게 신호라도 되듯이 어둠이 두억시니를 휘감았다.

뼈가 우그러지는 소리, 근육이 비틀리는 소리 등 기괴한 소리가 일행의 귀를 자극했다. 계속 공격을 가했지만, 어둠을 뚫지 못했다.

마침내 어둠이 사라졌다.

동시에 일행은 침묵했다.

4m에 달하는 체구와 이마에 달린 뿔은 그대로였지만 딱 거기까지였다.

짐승처럼 생겼던 얼굴이 험상궂은 사내의 것으로 바뀌었다. 적발은 흑발이 됐고 산적처럼 거친 수염이 자랐다. 미쳐 날뛰던 기세는 거짓말처럼 잠잠해졌다. 쇠몽둥이는 검은색과 금색이 뒤섞인 봉으로 바뀌었다.

4급 보스 몬스터 '야차'

뇌명(雷鳴)

악몽이 찾아왔다.

무거운 침묵이 일행 전체를 짓눌렀다. 모두 굳은 얼굴로 뇌명을 바라보았다.

이길 수 없다.

싸우면 무조건 죽는다.

아까 전까지만 해도 불꽃처럼 타오르던 전의는 사라졌다. 이 싸움이 끝나면 던전 공략을 해낼 수 있다는 희망도 사그라들었다.

죽음의 공포가 일행을 덮쳤다. 싸우지 않았는데도 호흡이 거칠어졌다. 손끝 하나 움직일 수 없을 정도로 몸이 무거워졌다.

-크하하하하! 좋아! 아주 좋아!-

"뭐, 뭐야!?"

"요괴가 말을 하잖아!"

미친 듯이 웃기 시작한 뇌명.

인호 일행을 제외한 나머지 플레이어들은 그 모습을 보고 패닉에 빠졌다. 말을 하는 몬스터를 처음 접했기 때문에 충격이 더 클 수밖에 없었다.

-고독의 술만 안 깨졌어도 지금 이상의 힘을 손에 넣었을 텐데. 아쉽다, 아쉬워-

갑자기 뇌명이 일행을 노려보았다. 그러더니 활짝 웃는 게 아닌가?

-고독의 술을 깨뜨린 건 열 받지만 그래도 고맙다, 인간들아! 네 놈들 때문에 짜증 났던 여우 나부랭이를 죽였고 드디어 그 힘을 손에 넣는 데 성공했다! 고마움의 뜻으로 자비를 베풀려고 한다!-

"또 무슨 수작을 부리려는 것이냐, 요괴!"

-쯧쯧. 영웅 나부랭이들은 왜 이리 의심이 많은지 원. 길만 열어라. 그럼 목숨만은 살려주마. 여기 있는 놈들 전부-

"허튼소리! 요망한 입을 놀려 우리를 흔들려는 게 아니더냐!"

-살아있는 잡것들은 다 자기 생명을 소중히 여긴다. 그게 뭐가 나쁘다고 발광이냐?-

뇌명이 반문하자 인호 일행을 제외한 다른 플레이어들이 움찔했다. 놈의 말대로 죽고 싶은 사람은 아무도 없었다. 동료들이 죽은 모습을 몇 번이나 봤기 때문에 살고자 하는 욕구가 더 커졌다.

-모든 인간이 네놈처럼 타인을 위해 싸울 거라는 생각을 버리는 게 좋을 거다, 영웅. 그러다가 네놈만 뒈지는 수가 있거든. 하지만 오늘만큼은 네놈도 봐주마-

"닥쳐라!"

-뭘 이리 까다롭게 구냐? 그래도 한 번 더 용서해주지. 오늘은

정말 기분이 좋거든. 원래대로라면 찢어 죽일 인간도 살려주고 싶을 정도로!-

"입술에 침은 바르고 거짓말을 해라, 요괴."

그때였다.

가만히 지켜보고 있던 인호가 입을 연 것은. 그러자 뇌명은 흥미롭다는 듯 그를 바라보았다.

"요괴든 몬스터든 네놈들의 본질은 인간을 죽이는 것. 그런데 우리를 살려주겠다고?"

-헛소리라는 것이냐? 나는 본능에 사로잡히는 하찮은 놈들과 다르다-

"개소리는 작작 해라. 아무런 노력도 하지 않고 타인의 힘만 가로챈 놈이 본능에서 벗어나기는 개뿔. 여의주를 찾으려고 혈안이 된 게 보인다, 요괴."

인호가 쏘아붙이자 뇌명은 처음으로 입을 다물었다.

쿠쿠쿵!

갑자기 그의 전신에서 강렬한 기세가 쏟아졌다.

"으윽!"

"아악!"

단지 기세를 개방했을 뿐인데도 버틸 수 없었다. 여기저기서 비명이 울렸고 다들 땅에 무릎을 꿇었다. 자신들의 존재가 얼마나 미약한지 그들은 절감했다.

하지만 단 한 사람, 인호만큼은 당당히 서 있었다.

묵린의 힘이 그의 신체 능력을 강화했고 흑설의 힘이 뇌명의 힘을 빼앗았다. 왕의 기세와 각종 칭호의 효과도 그를 지탱했다.

'큰 의미는 없지만.'

이길 수 없다는 건 잘 알고 있었다. 뇌명과 자신 사이에 어마어마한 격차가 있으니까.

그래도 이런 놈한테 농락당하는 건 싫었다. 무엇보다 놈의 꿍꿍이가 보였다. 한석봉이나 잔 다르크와 싸우기 싫어 괜한 말을 지껄이는 것을 어찌 모르겠는가.

"오, 오빠 안 돼요!"

"위험해요, 인호!"

"안 됩니다, 대표님!"

수아, 잔, 형준이 애처롭게 외쳤다. 하지만 인호는 물러나지 않았다. 마검과 성검을 뽑아 놈과 대치할 뿐.

-저들의 간절한 외침이 들리지 않나?-

"그런다고 살려줄 것도 아니지 않나? 개수작은 그만 부려라."

-역시 거짓말은 어려워. 이렇게 쉽게 들키다니-

사이하게 미소 짓는 뇌명.

처음부터 인간들을 살려둘 생각은 없었다. 단지 이곳에 있는 영웅 둘이 귀찮아서 말로 흔들려고 했는데 그게 무위로 돌아간 것이다.

-최대한 편안하게 죽여주려고 했는데 굳이 벌주를 마시겠다니. 인간이라는 것들은 왜 이리 어리석은지 모르겠어-

"다른 건 모르겠는데 이건 확실하군. 넌 너무 말이 많아."

그러자 뇌명의 표정이 바뀌었다. 이제까지 여유로웠던 얼굴에 처음으로 분노가 떠올랐다.

-정했다. 네놈은 제일 마지막에 죽여주마. 그러니 잘 지켜보고 있어라-

팟!

말을 끝내기 무섭게 뇌명이 몸을 날렸다. 놈이 간 곳의 끝에는 조한중이 서 있었다.

"썅!"

피할 수 없다고 판단을 내린 조한중은 방패를 세웠다. 권능인 '사물 강화'를 발동하여 방패를 단단하게 하는 것도 잊지 않았다.

"피하시오, 조 소협!"

한석봉이 다급히 경고했지만 때는 늦었다. 뇌명의 몸이 조한중을 강타했다.

"크아아악!"

처절하게 울려 퍼지는 비명. 마력으로 강화된 방패는 순식간에 박살났다. 파편과 뇌명의 몸이 조한중을 덮쳤고 2m 이상 날아갔다. 나무에 부딪힌 그는 사람의 형상을 잃었고 다시는 일어서지 못했다.

-차례차례 한 명씩 조져주마!-

뇌명이 포효했다.

"한중아!"

비통하게 외치는 재혁. 함께 달무리 클랜을 세웠던 마지막 친구가 목숨을 잃었다. 그로 인해 생긴 슬픔과 분노가 뇌명에 대한 공포를 희석시켰다.

"으아아!"

탕! 타앙!

대물저격총에서 연거푸 마력탄이 날아갔다. 허나 단 한 발도 뇌명의 몸에 타격을 주지 못했다. 아니, 몸은커녕 보호막도 꿰뚫지 못했다.

　-인간들은 왜 이리 자기 주제를 모르는지 원-

　뇌명이 땅을 박차더니 재혁을 향해 쇄도했다. 발을 내디딜 때마다 땅에 작은 크레이터가 형성됐다. 전차를 떠올리게 하는 무시무시한 기세였다. 재혁이 간격에 들어오자 놈은 봉을 찔렀다.

　콰드득.

　희귀(Rare) 등급의 마력총이 수수깡처럼 부러졌지만 재혁은 무사했다. 어느새 굵은 쇠사슬이 뇌명의 봉과 몸을 휘감고 있었기 때문에.

　박(縛).

　"물러나시오!"

　가까스로 글자를 쓴 한석봉이 외쳤다.

　재혁은 눈물을 흘리며 폭포 쪽으로 달렸다. 총을 잃어 더는 싸울 수 없게 된 자신이, 친구가 죽었는데도 그 원한을 못 갚는 자신이 이렇게 한심할 수가 없었다.

　"사라져라, 요괴!"

　재혁이 물러난 것을 확인한 한석봉이 새로운 글자를 썼다.

　뇌(雷).

　파지직!

　글자가 빛나더니 하늘을 향해 치솟았다. 그러자 먹구름 사이사이에서 번쩍이던 번개가 뇌명을 향해 떨어졌다. 그것도 세 발이나.

　콰콰쾅!

　커다란 폭발이 연거푸 일어나며 흙더미가 치솟았다. 자연의 번개답게 무시무시한 위력이었다.

　"마, 말도 안 돼!"

"거짓말!"

그러나 뇌명의 모습이 다시 드러나자, 일행은 경악했다. 놈은 굳건하게 서 있었다. 심지어 상처조차 입지 않았다.

그래도 성과는 있었다. 절대 깨질 거 같지 않았던 보호막이 사라진 것이다. 정작 뇌명은 조금도 신경 쓰지 않았지만.

─네 차례는 아직 멀었다, 영웅. 네놈의 무의미한 욕심 때문에 여기까지 이끌려온 놈들이 죽는 건 봐야지─

"웃기지 마라!"

분개한 한석봉이 자신의 모든 영력을 붓에 집중했다. 보호막은 깨트리는 데 성공했다. 더 강한 공격을 가한다면 놈을 죽일 수 있으리라.

다만 그는 바로 공격을 하지 않았다. 조용히 입을 달싹인 뒤에야 글자를 썼다.

성광(聖光).

처음으로 나타난 두 개의 글자. 한석봉의 모든 영력이 글자 안으로 스며들었다. 게다가 그게 끝이 아니었다. 조금 전, 잔 다르크가 남긴 힘의 잔재가 이끌려 와 글자에 신성력을 더해줬다.

'단숨에 끝낸다!'

이게 처음이자 마지막 기회임을 한석봉은 잘 알았다. 뇌명은 괴물 중의 괴물. 장기전에 돌입하면 이곳에 있는 이들 모두가 목숨을 잃을 것이다. 이 한 방으로 놈을 끝장내야 했다.

번쩍!

글자에서 개방된 빛줄기가 뇌명을 향해 쏘아졌다. 크기 자체는 잔 다르크가 펼친 것에 비해 작았지만, 그 안에 깃든 기세와 위력은 절대 뒤떨어지지 않았다.

위험하다.

뇌명은 저 빛줄기가 자신을 죽일 수 있음을 본능적으로 깨달았다. 놈은 요력을 봉에 집중한 뒤, 있는 힘껏 내질렀다. 새까만 기류가 해일이 되어 빛줄기와 맞서 싸웠다.

콰콰쾅!

빛과 어둠이 격돌했다. 완전히 다른 성질의 두 기운은 서로를 물어뜯으며 진퇴를 반복했다. 어느 쪽도 물러서지 않았다. 그저 자신의 적을 이기겠다는 의지만 남았을 뿐.

그러나 시간이 지나자 누가 우위를 점했는지 드러났다. 뇌명의 어둠이 한석봉의 빛을 밀어내기 시작한 것이다.

-그냥 지금 뒈져라, 영웅!-

콰아앙!

마침내 어둠이 빛을 분쇄했다. 그 정도로는 성에 안 찼는지 어둠은 한석봉을 향해 쇄도했다. 당황한 그는 다급히 몸을 날려 공격의 범위에서 벗어나려 했다.

"크윽!"

간신히 목숨은 건졌지만 딱 그뿐이었다. 어둠이 그의 왼팔을 빼앗았다. 뇌명은 한석봉부터 끝내려고 작정했는지 몸을 날렸다. 순식간에 거리를 좁힌 놈은 봉을 내질렀다.

그렇게 봉이 한석봉의 머리를 강타하려고 할 때,

우웅!

놈의 오른쪽 부근의 공간이 갈라졌다.

그리고 그 안에서 인호가 나타났다.

"너나 뒈져!"

뇌광참(雷光斬).

잔 다르크를 유지할 마력 외의 모든 힘을 이번 일격에 담았다. 수평으로 날아가는 검기는 정확히 뇌명의 목을 노렸다. 방어막이 사라진 지금이라면 놈의 목을 베는 것도 가능했다.

'빌어먹을!'

속으로 욕설을 퍼부은 뇌명. 이대로 공격을 계속하면 한석봉을 죽일 수 있다. 대신 자신도 위험해지고 만다. 수지가 맞지 않는 장사였다.

서걱!

-크허엉!-

결국 뇌명은 공격을 포기했다. 온 힘을 다해 오른팔을 들어 자신의 목을 보호했다. 그 대가로 어깻죽지가 그대로 잘려 바닥에 떨어졌다.

-감히 이딴 짓거리를!-

분노한 뇌명이 남은 왼손을 내질렀다. 시커먼 요력이 깃든 일격은 봉에 필적했다. 하지만 놈의 주먹은 인호의 몸에 닿지 못했다.

어느새 한석봉이 던진 종이가 인호의 몸에 닿았다. 종이에는 축지(縮地)라는 글자가 새겨져 있었고. 그 순간, 한석봉과 인호의 몸이 뇌명의 눈앞에서 사라졌다.

"지금입니다!"

이제까지 상황을 지켜본 형준이 외쳤다. 이를 들은 수아는 방아쇠를 당겼다.

이수아류 마력제어술

필살기 마력의 파동(Mana Pulse)

수아의 전력이 개방됐다. 깨달음을 통해 진일보한 그녀의 힘은 오페라하우스 때보다 더 강해졌다. 4등급 몬스터인 뇌명에게 타격을 줄 정도로.

콰아앙!

푸른빛의 기둥이 놈을 집어삼켰고 검은 구름이 치솟았다.

"고맙소. 그대들의 도움이 아니었다면 저 악적을 결코 이기지
못했을 것이오."

"아직 끝나지 않았습니다."

한석봉이 웃으며 말하자 인호는 고개를 저었다. 다른 플레이어
들의 안색도 매우 나빴다. 뇌명이 진짜 죽었다면 퀘스트가 끝났다
는 메시지가 떠올라야 했다. 그런데 지금껏 메시지는 나오지 않
았다.

"그게 무슨……."

─아아. 이 정도로 끝날 리가 있나?─

연기 속에서 뇌명이 나타났다.

놈은 여전히 서 있었다. 고열로 몸이 여기저기 녹아내리거나 타
버렸는데도. 오히려 살기를 풀풀 풍기며 일행을 노려보았다.

'다 끝났나.'

인호는 현실을 받아들였다. 자신을 비롯해 일행에게는 싸울 힘
이 없었다. 한석봉이나 잔 다르크도 서 있는 게 고작이었고.

'미안해, 누나.'

하나뿐인 가족을 뒤에 남겨둬야 하는 게 안타까웠다. 그래도 현
주를 믿었다. 많이 슬퍼하겠지만 결코 슬픔에 사로잡히지 않을 거
라고.

'무명.'

─걱정하지 마라. 끝까지 함께 할 테니까─

담담히 말하는 무명. 인호는 웃으며 마검과 성검을 굳게 쥐었다.

뇌명은 그런 그를 노려보았다.

–아까 전에 말했었지. 네놈은 제일 마지막에 죽여주겠다고! 거기서 동료의 죽음을 지켜봐라!–

"나도 한 번만 더 말하지. 네놈은 말이 너무 많아."

–이 새끼가!–

뇌명이 남은 한 팔로 봉을 움켜쥔 채 달려들었다. 이에 질세라 인호 또한 놈에게 달려들었다. 그 와중에 그는 정안을 발동했다. 죽을 때 죽더라도 놈의 팔 하나는 더 가져가리라.

요괴와 인간이 격돌했다.

5분 전.

좌아아!

물줄기가 거침없이 연못에 쏟아졌다. 그 앞에는 재혁이 숨을 헐떡인 채 서 있었다. 연못을 바라보는 그의 눈빛에는 분노가 가득했다.

"X발! 너 때문에 얼마나 많은 사람이 죽었는지 알아!? 그런데 네가 뭐라고 계속 거기에 처박혀 있냐고!"

재혁은 이제까지 쌓인 감정을 모두 토해냈다. 그러지 않고서는 도저히 이 분노를 해소할 수 없었다.

"뭐가 용이야! 뭐가 승천이냐! 네 목적만 이룰 수 있으면 다른 사람들은 다 죽어도 된다는 거냐? 양심이 있으면 너도 좀 싸워, X새야!"

고작 퀘스트 하나를 깨기 위해, 던전을 차지하기 위해 7명이 목숨을 잃었다. 그중 넷은 자신의 친구들이었고.

이제 달무리 클랜에는 자신 한 명밖에 남지 않았다. 상실로 인한 슬픔과 고독감이 그의 마음을 좀먹었다.

"당장 싸워. 안 그러면 너도 뒈지는 거야."

품속에서 무언가를 꺼낸 재혁.

그건 수류탄이었다. 보상으로 얻은 이 무기는 그에게 남은 유일한 공격 수단이었다. 그는 아무 망설임 없이 핀을 뽑고는 연못을 향해 팔을 내밀었다.

이제 전투로 인한 소리가 들리지 않았다. 이는 싸움이 끝났음을 의미했다. 정황을 볼 때, 동료들이 졌을 게 분명했고. 퀘스트를 공략했다는 메시지가 나타나지 않았으니까. 어차피 죽을 거, 최대한 발악하고 죽을 생각이었다.

-설마 나를 협박하는 인간이 있을 줄이야, 살다 보니 별일을 다 겪는군-

호기심에 가득 찬 목소리가 재혁의 머릿속을 울렸다. 그는 목소리의 주인이 이무기임을 알아차렸다.

-그대의 심정은 충분히 이해한다. 거짓된 세상에 와서 생판 모르는 타인을 위해 목숨을 걸어야 한다니, 이보다 부조리한 일은 없겠지-

"그걸 아는 새끼가 계속 처박혀 있는 거냐! 7명이다! 너를 지키기 위해 7명이 죽었어!"

-그 점은 미안하게 생각하고 있다. 허나 어쩌겠냐? 그게 나에게 부여된 업인 것을. 나는 정해진 시간이 지날 때까지 이곳에서 못 벗어난다-

"넌 부끄럽지도 않냐?"

-무슨 뜻이지?-

하도 어이가 없어서 소용돌이치던 온갖 감정이 가라앉았다.

"부여된 업이라 했지?"

-무슨 문제라도 있나?-

"용이 되려고 하는 놈이 누구 따까리로 있고 싶냐?"

이무기는 침묵했다. 그러나 재혁은 아랑곳하지 않고 말을 이어 나갔다.

"왜 용이 되려고 하냐? 용꼬리를 얻으려고? 자기 마음대로 행동도 못 할 바에는 뱀 대가리가 낫다고 생각하는데."

-무례하다고 생각하지 않나?-

"다른 사람 목숨 팔아 살아남은 새X가 할 말이냐?"

재혁이 쏘아붙이자 이무기는 입을 다물었다. 천 년 동안 수행했지만, 자신의 1/10분도 살지 않은 인간의 말에 반박할 수가 없었다.

-피로 업을 쌓았다는 건가. 확실히 올바른 일이라 할 수 없지. 그리 생각하면 내 수행은 이미 실패했을지 모르겠군-

타인의 희생을 발판삼아 승천한들 무슨 의미가 있을까? 아니, 애초에 승천할 가능성이 없었다. 승천처럼 숭고한 의식에 피가 흩뿌려졌으니까.

-네 말이 옳다, 인간. 능동적으로 움직이지 못하는 생명은 생명이 아니다. 한낱 인형일 뿐이지-

부글부글.

갑자기 연못이 끓기 시작했다.

-네가 이겼다, 인간. 자부심을 가져도 좋다. 너는 나를 이긴 유일한 인간이니까!-

그 말을 듣는 순간, 물기둥이 치솟았다.

검과 봉이 교차하는 순간, 인호는 죽음을 직감했다. 정안이 비춰주는 궤적을 따라 성검을 휘둘렀지만, 오히려 튕겨 나왔다. 그렇다고 피할 수도 없었다. 그러기에는 적의 공격이 너무 빨랐으니까.

봉이 점차 커졌다.

죽음이 다가왔다.

-그대의 용기는 잘 지켜봤다, 인간-

덥석.

미지의 목소리가 들리더니 뇌명의 공격이 멈췄다. 그리고 인호는 볼 수 있었다. 자신의 옆에 서 있는 사내를. 더 놀라운 건 사내가 뇌명의 봉을 한 손으로 잡고 있다는 사실이었다.

'누구지?'

흩날리는 은색의 장발, 창백한 피부와 새하얀 옷 등 모든 게 하얀 사람이었다. 옆에 있는 게 뻔히 보이는데도 존재감을 전혀 느낄 수 없었다. 심지어 정안을 운용했는데도.

-……이놈이 여길 왜?-

'누군지 알고 있나?'

무명은 대답하지 않았다. 그저 입만 뻐끔거리며 사내를 바라볼 뿐이었다.

대신 한석봉이 해답을 제시했다.

"이, 이무기여! 당신이 어째서 여기에 있습니까?"

"이무기라니……."

인호는 크게 당황했다.

아무리 봐도 상대는 평범한 인간이었다. 뇌명이나 이제까지 만났던 몬스터들과 달리 괴물의 흔적이 전혀 보이지 않았다. 이제까지 상대하던 놈들과 달리 이름이 뜨지도 않았고.

"이곳은 나의 영토. 주인이 자신의 땅에 나타나는 게 무슨 문제라도 되나, 석봉?"

"그, 그건 아닙니다만."

"승천은 분명히 나에게 중요한 의식이다. 하지만 내 목적을 위해 많은 사람이 죽는 게 옳은 일이라 생각하지 않는다."

한석봉 또한 무명처럼 아무 말도 하지 못했다. 이무기의 말은 정론이었다. 다만 그런 이유로 천 년 동안 쌓은 수행의 결과를 날려 버리다니, 고마웠지만 이해할 수 없었다. 그건 뇌명 또한 마찬가지였고.

-이 벌레들을 살리기 위해 승천을 포기하겠다고!? 미쳐도 단단히 미쳤군!-

"네깟 놈이 이해할 거라 생각하지 않는다."

-차라리 잘 됐군. 여의주를 넘겨라! 네놈은 쓸 일도 없지 않나!-

쿠오오!

뇌명의 전신에서 검은 기류가 뿜어져 나왔다. 한쪽 팔을 잃어도, 상처가 심해도 여전히 놈의 힘은 쇠하지 않았다.

"주제를 알아라, 잡종."

콰드득.

이무기가 손에 힘을 주는 순간, 봉이 박살났다. 깜짝 놀란 뇌명은 다급히 물러나 거리를 벌렸다.

"진짜 버러지가 누군지 알려주지."

'빡쳤군.'

이무기가 열 받은 게 느껴졌다.

그래도 안심이 됐다.

-살아남은 걸 축하한다, 김인호-

어떻게든 살아남았으니까.

'제기랄!'

겉으로 내색하지만 않았을 뿐, 뇌명은 크게 당황했다. 아무리 머리를 굴려도 이무기를 이해할 수 없었다.

용이 무엇인가? 천상천하를 통틀어 감히 최강이라 칭할 수 있는 유일한 생명체였다.

그리고 이무기는 그런 용이 될 수 있는 자격을 손에 넣었다. 모든 요괴의 소망을 이뤘다고 해도 과언이 아니었다.

그런데 한낱 인간들을 구하기 위해 그 기회를 걷어찬다? 미치지 않고서야 절대 그럴 수 없었다.

"생각이 많군, 잡종."

파지직.

하늘에서 한 줄기의 벼락이 떨어졌다. 허나 표적을 꿰뚫지는 못했다. 어느새 뇌명이 그 자리에서 물러났기 때문에. 그러자 이무기는 재미있다는 듯이 웃었다.

"하늘의 기운이 움직이는 걸 느꼈나? 잡종치고는 제법이군."

"이런 젠장맞을 놈이!"

이무기의 모욕적인 언사에 뇌명은 분개했다. 그래도 놈은 감정을 못 이겨 달려드는 우를 범하지 않았다. 섣불리 싸워 이길 수 있는 상대가 아님을 잘 알고 있었다.

'고독의 술만 완성됐어도!'

속이 부글부글 끓어올랐다. 육백 마리에 달하는 요괴들을 먹고서 놈들의 힘을 다 흡수했더라면 이무기와 동등한 격을 손에 넣을 수 있었을 텐데.

힘들게 세운 계획이 빌어먹을 인간과 영웅들 때문에 어그러졌다. 당장이라도 놈들을 갈기갈기 찢어버리고 싶었다.

"안 오면 내가 갈 뿐이다."

이무기가 오른손을 위에서 아래로 그었다. 그러자 바람이 칼날이 되어 뇌명을 향해 달려들었다.

─쿠허어엉!─

맹수의 포효가 뿜어져 나왔다. 소리는 충격파가 되어 바람의 칼날을 모조리 날려버리고는 이무기를 덮쳤다. 하지만 그가 파리를 쫓듯이 손을 휘두르자 파동은 거짓말처럼 사라졌다.

"겨우 그 정도 힘을 얻으려고 그리 아등바등 한 거냐? 추하기 그지없군."

─닥쳐!─

뇌명은 자세를 낮게 잡고 몸 안의 요력을 끌어올렸다. 놈의 몸에서 검은 기류가 뿜어져 나오더니 왼손에 집약됐다. 공간이 일그러질 정도로 요력이 모이자 놈은 전력을 다해 일권을 내질렀다.

콰콰쾅!

해일과도 같은 권풍이 허공을 헤집으며 쇄도했다. 강력한 권압 때문에 기다란 고랑이 형성되었고 궤적에 있는 물체들은 모조리 분쇄됐다.

"잡종치고는 대단하지만 거기까지지."

이무기는 오른손을 내밀었다. 그러자 모든 것을 부술 거 같던 뇌명의 일격이 막혔다.

-뭐라고!?-

믿을 수 없는 광경이 보이자 뇌명은 경악했다. 온 힘을 다해 날린 공격은 거세게 요동치기만 했지, 이무기의 오른손 너머로 나아가지 못했다.

콰득.

이무기가 활짝 펼쳤던 오른 손바닥을 움켜쥐었다. 별거 아닌 행동이었는데 권압은 그대로 소멸했다. 너무나 비현실적인 광경에 다들 입만 뻐끔거렸다.

그러나 단 한 사람, 인호만큼은 두려움을 느꼈다. 뇌명이나 이무기의 힘에 압도된 건 아니었다. 다른 이유로 그는 몸을 떨었다.

"무명, 던전이 무너지면 저런 놈들도 세상으로 나오나?"

-제약이 있긴 하다만 결과적으로 나올 수 있지-

"……던전 브레이크가 일어나면 그 주변 지역은 끝나겠군."

인간의 힘은 아직 미약했다. 4급은커녕, 5급만 돼도 현재 플레이어들의 수준으로는 막기 어려운 게 현실이었다.

그런데 그 이상의 놈들이 나온다면?

인간은 더는 지구의 주인을 자처할 수 없으리라.

인호가 고민하는 와중에도 뇌명과 이무기의 싸움은 이어졌다. 이무기의 일방적인 유린에 가까웠지만.

콰드득!

허벅지가 갈라지면서 녹색의 피가 뿜어져 나왔다. 이무기에 의해 만들어진 상처는 재생도 되지 않았다.

-제기랄!-

욕설을 내뱉으면서도 뇌명은 인정했다. 용이 되기 직전에 다다른 괴물답게 이무기의 능력은 상상을 초월했다. 자신에게 놈을 이길 가능성은 없었다.

'피해야겠군.'

죽을 게 분명한 싸움을 왜 계속하겠는가? 뇌명은 이무기를 경계하면서도 주변의 빈틈을 찾았다. 잠시 뒤, 놈은 눈을 빛냈다. 자세히 살필 필요도 없을 만큼 빈틈들이 넘쳤다.

"그 힘을 얻기 위해 얼마나 많은 생명체를 죽였나? 그 많은 살업을 쌓고서도 여의주를 탐하다니, 그 죄는 절대 용서할 수 없다."

─이무기로 태어나 홀로 고고하게 살아온 놈이 말을 제법 하는구나! 약육강식이야말로 세상의 유일한 이치다!─

"말 잘했다, 잡종. 약자의 심정을 뼈저리게 느껴라."

이무기의 오른손에 은색의 빛이 모여들었다. 이를 본 뇌명은 상대에게 달려들었다. 그러나 놈이 닿는 것보다 공격의 속도가 더 빨랐다.

용이 포효하는 것 같은 소리가 울려 퍼지더니, 은색 섬광이 뇌명을 향해 쇄도했다. 놈은 기다렸다는 듯이 오른쪽으로 몸을 틀었다.

─크윽!─

미처 피하지 못한 왼팔이 빛줄기에 닿았다. 맷돌에 의해 갈려지는 콩처럼 왼팔이 으깨졌다. 하지만 이를 희생한 대가로 뇌명은 이무기에게서 도망치는 데 성공했다.

그리고는 가만히 전투를 지켜보고 있던 수아 쪽으로 달려갔다.

─인질이 돼줘야겠다, 인간!─

검은 기류가 거대한 손이 되어 수아에게 떨어졌다. 마력의 파동을 사용한 그녀에게 도망칠 여력은 없었다.

"누구 마음대로!"

뇌광참(雷光斬).

수라멸천신공으로 쥐어짠 마력을 날리는 인호. 검붉은 검기는 거대한 손과 부딪치더니 이윽고 폭발이 일어났다.

"쿨럭!"

기침하자마자 인호의 입에서 피가 흘러나왔다. 무리한 마력 운용으로 심각한 내상을 입은 것이다. 허나 그는 쓰러지지 않았다. 오히려 더욱 마력을 쥐어짜 공격하려 했다.

-거기까지 해라. 싸움은 끝났다-

이제까지 상황을 지켜보던 무명이 입을 열었다. 그의 말 대로 뇌명은 수아를 무시한 채, 빠른 속도로 도망쳤다. 하지만 이무기는 놈을 뒤쫓지 않았다.

"뭐 하는 겁니까! 놈을 쫓아가지 않고."

그때, 재혁의 목소리가 울려 퍼졌다. 폭포에 있다가 내려온 그는 불신이 가득한 얼굴로 이무기를 노려보았다.

"추적해봤자 무의미하다, 인간. 내 손으로는 놈을 죽일 수 없으니까."

"개소리는……."

"본의 아니게 살업을 짊어졌지만, 이는 감당할 수 있다. 허나 내 손으로 직접 살생을 저지르면 모든 공이 무너진다. 나로서는 놈을 쫓아내는 게 한계다."

단호하게 말하는 이무기.

그 모습을 보며 재혁은 물론 다른 이들도 침묵했다. 이미 그들은 이무기에게 목숨을 빚진 입장이었다. 무슨 염치로 그의 말에 반발하겠는가.

"X발!"

결국 재혁은 욕설로 울분을 토해냈다.

이곳에서 그는 모든 친구를 잃었다. 그 상실의 아픔을 어찌 이해할 수 있을까? 그저 지켜볼 수밖에 없었다.

"무의미하다는 건 알고 있다. 하지만 그대들에게 사과하고 싶다. 정말 미안하다."

이무기는 고개를 숙였다.

자신의 행동이 재혁은 물론 다른 이들에게 위로가 안 된다는 건 알고 있었다. 그런다고 해서 죽은 사람들이 살아 돌아오는 것도 아니었으니까. 그래도 이들에 대해 미안함을 느낀 건 진심이었다.

사과를 마친 이무기는 간신히 서 있는 인호에게 다가갔다.

"내상이 심하군. 치료할 테니 가만히 있게."

"감사합니다."

이무기는 인호의 가슴에 손을 댔다. 그 순간, 거대한 기운이 그의 몸 안으로 흘러들어왔다.

'대단하군.'

인호는 솔직하게 감탄했다. 거칠었던 호흡이 가라앉았다. 몸이 찢어질 거 같았던 통증 또한 사라졌다. 오히려 베스트 컨디션이었을 때보다 더 좋아진 느낌이었다.

그런데 그때,

콰콰콰!

놀라운 일이 일어났다.

"이게 무슨!?"

뇌명과 싸울 때도 여유로웠던 이무기의 얼굴이 일그러졌다. 그의 의지와 상관없이 기가 인호의 몸 안으로 빨려 들어가기 시작했다.

2급 몬스터 '여의주의 선인'의 힘이 주입됩니다.
영웅화가 상승합니다. 현재 영웅화-55퍼센트

영웅화가 50퍼센트를 돌파했습니다.
이에 따라 신체 능력이 급격히 발달합니다.
또한 건곤천뢰검을 제외한 모든 스킬의 레벨이 3씩 상승합니다.

| Close | View |

메시지가 떠오르기 무섭게 인호의 전신에서 빛이 뿜어져 나왔다. 그가 가진 모든 기운이 이무기의 기운과 하나로 섞이기 시작했다.

그렇게 합쳐진 기운은 인호의 내부를 휘저었다. 그 결과, 깊숙한 곳에 잠들어 있던 또 다른 능력이 잠시나마 눈을 떴다.

[잠재 능력 '용의 인자'가 일시적으로 활성화됩니다.]

"이 인간은 대체……."
이무기의 눈동자가 크게 흔들렸다.
한 인간이 이렇게 많은 능력을 갖추고 있는 것도 신기한데 이제는 용의 힘이라니? 천 년 동안 살면서 이런 인간은 진정 처음이었다.

그러나 이무기는 생각을 이어나가지 못했다. 인호의 몸에서 형성된 용의 힘이 그에게 흘러들어오기 시작했기 때문에.

우우웅.

이무기의 가슴 안에서 무지개의 빛깔을 띤 구체가 모습을 드러 냈다.

"여, 여의주! 실물을 보게 될 줄이야!"

난데없는 사태에 깜짝 놀란 한석봉이 외쳤다. 4성 영웅인 그도 이야기만 들었지 실제로 본 적은 이번이 처음이었다. 다른 사람들 도 꿈만 같은 광경을 멍하니 응시했다.

번쩍!

여의주 안에 깃든 빛이 뿜어져 나와 이무기를 휘감았다. 압도적 인 광량으로 인해 다른 이들은 모두 눈을 감아야 했다.

그리고 빛이 사라졌을 때,

-쿠오오오오!-

일행은 볼 수 있었다.

하늘을 가르는 커다란 용의 모습을.

뱀을 연상하게 하는 기다란 몸통, 몸에 붙어있는 비늘은 마치 갑 옷을 떠올리게 할 정도로 튼튼하고 묵직했다. 이마 쪽에는 사슴의 뿔이 길게 났으며 머리 쪽에는 사자의 갈기가 달려 있었다. 두 개 의 손에는 날카로운 손톱이 나 있었고.

"……저게 용."

"이거 꿈 아니지?"

영웅, 인간 할 것 없이 모두 홀린 듯이 하늘을 올려다보았다. 몬 스터 특유의 살기는 전혀 느껴지지 않았다. 만물 위에 군림하는 절 대자의 존재감만 느껴졌을 뿐.

-너랑 함께하니 별일을 다 겪는군. 이 짧은 시간에 용을 두 마리

나 볼 줄이야. 뭐 첫 번째 놈은 사악의 화신이었지만–

'드래곤하고는 또 다르군.'

용이나 드래곤 모두 격을 가늠할 수 없을 정도로 강대한 힘을 지
녔다. 다만 드래곤은 무명의 말마따나 악마를 떠올리게 할 정도로
사악하지만 용에게서는 숭고한 기운이 느껴졌다.

–천 년 동안의 수행을 통해 삼라만상의 이치를 깨달았다고 믿었
거늘, 오만이었군–

용은 혼자 중얼거리더니 시선을 내렸다. 인간들을 바라보며 그
는 말을 이어나갔다.

–만사는 진심으로 알 수가 없구나. 그대들을 구하기 위해 연못
을 나온 것이 하나의 열쇠가 될 줄이야–

수행을 포기하고 일행을 구하기 위해 뇌명과 싸웠다. 비록 재혁
의 뜻이 있었지만, 이무기가 자신을 희생했다는 사실은 분명했다.
그게 이무기를 새로운 길로 안내한 것이다.

진짜 쐐기는 따로 있었지만.

이를 잘 아는 용은 인호와 시선을 정면으로 마주했다.

–용의 힘을 가진 인간이여. 진심으로 그대에게 고마움을 전하
고 싶다. 그대의 도움이 있었기에 나는 마침내 한계를 벗어나는
데 성공했다.–

"인사를 받을 입장은 아닙니다. 우연히 일어난 일이니까요."

–이 세상에 우연은 존재하지 않는다. 우연을 가장한 필연만 있을
뿐. 그렇기에 그대는 나의 은인이다. 물론 이 자리에 있는 이들도 마
찬가지고. 은혜를 받았으면 보답을 해야 하는 게 세상의 이치–

번쩍!

인호와 영웅들을 제외한 다른 이들의 몸에서 빛이 피어올랐다.

"용의 축복이라니! 거기다 이거 상시 지속이야!"

"대박!"

메시지를 읽은 플레이어들은 호들갑을 떨었다. 용이 내린 축복이 그만큼 대단했기에 당연한 반응이었다. 가볍게 고개를 끄덕인 용은 다시 인호를 바라보았다.

-그대가 어찌 용의 기운을 얻었는지는 모른다. 허나 아직 제대로 못 다루는 거 같군-

"이 검의 봉인이 풀리지 않는 이상, 불가능합니다."

인호는 마검을 들어 올렸다. 검의 본질을 읽은 용은 깜짝 놀랐다.

-용광검이라니? 과거에 소실됐던 검을 그대가 어찌 가지고 있는 거지? 수호령이여, 그대가 준 것인가?-

-내가 준 건 맞다. 그게 용광검인지는 몰랐지만-

갑자기 불렸지만, 무명은 담담히 대답했다. 그 말을 들은 인호는 상대의 대담함에 감탄했다. 두려워하지도 않고 경외하지도 않은 채, 그저 평범하게 용을 대하는 모습을 보고 격의 차이를 느꼈다.

-기억을 되찾지 못한 영웅인가. 용의 힘을 가진 인간도 흥미롭지만, 그대도 재미있군-

-나한테는 신경 쓸 필요 없다. 줄 게 있다면 이놈한테나 줘라-

-그래야지-

용은 인호를 향해 손가락을 가리켰다. 그러자 무지갯빛이 그의 몸을 휘감았다.

[플레이어 김인호가 칭호 '용의 인정을 받은 자'를 획득했습니다. 앞으로 용의 힘을 다룰 때, 어떤 제약도 받지 않습니다.]

―자네에게는 그게 좋을 거라 생각하네―

"감사합니다."

다른 사람들과 달리 당장 도움이 되는 능력은 아니었다. 그래도 인호는 만족했다. 언젠가 이 칭호가 자신에게 큰 도움이 될 날이 올 것을 본능적으로 느꼈다.

―인간들이여, 이 정도로는 내가 받은 은혜를 완전히 갚을 수 없음을 잘 알고 있다. 이에 대한 보답은 언젠가 또 할 수 있는 날이 올 것이다. 그대들의 운명에 축복이 있기를 진심으로 기원한다!―

쿠오오오오!

산 전체를 뒤흔드는 포효. 마지막까지 자신의 존재감을 과시한 용은 하늘 위로 올라가더니 그대로 사라졌다.

[플레이어 김인호가 던전 퀘스트 '이무기의 승천을 도와라!'를 달성했습니다.]

[보상으로 고유(Unique) 등급의 액티브 스킬이 주어집니다. 또 플레이어 포인트 20이 주어집니다. 현재 플레이어 포인트-114]

[용의 승천을 도와주었습니다. 이는 분명히 영웅의 업적. 영웅화가 3퍼센트 진행됩니다. 현재 영웅화-58퍼센트]

드디어 끔찍했던 퀘스트가 끝났다.

'이제 하나 남았군.'

음악당만 공략되면 예술의전당을 확실히 장악할 수 있게 된다. 권태한을 응원하고 싶지 않지만 이번만큼은 놈이 자신이 맡은 바를 제대로 처리했으면 싶었다.

-이제 그만 놈을 벗으로 인정할 때도 되지 않았나?-

'헛소리는 됐다.'

그놈이 벗이라니, 절대 그런 날은 오지 않을 것이다.

쿠쿠쿠쿵!

다른 던전들이 그랬듯이 서예박물관 내부의 세상이 사라지기 시작했다. 마치 처음부터 없었던 것처럼. 허나 당황하는 사람은 아무도 없었다. 이곳에 모인 플레이어들 모두 던전을 공략한 경험이 있었기 때문에.

"그동안 도와줘서 정말 고맙네. 그리고 미안하네. 내 제안으로 인해 너무 많은 사람이 목숨을 잃었군."

사라지는 세상 속에서 한석봉은 일행에게 큰절을 올렸다. 진심이 가득 담긴 모습이었지만 다들 아무 말도 하지 않았다.

동료를 잃지 않은 인호 일행은 이 대화에 끼어들 수 있는 처지가 아니었다. 동료의 상실을 경험한 이들이 말 한마디로 기운을 낼 리 만무했으니까.

"용께서 그랬듯이 나 또한 이 자리에서 맹세하지. 오늘은 이대로 사라지지만 내 이름을 걸고 반드시 은혜를 갚겠네. 그럼 무운을 빌지."

그 말을 끝으로 한석봉은 사라졌다. 동시에 환한 빛이 세상을 완전히 잠식했다.

제16장 동맹

　예술의전당 정문 앞.

　서예박물관에 들어갔던 플레이어들이 모습을 드러냈다. 하지만 그들을 가장 먼저 반긴 건 도시의 정경이 아니었다.

　[플레이어 김인호가 서브 퀘스트 '던전 브레이크를 저지하라!'을 달성합니다. 보상으로 플레이어 포인트 30을 획득합니다. 현재 플레이어 포인트-144]

　[국립중앙박물관 입장권을 획득합니다. 다만 관련 퀘스트가 시작되기 전까지는 입장할 수 없습니다.]

　[던전 퀘스트를 4개 달성했으며 칭호 2개를 획득했습니다. 이에 따라 MVP로 인정됐습니다. 이에 따라 플레이어 포인트 3이 추가됩니다. 현재 플레이어 포인트-147]

　[보상이 강화됩니다. 고유(Unique) 등급 대신, 영웅(Epic) 등급의 장신구가 주어집니다. 보상 목록에서 고르시길 바랍니다.]

고생 끝에 낙이 온다고 했던가. 죽을 고비를 수없이 넘긴 만큼, 보상 역시 화려했다.

그중에서 단연 눈에 띄는 것은,

'영웅 등급!'

마지막 메시지였다.

읽자마자 눈이 번쩍 뜨였다. 5등급 보스 몬스터를 뛰어넘을 수 있게 해준 '타락한 용광검'이 영웅 등급이었다. 비록 장신구라 해도 동급의 아이템을 손에 넣을 수 있게 됐다. 뭘 얻을지 가슴이 두근거렸다.

-네놈이 익힌 수라멸천신공은 전설(Legend) 등급이다. 건곤천뢰검은 영웅 등급이고. 놀랄 이유가 없을 텐데?-

'둘 다 내가 제대로 다루려면 아직 멀었지. 마지막 건 스승님이 안 가르쳐주고 있지만.'

-내, 내 입장 때문에 그런 걸 어쩌라는 거냐!-

'딱히 탓하려고 한 건 아니다. 이제부터 배우면 그만이니.'

-그게 무슨……?-

의문은 오래 가지 않았다. 인호의 말을 이해한 무명의 눈동자가 크게 흔들렸다. 그는 믿을 수 없다는 얼굴로 자신의 계약자를 바라보았다.

-당연히 검의 봉인을 풀 줄 알았다. 이제 용의 힘도 제대로 다룰 수 있지 않나?-

'확실히 타락한 용광검의 능력은 대단했지. 용의 인자로 얻은 힘은 여전히 기억에 선명하게 떠오르고.'

-그걸 알면서 왜 내 봉인의 해제를 우선한 거냐?-

'그 힘은 일시적으로 유지될 뿐, 절대 영원하지 않다. 그에 반해 각성한 너에게 건곤천뢰검의 중반부와 다른 무공을 배우면 난 더 강해질 수 있다. 그걸 아는데 왜 검을 택하겠나?'

타락한 용광검이나, 아직 정체를 확인하지 못한 성검에 미련은 있었다.

허나 결론을 바꿀 생각은 없었다. 아이템이 빛을 보려면 그에 맞는 역량이 필요했다. 그렇지 않으면 권태한 같은 템빨로 전락하고 만다. 그런 꼴을 당하느니 자신의 성장에 집중하는 게 옳았다.

그리고 이런 것들을 다 떠나서,

'약속은 지키라고 있는 거다, 무명.'

이제까지 함께했던 동료의 믿음을 어찌 저버릴 수 있겠는가.

─*좋다! 기억만 되찾으면 뭔들 못 할까? 기억을 찾으면 네가 혼자서 5등급 괴수를 잡을 수 있을 정도로 굴려주마!*─

'기왕이면 살살해줬으면 좋겠군.'

말은 그리했지만, 인호는 웃었다. 무명의 입가에도 환한 미소가 떠올랐다.

그렇게 두 사람이 대화를 마쳤을 때,

"빌어먹을. 또 지다니."

귀에 익은 목소리가 귓가에 들렸다.

인호는 얼굴을 찌푸리며 고개를 돌렸다. 한숨을 푹푹 쉬고 있는 권태한의 얼굴이 눈에 들어왔다.

"이번에는 진짜 내가 이길 줄 알았다고. 두 번째 던전은 내가 더 빨리 공략했잖아."

"누가 던전을 빨리 공략하면 MVP가 된다고 그랬지? 네놈 혼자서 멋대로 내린 결론 아니었나?"

"새끼, 끝까지 안 어울려주네. 후우. 이 꼴 안 보기 위해서라도 꼭 이기고 싶었는데. 그나저나 너도 진짜 괴물이다. 어떻게 한 번을 안 지냐?"

권태한은 질렸다는 듯 고개를 절레절레 흔들었다. 세화그룹의 박물관을 털어서 무장했다. 유물들의 힘을 바탕으로 손쉽게 몬스터들을 처리했고 던전을 공략했다.

그래서 김인호를 이해할 수 없었다.

개인의 노력만으로 세화그룹을 등에 업은 자신을 능가했다. 당장 놈이 가진 아이템만 봐도 자신이 얻은 유물에 절대 뒤떨어지지 않았다. 뭐 이런 놈이 다 있나 싶었다.

'그래서 더 탐나지만.'

성격이 더러워서 그렇지 실력은 확실했다. 처음 만났을 때 봤던 잠재 능력도 진짜였고. 놈만 자신의 밑으로 들어온다면 세화 클랜을 더욱 확장할 수 있으리라.

"세화 클랜에 들어올 생각 없냐? 너랑 나랑 힘을 합치면 이 근방을 장악하는 건 시간문제야."

"헛소리는 집어치워."

싸늘하게 쏘아붙인 인호는 일행을 살폈다. 다행히 수아, 형준, 잔 모두 멀쩡했다. 특히 수아와 형준은 레벨 업을 많이 했는지 강해진 게 느껴졌다.

이를 볼 때마다, 투쟁의 시대가 공평함을 실감했다. 죽을 위기를 극복하면 그에 대한 보상은 화끈하게 주어지니까. 그렇다고 마냥 좋아할 수만은 없었지만.

"이제 마력 공급으로 힘들어할 일은 없겠네요, 인호?"

"당신이 전력을 개방하면 또 골골거릴 겁니다."

"인호라면 분명히 극복할 수 있을 거예요."

"더욱 정진하겠습니다."

해맑게 웃는 잔을 보며 인호는 대답했다. 이번 던전을 통해 자신이 아직 멀었음을 깨달았다. 무명을 승급시키면 때에 따라 4성 영웅을 두 명이나 유지해야 한다. 더욱 강해질 필요가 있었다.

"질문이 하나 있습니다, 대표님."

"예."

"이번에는 여러 클랜이 달려들어 던전을 공략하지 않았습니까? 이런 경우에는 누가 던전의 주인이 되는 겁니까?"

"아마 각자 공략한 곳을 나눠 가져야 하지 않겠습니까?"

대답은 했지만, 확신은 없었다. 자신이나 권태한 일행은 다른 던전에도 들어갔다. 그게 어떤 변수로 작용할지 현재로서는 알 수 없었다.

그러나 고민은 오래가지 않았다. 해답이 바로 나왔기 때문에.

다수의 클랜이 예술의전당을 공동으로 공략하였습니다.
30일 동안 일시적으로 공동 던전으로 이행됩니다.
단일 클랜이 소유를 원한다면 클랜 배틀로 전환됩니다.

공동 던전으로 계속 유지되기를 바란다면 클랜 간의 동맹을 선포할 필요가 있습니다. 동맹을 맺지 않거나, 소유자가 발생하지 않는다면 30일 뒤에 해당 던전은 완전히 사라집니다.

| Close | View |

갑작스럽게 떠오른 메시지.

서로 대화하고 있던 이들은 침묵한 채, 메시지를 읽었다.

동맹.

사전에서는 이 단어를 이렇게 정의한다. 둘 이상의 개인이나 단체, 또는 국가가 서로의 이익이나 목적을 위하여 동일하게 행동하기로 맹세하여 맺는 약속이나 조직체라고.

그런데 투쟁의 시대에서의 동맹은 더 특별한 의미를 가졌다.

"동맹을 맺은 순간부터, 각 클랜의 본거지 위치 및 거주 인원을 포함하여 모든 정보를 공유한다."

"동맹을 맺은 두 개 이상의 클랜이 같은 던전을 공략하면 성장 속도 및 보상이 소폭 강화된다."

"동맹을 맺으면 해당 던전이 연동되어 제한 시간이 대폭 늘어난다."

메시지를 읽는 인호와 수아의 안색은 어두워졌다. 동맹을 맺으면 이점이 생긴다. 그러나 그것만으로는 동맹을 맺을 수 없었다. 가장 중요한 전제조건인 신뢰가 아직 갖춰지지 않았기 때문에.

웅성웅성.

주변이 소란스러워졌다. 자신들의 운명이 걸린 만큼, 신경을 쓸 수밖에 없었다.

허나 이대로는 아무것도 할 수 없다는 것을 아는 인호는 발걸음을 옮겼다. 그리고 상황을 정리하기 위해 입을 열었다.

"잠시만 조용히 해주십시오."

모두의 시선이 인호에게 집중됐다. 그가 주도권을 잡았다고 해서 따지는 사람은 없었다. 튜토리얼에 이어 이번 퀘스트에서도 MVP가 되면서 자연스레 권위를 획득했기 때문에.

"다들 당황스러울 겁니다. 어제 처음 만난 저희가 동맹이라니, 솔직히 말해 어렵습니다. 당장 서로를 믿는 것도 벅차니까요."

플레이어들은 고개를 끄덕였다.

함께 예술의전당을 공략했다지만 전부 다 힘을 합친 것도 아니었다. 영웅 클랜은 달무리 클랜 및 가람 클랜과 함께했고 세화 클랜은 황혼의 하늘 클랜과 같이 싸운 게 전부였다.

이런 상황에서 자신들의 정보를 다 밝혀야 한다니, 어려운 일이었다. 혹시라도 누가 배신을 도모하면 그대로 당하는 구조가 만들어지지 않는가.

"허나 믿을 수 없다는 이유로 포기하기에는 아까운 게 사실입니다. 여러분도 잘 알다시피 각 던전들에게는 시간제한이 있으니까요. 이를 늘릴 기회가 왔는데 걷어차는 건 말이 안 됩니다."

왜 더 많은 던전을 차지하려 하는가? 제한 시간을 늘리기 위해서였다. 목숨을 걸고 공략에 도전하는 것도 다 이 때문이었다.

"무엇보다 너무 많은 사람이 죽었습니다. 그들의 희생을 헛수고로 만들 수는 없습니다."

50명 중 35명이 목숨을 잃었다. 인호의 말마따나 그들의 희생을 존중할 필요가 있었다.

"제 의견이 여러분을 대표한다고 생각하지 않습니다. 따라서 제안합니다. 클랜원들끼리 의견을 나눈 다음, 각 대표가 다수결로 결정하는 겁니다. 마침 클랜 숫자도 다섯이니 금방 결론을 낼 수 있겠죠."

"알겠습니다."

"그렇게 할게요."

다들 인호의 제안에 동의했다. 그리고 클랜원들끼리 모여 의논하기 시작했다.

"전 찬성이에요, 오빠. 저희에게 의지하고 있는 사람들을 떠올려 봐요. 못 믿는다는 이유로 그 사람들을 버릴 수는 없잖아요."

"수아 씨의 의견에 동의합니다. 신뢰는 쌓으면 됩니다. 시작부터 선을 긋는 건 무의미합니다."

한목소리를 내는 수아와 형준. 말을 마친 두 사람은 잔 다르크를 바라보았다. 그러자 그녀는 당황했다. 설마 자신에게도 발언권이 올 줄은 몰랐다.

"제, 제가 말해도 되는 건가요?"

"당연하죠. 이제부터 계속 함께 하는 거잖아요? 그러니 저희 일원이죠. 안 그래요, 오빠?"

"수아의 말 대로입니다, 잔. 진짜 영웅이 가입할 줄은 몰랐습니다만."

잔은 담담히 말한 인호를 바라보았다. 그리고 고개를 돌려 수아와 형준을 응시했다. 다들 웃으며 고개를 끄덕였다.

'따라오길 잘했네.'

정말 좋은 사람들을 만났다. 뿌듯함을 느낀 잔 다르크는 의견을 밝혔다.

"저도 두 사람과 같은 의견이에요, 인호. 투쟁의 시대에서 인간 끼리 싸우는 건 바보 같은 짓이에요. 괴수라는 강력한 적을 두고 공멸할 수는 없잖아요?"

"그렇습니까?"

인호는 담담히 고개를 끄덕였다. 지금 멤버들의 답변은 예상한 대로였다. 하나같이 착한 사람들이었다. 성녀인 잔은 물론이고 수아나 형준도 그에 뒤떨어지지 않았고.

'누나가 있으면 절대로 싫다고 했을 텐데.'

-너희 남매는 사람들을 너무 안 믿는 게 탈이지-

이번만큼은 무명의 말을 부정할 수 없었다. 자신이나 누나 둘 다

영역 안에 들어오지 않은 이들에게는 싸늘하게 대하는 게 사실이었다.

-한번 해봐라. 어차피 너희들이 이 중에서 제일 강하다. 배신하는 놈이 있으면 그때 가서 짓밟으면 되지 않나?-

'그게 또 그렇게 되나?'

몬스터는 두렵지만 어지간한 인간들은 이길 자신이 있었다. 투왕지체를 얻으면서 다른 이들보다 빠른 속도로 성장할 수 있게 된 것도 한몫했다.

"알겠습니다. 그럼 저희는 동맹에 찬성하는 걸로 하겠습니다."

인호가 동의하자 세 사람은 활짝 웃었다.

잠시 뒤, 의견을 정리한 클랜의 대표들이 한자리에 모였다. 먼저 입을 연 사람은 김시현이었다.

"가람 클랜의 김시현이에요. 다들 이번 던전을 공략하면서 느꼈을 거예요. 우리가 정말 약하다는 걸."

김시현의 눈에서 눈물이 흘러내렸다. 이 자리에 돌아오지 못한 이들을 떠올리니 감정이 북받쳐 올랐다. 그녀는 묵묵히 참고 말을 이어나갔다.

"그래서 저는 동맹을 맺어야 한다고 봐요. 소수의 인원이 할 수 있는 일은 한정되어 있어요."

"달무리 클랜의 이재혁입니다. 저도 동맹에 찬성합니다. 플레이어는 전혀 특별하지 않습니다. 친구들을, 동료들을 못 지킬 정도로 나약합니다. 이런 비극이 다시 생기지 않도록 힘을 모아야 합니다."

김시현에 이어 이재혁이 의견을 밝혔다. 뒤를 이어 한 여성이 나섰다. 갈색의 포니테일을 한 여성은 키는 작았지만, 비율이 좋았다. 또 당당한 태도로 자신만의 존재감을 자랑했고.

"황혼의 하늘 클랜의 김하은이에요. 저는……."

"인간들 더럽게 뻔뻔하네. 안면에 철판이라도 깔았어?"

김하은은 입을 다물었다. 갑자기 권태한이 끼어들었기에. 그는 불만이 가득 찬 얼굴을 하고 있었다.

"동맹은 대등한 힘을 가진 놈들이나 맺는 거야. 그런데 네놈들이 나나 저놈하고 똑같다고? 개소리 집어치워. 우리가 도와주지 않았다면 저기서 죽었을 놈들한테 자격이 있다고 생각해?"

권태한은 살벌한 눈초리로 김시현, 이재혁, 김하은을 노려보았다. 세 사람은 분노와 모멸감으로 몸을 떨었다.

그러나 따지고 들 수는 없었다. 권태한의 말은 사실이었으니까. 영웅 클랜이나 세화 클랜이 개입하지 않았다면 세 클랜은 전멸당했으리라.

"순순히 포기하면 그에 대한 대가는 충분히 낼게. 그게 싫으면 우리 밑으로 들어오던가."

세 사람은 결국 입을 다물었다. 어떤 선택지를 골라도 비참함 만큼은 면할 수 없음을 잘 알았다.

"누구 멋대로 우리냐? 왜 네 의견을 나한테 강요하는 거지?"

"너도 그만 정신 차려. 계속 이런 어중이떠중이들하고 어울려주니까 이런 문제가 생기는 거잖아. 현실을 좀 봐라. 너나 나는 쟤들하고 급이 달라."

"아무래도 안 되겠다."

"그게 무슨……."

권태한은 말을 잇지 못했다.

콰드득.

어느새 인호의 주먹이 그의 안면을 강타했기 때문에.

"일단 좀 맞자."

아무리 생각해도 저놈은 제대로 가정교육을 받지 못했다. 그렇지 않으면 저토록 오만방자하고 개념이 없음을 설명할 수 없었다. 그러니 놈의 부모님을 대신해 뼛속 깊이 새겨 주리라.

주르륵.

권태한은 입가를 닦았다. 손등에 피가 묻어 나왔다.

"도련님!"

깜짝 놀란 정찬우와 이지연이 그에게 다가오려 했다. 허나 두 사람은 몇 발자국도 못 나간 채, 멈춰야 했다. 태한이 손을 뻗어 다가오는 것을 막았기 때문에.

"내가 처리할게."

"저 남자는 위험합니다."

"쪽팔리게 할래?"

태한은 정찬우의 경고를 받아들이지 않았다. 저런 태도로 나오는 그를 말릴 수 없다는 걸 누구보다 잘 알고 있었기 때문에 두 사람은 물러났다. 다만 여전히 걱정하는 기색이 역력했다.

두 사람을 물린 태한은 인호를 응시했다. 그리고 웃었다.

'한 방이라······.'

인호가 강하다는 건 알고 있었다. 다만 갑옷의 보호막을 단번에 뚫다니, 예상 이상으로 강했다.

'내가 사람은 잘 봤지.'

태한에게 있어 인호는 보석이었다. 제대로 품을 수만 있다면 세화 클랜은 물론 자신의 영향력을 확대해줄 수 있는 진귀한 보석.

여타의 보석보다 손에 넣기 힘들기 때문에 더욱 가치가 있었다.

허나 그렇다고 해서 이 상황을 가볍게 넘길 생각은 없었다. 개인적인 욕심과 별개로 타인에 얻어맞고 어찌 가만히 있을 수 있겠는가.

스르르.

태한은 환도를 뽑았다. 인호 또한 마검과 성검을 움켜쥐었다.

"뭐가 불만인데? 딱히 틀린 말을 한 것도 아니잖아? 설마 정말 저놈들이랑 우리가 같다고 생각하는 거야?"

"착각도 그 정도면 병이다. 남들보다 특별하다고? 5급 몬스터도 막기 힘든 우리가? 웃기지 마라."

인호는 단호히 태한의 의견을 부정했다.

잔 다르크가 없었다면 데스나이트를 이길 수 있었을까? 이무기가 오지 않았다면 야차를 상대로 살 수 있었을까? 답을 잘 알고 있기 때문에 그는 자신을 특별하다고 여긴 적이 한 번도 없었다.

"지금이야 그런데 시간이 흘러도 똑같을까? 절대 아니야. 플레이어들 사이의 격차는 더 커질걸? 그리고 그 꼭대기에는 너나 내가 있을 거고."

"금수저로 태어나서 개념이 없을 줄은 알았지만 이건 중증이군."

"원래 세상을 지배하는 사람은 돈이 많은 사람과 재능이 뛰어난 사람이야. 새삼스러울 것도 없잖아? 돈이 아이템의 숫자로 바뀌기는 했지만."

"역시 넌 좀 맞아야겠다."

"잘됐네. 안 그래도 한 번 제대로 붙어보고 싶었는데."

치이익!

태한의 몸을 중심으로 냉기가 피어오르더니 바닥이 얼어붙기 시작했다. 인호는 이에 개의치 않고 수라멸천신공을 운용했다. 검붉은 기류와 검푸른 기류가 흘러나와 각각 마검과 성검을 휘감았다.

"약속해라."

"뭘?"

"네가 이 싸움에서 졌을 경우, 저 사람들을 무시한 걸 사과해라. 싫으면 이곳을 떠나라."

"오케이. 대신 내가 이기면 세화 클랜에 들어와. 물론 클랜원들도 함께."

"그렇게 하지."

태한의 제안을 받아들이자 수아와 형준이 불안해했다. 그에 반해 잔 다르크는 웃고 있었다. 무명은 볼 것도 없다는 듯이 딴청을 피웠고.

"그럼 시작하자고!"

콰앙!

발로 바닥을 내리찍은 태한. 그 순간, 얼음 기둥이 연이어 형성되더니 곧장 인호를 향해 쇄도했다.

뇌광참(雷光斬).

마검이 위에서 아래로 떨어지자 검기가 검과 분리되었다. 검붉은 빛을 발하는 검기는 무시무시한 속도로 날아가 얼음 기둥을 모조리 파괴하며 태한을 덮쳤다.

콰앙!

이를 막아낸 태한의 환도가 크게 흔들렸다. 얼굴을 찌푸린 그는 더욱 마력을 끌어올려 검기를 옆으로 날려버렸다.

콰아앙!

근처에 있던 자동차가 검기에 얻어맞아 폭발했다. 불길이 피어올랐지만 두 사람 모두 신경 쓰지 않았다. 그저 눈앞에 떠오른 메시지에 집중할 뿐.

> **판정 결과가 나왔습니다.**
> 플레이어 김인호와 플레이어 권태한의 실력은 대등합니다.
> 투쟁에서 승리한 플레이어는 상대의 가장 강력한 스킬을 강탈할 수 있습니다. 싸우십시오. 그리고 승리하십시오.
> 승자만이 모든 걸 차지할 것입니다.
>
> | Close | View |

"진짜 괴물이네. 나보다 아이템 숫자도 적으면서 대등하다니."

"그러니 네가 템빨인거다."

말이 끝나기 무섭게 인호가 궁신탄영을 펼쳤다. 눈 깜짝할 사이에 거리를 좁힌 그는 마검을 내리쳤다. 하지만 애꿎은 땅만 박살냈을 뿐 표적이었던 태한은 맞추지 못했다. 어느새 놈은 뒤로 물러나 거리를 벌린 상태였다.

"내가 미쳤다고 너하고 치고받겠냐!"

상대는 아이템 숫자도 적으면서 자신과 대등한 괴물이었다. 근접전으로 싸워서는 절대 이길 수 없다는 걸 태한은 잘 알고 있었다.

"하앗!"

양손을 있는 힘껏 뻗은 태한. 싸우기 전부터 모아뒀던 냉기가 개방됐다.

백룡장(白龍掌)

제1식 백룡강천(白龍降天)

새하얀 용의 형상을 한 장력이 허공을 갈랐다. 허나 태한은 이에 만족하지 않고 고유 능력인 빙결(氷結)을 더했다. 그러자 용의 크기가 한층 더 거대해졌다.

'이건 못 막을 거다.'

백룡장 자체는 고유(Unique) 등급에 불과했다. 그러나 여기에 빙결 능력이 더해지면 영웅(Epic) 등급에 가까워진다. 이 공격을 통해 5등급 괴수에게 타격을 줬기에 자신감이 솟구쳤다.

그러나 태한의 믿음은 금방 깨졌다.

건곤천뢰검(乾坤天雷劍)

제3식 난뢰쇄천(亂雷碎天)

검붉은 검기와 검푸른 검기가 허공에 수를 놓았다. 셀 수도 없을 만큼 많은 궤적이 형성되더니 이윽고 거대한 벽이 되었다. 새하얀 용의 장력은 여기에 닿자마자 갈가리 찢겨 나갔다.

"미친! 뭐 저런 괴물이 다 있어!"

비명을 지르면서도 태한은 바로 몸을 날렸다. 그러기 무섭게 뇌광참이 떨어져 그가 있던 곳을 박살냈다. 심장이 철렁거렸다. 조금만 더 늦었다면 험한 꼴을 당했으리라.

'무공으로는 못 이겨.'

전력을 다한 공격이 막혔다. 그렇기에 바로 눈치챌 수 있었다. 인호가 자신보다 상위 등급의 무공을 익히고 있음을. 전략을 바꿀 필요가 있었다.

결론을 내린 태한은 등에 짊어지고 있던 화살집에 손을 넣었다. 그리고 총 7개의 화살을 잡은 뒤, 인호를 향해 던졌다. 얼음의 마력을 가득 실은 채.

−특이하게 생긴 화살이군−

무명의 말마따나 평범한 화살은 아니었다. 일단 하나같이 마력을 머금고 있었다. 게다가 기존의 화살보다 길이가 반 이상 짧았으며 손으로 던졌는데도 날아오는 속도가 굉장히 빨랐다.

허나 인호는 점프를 하는 걸로 가볍게 피했다. 아니, 피했다고 여겼다.

'빌어먹을 템빨이!'

화살들이 갑자기 방향을 틀어 자신을 쫓아오는 게 아닌가? 마치 유도 미사일처럼. 물리 법칙을 가볍게 무시하는 꼴을 보니 어처구니없었다. 공중에서 몸을 비튼 인호는 전력을 다해 검을 휘둘러야 했다.

쾅! 콰콰쾅!

서로 다른 색깔의 뇌광참이 날아가 일일이 화살들을 요격했다. 간신히 공격을 막은 인호는 바닥에 내려왔다.

그리고 크게 당황했다. 어느새 도로가 얼어붙어 있었기 때문에. 그로 인해 그는 잠시나마 균형을 잃고 흔들렸다.

'좋았어!'

작전이 먹히자 권태한은 전율을 느끼며 새로운 무기를 움켜쥐었다.

특이한 생김새의 무기였다. 쇠로 만들어진 집게에 총통이 끼워져 있었다. 총구 안에는 조금 전의 편전보다 더 작은 화살이 꽂힌 상태였다. 조선 시대에 최초로 제작된 휴대형 총통인 세총통이었다.

시대를 뛰어넘어 다시 현대에 등장한 세총통은 조금 전에 날린 편전처럼 고유 등급의 아이템이었다. 화약을 대신해 태한은 얼음의 마력을 듬뿍 집어넣었다.

쉬에에엑!

새하얗게 물든 화살이 총알처럼 매섭게 날아갔다. 정확히 인호의 어깨를 노리면서. 그러나 이번에도 화살은 빗나갔다. 인호는 비틀거리는 와중에도 억지로 몸을 띄워 공격을 피한 것이다.

"걸렸어!"

아무리 대단한 놈이라도 허공에서는 움직일 수 없었다. 승리를 확신하며 태한은 예의 장력을 다시 한 번 날렸다.

"마, 말도 안 돼!"

입에서 절로 비명이 튀어나왔다.

분명히 인호는 화살에 맞아야 했다. 그런데 갑자기 허공을 박차 더 위로 올라가는 게 아닌가? 거기에 지면이 있다는 생각이 들 만큼, 움직임도 자연스러웠다.

경악도 잠시, 태한은 본인이 실수했음을 깨달았다. 놀라는 바람에 인호의 움직임을 순간적으로 놓친 것이다. 이는 패착이 되어 돌아왔다.

단숨에 태한의 머리를 뛰어넘은 인호는 상대의 뒤를 파고드는 데 성공했다. 그다음은 간단했다. 빈틈 쪽으로 성검을 찌르면 그만이었다.

"아악!"

성검은 갑옷을 넘어 옆구리를 베었다. 검기의 날카로움과 고열에 의해 생긴 고통이 태한을 덮쳤다. 피가 줄줄이 흘렀으며 몸에는 힘이 들어가지 않았다.

승부가 났다.

"내가 이겼다."

"우, 웃기지 마."

고통스러워하면서도 태한은 인호를 노려보았다. 결판이 났는데도 그의 눈빛은 여전히 활활 타오르고 있었다. 얼마든지 더 싸울 수 있다는 듯이.

"고집을 피워봤자 달라지는 건 없다."

"아직 끝나지……."

"끝났어."

두 자루의 검을 바닥에 꽂은 인호는 태한에게 다가갔다. 그다음, 그의 안면을 향해 주먹을 꽂아 넣었다.

"컥!"

처음의 주먹보다 더 강렬했다. 땅바닥에 쓰러진 태한은 의식이 흐릿해짐을 느끼며 속으로 한탄했다.

'더럽게 아프네.'

보이지는 않지만, 코피가 흐르고 있는 게 느껴졌다. 축축한 느낌이 불쾌했다. 무엇보다 안타까운 건 스킬의 상실이었다.

'다음에는 반드시 이긴다.'

자신에게 다짐한 태한. 이윽고 어둠이 그의 시야를 가득 채웠다.

[플레이어 권태한을 상대로 승리했습니다. 승리의 대가로 권태한의 고유(Unique) 등급의 액티브 스킬 '백룡장(白龍掌)'을 강탈합니다.]

[액티브 스킬 백룡장이 수라멸천신공의 영향을 받았습니다. 이에 따라 영웅(Epic) 등급의 빙백신장(Lv.1)으로 진화합니다.]

[빙백신장(氷白神掌)이 흑설과 연동됨에 따라 흑설의 레벨이 대폭 상승합니다. 현재 흑설의 레벨-12]

[흑설의 레벨이 오름에 따라 수라멸천신공의 레벨이 1 상승합니다. 현재 수라멸천신공의 레벨-6]

'이 자식, 진짜 스킬은 제대로 안 키웠군.'

쓰러진 권태한을 보며 인호는 혀를 찼다. 자신과 대등하다고 해서 최소 영웅 등급의 스킬이 있을 줄 알았다.

그런데 이게 웬걸?

영웅 등급은커녕, 고유 등급인 백룡장이 최고였다. 이런 놈과 대등하다니, 처음으로 시스템에 따지고 싶어졌다.

─좋은 장비가 있어도 역량이 안 되면 쓸모없지. 그런 의미에서 네놈은 좋은 선택을 했다. 이 몸의 봉인을 풀기로 한 건, 정말 옳은 결정이었다─

'확실히.'

그래도 이득은 있었다. 결과적으로 수라멸천신공 덕분에 빙백신장이라는 영웅 등급의 무공을 손에 넣지 않았던가. 앞으로 더 강해질 수 있다. 지금은 거기에 만족하기로 했다.

"도련님!"

다급히 태한에게 달려간 정찬우와 이지연. 정찬우가 머리를 들었지만, 충격이 컸는지 태한은 눈을 뜨지 못했다. 당분간 일어날 수 없음을 파악한 정찬우는 능숙하게 태한을 업었다.

"가는 건가?"

"너한테 질 경우에 군말 없이 물러나기로 하셨다. 원래 자기 마음에 안 든 사람들과는 절대 손을 잡지 않는 분이고."

"성격은 진짜 더럽군."

"가치관이 다른 거다. 그것보다 우리는 정당히 얻은 권리를 포

기하고 물러나는 거다. 그러니 그에 상응하는 대가를 받을 권리가
있다고 본다.”

“너희들이 뭔가를 요구할 입장은 아닐 텐데?”

어이없다는 얼굴로 정찬우를 노려보는 인호. 하지만 정찬우는
당당했다. 옆에 있는 이지연도 같은 태도였고.

“투쟁의 시대에서 안전지대보다 중요한 게 있나요? 의견이 다
르다고 해서 다른 사람을 배척하고 던전을 여러분끼리 다 먹는 건
도의가 아닌 거 같은데요?”

“그럼 저희가 얻은 보상 일부를 나눠드릴게요.”

“저도 그렇게 하겠습니다.”

“저도요.”

김시현이 이지연을 보며 대답했다. 뒤이어 이재혁과 김하은도
의견을 밝혔다. 자신들을 위해 싸운 인호에게 보상까지 주라고 할
수는 없었다.

세 클랜의 멤버들도 이에 동의했는지 자신들의 보상을 꺼냈다.
정찬우와 이지연은 이를 차례차례 살펴보고 골랐다. 그렇게 고유
등급의 아이템 6개가 선정됐다.

“이제 너희들에게 이곳의 권리를 주장할 자격은 없다. 동의하나?”

“동의한다.”

세화 클랜이 던전 예술의전당에 대한 권리를 포기했습니다.

Close	View

정찬우가 대답하자 메시지가 떠올랐다. 시스템까지 떠올랐으니
앞으로 세화 클랜이 이곳에 알짱거릴 일은 없으리라.

정찬우와 이지연도 미련 없이 몸을 돌렸다. 두 사람이 사라진 걸 확인한 인호는 다른 사람들을 둘러보았다.

"그럼 본격적으로 동맹에 대해 논의하겠습니다."

권태한 일행은 예술의전당을 떠났다. 남아있는 인원들은 모두 인호를 바라보았다.

"사회 인프라가 무너졌고 전기를 사용할 수 없게 됐습니다. 이런 세상에서 가장 중요한 자원이 뭐라고 생각합니까?"

"사람입니다."

이재혁이 일말의 망설임도 없이 인호의 질문에 대답했다. 고개를 끄덕인 인호는 계속 말을 이어나갔다.

"재혁 씨 말 대로입니다. 당장 전투만 해도 그렇습니다. 이번 던전처럼 많은 희생자가 나온다면? 잔인한 말이지만 공백을 빨리 채우지 못한 클랜은 사라질 겁니다."

안전지대이기 때문에 몬스터들의 공격을 받을 일은 없었다. 던전 브레이크가 터지지 않는 이상.

하지만 사람들은 어떨까?

세력 확대를 노리는 다른 클랜들이 가만히 놔둘 가능성은 없었다. 던전이 많을수록 더 오랫동안 안전해질 수 있기 때문에 약해진 클랜은 먹잇감이 될 수밖에 없었다.

"그러면 전투원만 필요한가? 다들 던전을 운영하니 잘 알 겁니다. 그게 아니라는 걸. 당장 농사를 지어야 하고 아이템을 제작해야 하며 사람들을 먹이기 위해 식사도 준비해야 합니다."

이렇듯 던전을 제대로 운영하기 위해서는 많은 사람이 필요했다. 이 사실을 잘 숙지하고 있기 때문에 각 클랜은 사람들을 모으는 데 혈안이 됐다. 더 오래 살아남기 위해서라도 세력 확장은 반드시 이뤄져야 했다.

"문제는 세력을 확장하는 방식입니다. 이건 두 가지로 나뉘죠. 저희처럼 동맹을 맺던가, 아니면 다른 클랜을 공격해 강제로 흡수하던가. 둘 중 하나를 선택해야 합니다."

"둘 다 장단점이 있다고 봐요. 가령 동맹을 맺으면 서로 피는 안 보지만 의견을 조율하는 게 어려워요. 그러면 일을 진행하는 속도가 느려지겠죠."

"반면 전투를 통해 흡수하면, 처음에 피해를 보더라도 명확한 수직 관계를 만들 수 있습니다. 이를 통해 어떤 사안이든 효율적으로 처리할 수 있다는 건 분명히 장점입니다."

김시현과 이재혁이 인호의 말을 거들었다. 그러자 질 수 없다는 듯 김하은도 자신의 의견을 밝혔다.

"동맹의 문제는 하나 더 있어요. 서로 신뢰하지 않으면 쉽게 무너질 수 있다는 거예요."

"맞습니다. 그래서 저도 권태한처럼 다른 클랜을 공격해서 흡수하는 게 좋다고 판단했습니다. 하지만 이번만큼은 여러분들과 동맹을 맺기로 했습니다."

"이유를 알려줄 수 있나요?"

흥미를 드러내는 김하은. 이재혁과 김시현도 호기심이 가득한 얼굴로 인호를 바라보았다.

"우리의 적은 사람이 아닌 몬스터이기 때문입니다. 물론 다른 클랜이 저희를 공격한다면 바로 맞받아치겠지만 먼저 공격하고 싶지는 않습니다."

"사람을 위해서, 뭐 그런 건가요?"

"정확히는 소중한 사람들을 위해서입니다."

김시현이 묻자 인호는 한 마디 덧붙였다.

동맹을 맺기로 했지만 그것과 별개로 여전히 타인에 대해 별다른 감흥을 못 느꼈다. 그저 소중한 사람들의 생존에 도움이 되기에 받아들였을 뿐.

그래도 소중한 이의 범위를 넓힐 용의는 있었다. 세력을 확대해야 더 오래 생존할 수 있다는 걸 깨달았으니까.

"그럼 던전을 분배하겠습니다."

"사실 분배라 할 것도 없잖아요?"

"그건 그렇죠."

하은의 말 대로였다.

세화 클랜이 권리를 포기하면서 클랜이 4개만 남았다. 남아있는 던전의 숫자도 4개였고.

짧은 논의 끝에 영웅 클랜은 오페라하우스, 달무리 클랜은 서예박물관은 갖는 걸로 결정됐다. 디자인미술관은 가람 클랜에, 음악당은 황혼의 하늘 클랜에 돌아갔다.

"마지막 제안입니다. 동맹을 맺어도 서로 일일이 간섭하는 건 피했으면 좋겠습니다."

"무슨 뜻입니까?"

질문한 재혁은 물론 시현과 하은도 의아해했다. 세 사람을 보며 인호는 자신이 구상한 것을 이야기했다.

"동맹과 별개로 각 클랜의 자유가 보장되어야 합니다. 주인이 없는 던전을 공략하든, 아니면 서브 퀘스트를 달성하든 해당 클랜이 알아서 하자는 겁니다."

"그럼 언제 모이는 거죠?"

"다른 클랜과 전투가 생겼을 때, 아니면 메인 퀘스트가 나올 때가 적당하다고 봅니다. 여러분도 자기 클랜을 확장하고 싶은 마음이 있을 테고."

인호의 말을 부정하는 사람은 없었다. 이 자리에 모인 이들 모두 자신의 클랜과 던전을 운영하는 대표들이었다. 세력을 확장하고자 하는 욕구가 없다면 거짓말이리라.

"솔직히 부정할 수는 없네요. 권태한 씨한테 얕보인 게 열 받아서라도 더 열심히 사냥하려 했거든요."

"저도 마찬가지예요. 지금은 인호 씨가 말한 대로 자신의 세력을 키우는 데 집중해요."

시현과 하은이 인호의 의견에 동의했다. 그러나 단 한 사람, 재혁은 두 여인과 다른 대답을 내놓았다.

"의견 자체에는 찬성합니다. 다만 저는 영웅 클랜에 들어가고 싶습니다."

너무나 갑작스러운 제안이었다. 시현과 하은은 깜짝 놀라 재혁을 응시했다. 당사자인 인호는 더 당황했지만, 빨리 침착함을 되찾았다.

"이유를 알고 싶습니다."

"클랜원들, 아니 제 친구들은 전부 이번 던전 공략에 참여했습니다. 그리고 다 죽었죠. 이제 달무리 클랜에 남은 플레이어는 저 하나뿐입니다."

그제야 인호는 재혁의 생각을 파악했다. 친구들의 죽음 때문에 의욕을 잃은 게 분명했다. 클랜의 대표로서 던전을 운영하거나 세력을 확장하는 거에 대해서.

"친구들과 함께 세웠기 때문에 달무리 클랜은 의미를 가졌습니다. 저만 남아있는 이상, 있을 이유가 없다고 생각합니다."

재혁은 담담히 자신의 심정을 밝혔다. 혼자 남아 친구들의 죽음을 떠올리고 싶지 않았다. 계속 그들의 죽음에 괴로워하느니 그냥 달무리 클랜이 사라지는 게 나았다.

–너한테는 좋은 제안이군. 별다른 노력 없이 두 개의 유적을 더 얻을 수 있으니까–

'그야 그렇지.'

문제는 시현과 하은의 반응이었다.

현재 각 클랜은 2개의 던전을 보유해 대등한 관계를 유지할 수 있었다. 허나 인호가 달무리 클랜을 흡수하면 영웅 클랜은 던전 4개를 가지게 된다. 힘의 균형이 완전히 무너지게 되는 만큼, 두 사람이 반대할 가능성이 있었다.

"두 분은 어떻게 생각합니까?"

"저는 상관없어요. 어차피 동맹을 맺으면 제한 시간이 늘어나잖아요?"

"저도 하은 씨와 같은 의견이에요. 저희는 던전 2개를 운영하는 것도 벅차거든요. 괜히 다른 사람들한테 뺏기느니 영웅 클랜이 운영하는 게 낫다고 봐요."

인호의 예상과 달리 하은과 시현은 흔쾌히 동의했다. 걱정한 게 민망할 정도였다.

–세상 사람들이 너처럼 타인을 무조건 의심할 거라 여기지 마라–

'반성하고 있다.'

무명이 타박하자 쓰게 웃은 인호. 다시 재혁을 바라본 그는 손을 내밀었다. 재혁은 웃으며 그의 손을 마주 잡았다.

"영웅 클랜에 들어온 걸 환영합니다, 재혁 씨."
"앞으로 잘 부탁드립니다, 대표님."

[플레이어 이재혁을 영웅 클랜의 일원으로 받아들입니다. 이에 따라 던전 '청권사'가 영웅 클랜에 귀속됩니다. 해당 던전들의 제한 시간이 60일로 늘어납니다.]
[던전 낙성대와 청권사가 연결됩니다. 해당 던전들은 자유롭게 왕래할 수 있습니다.]

"마지막으로 묻겠습니다. 두 분은 동맹에 찬성합니까?"
"찬성해요."
"저도요."
세 사람의 의견이 일치했다.
동시에 메시지가 일행의 눈앞에 떠올랐다.

[영웅 클랜, 가람 클랜, 황혼의 하늘 클랜이 동맹을 맺었습니다.
던전 예술의전당이 해당 동맹에 귀속됩니다.
이에 따라 모든 던전이 연동되어 제한 시간이 200일로 늘어납니다.

본진으로 인정된 던전을 통해 자유롭게 예술의전당에 왕래할 수 있습니다.
영웅 클랜의 본진은 '낙성대', 가람 클랜의 본진은 '남현동 요지', 황혼의 하늘 클랜의 본진은 '옛 벨기에영사관'입니다.

| Close | View |

"다들 가까이에 있었군요. 이러면 연계는 쉽게 이룰 수 있겠습니다."

낙성대, 남현동 요지, 옛 벨기에영사관은 붙어 있다 해도 과언이 아니었다. 서로 큰일이 생길 때, 빨리 도울 수 있으니 좋다고 할 수 있었다.

"사실 그럴 수밖에 없잖아요? 예술의전당하고 가까이에 있는 사람들만 올 수 있으니까요."

"그건 그렇군요."

시현의 말에 고개를 끄덕인 인호.

확실히 자신처럼 왕의 기세를 가지고 있지 않은 이상, 몬스터들을 뚫고 먼 거리를 가는 건 불가능했다. 그러니 근방에 자리를 잡은 사람들만 오는 게 당연했다.

"예술의전당을 쉽게 오갈 수 있는 것도 좋네요. 여기에 상주 인원을 두고 서로 의견을 교환하면 되겠어요."

"좋은 의견입니다, 하은 씨."

투쟁의 시대에서는 핸드폰, 무전기 등 각종 통신 장비를 사용할 수 없었다. 그렇다고 게임처럼 귓속말을 통해 멀리 있는 사람과 대화를 할 수 있는 것도 아니었고.

이런 상황에서 하은의 의견은 의미가 있었다. 예술의 전당에 상주 인원을 두고 서로 왕래하면 금방 이야기를 전할 수 있기 때문에. 시현도 만족했는지 부드럽게 웃었다.

"그러면 메인 퀘스트가 시작되거나, 다른 클랜이 습격하기 전까지는 각자 자유롭게 행동하는 걸 원칙으로 삼겠습니다. 또 예술의 전당에 최소 두 명 이상의 플레이어를 배치해주십시오."

"알았어요."

"그렇게 할게요."

마침내 모든 합의가 이뤄졌다.

-잘 됐군. 동쪽은 걱정할 필요 없게 됐으니-

'운이 좋았지.'

예술의전당과 낙성대로 이어지는 도로는 동맹이 확실하게 장악했다. 적어도 동쪽에서 본진이 공격받을 일은 없으리라. 설령 공격받는다고 해도 앞의 두 클랜이 먼저 당할 거고.

청권사는 혼자 동 떨어져 있지만 괜찮았다. 본진을 통해 언제든 원군을 파견할 수 있으니까. 예술의전당은 넓지만, 클랜들이 전부 모여 방어하기 쉬웠다.

-확실히 네놈은 왕의 운명을 타고났군. 그 짧은 시간에 이 정도의 세력을 일구지 않았나? 사실 말이 동맹이지 어느 정도 시간이 지나면 두 세력 전부 너에게 흡수될 거다-

'그건 두고 봐야지. 그보다 중요한 건 너다. 낙성대로 돌아가면 바로 승급할 테니 그리 알아둬라.'

-승급인가. 아무리 생각해도 웃기는군. 설마 일주일 만에 4성이 될 줄이야-

무명의 입가에 미소가 떠올랐다.

일주일 전만 해도 인호는 제대로 싸우지도 못했다. 그런데 눈 깜짝할 사이에 이렇게 성장해 한 사람의 무인을 자처할 수 있게 됐다. 그동안 계속 지켜봤지만 볼 때마다 깜짝깜짝 놀라는 경우가 많았다.

'알면 더 잘하던가.'

-아무렴. 제대로 수련시켜줄 테니 걱정하지 마라. 새로 익힌 무공에 대해서도 가르쳐주지-

그거면 충분했다.

"오빠?"

"미안. 앞으로 뭘 할지 잠깐 고민했어. 저희도 낙성대로 돌아가겠습니다."

인호는 발걸음을 옮겼다.

그런데 그때,

[영웅 클랜이 삼족오 클랜을 격파했습니다. 이에 따라 던전 '한국대 규장각'이 영웅 클랜에 귀속됩니다. 동맹 휘하의 던전 제한 시간이 220일로 늘어납니다.]

[던전 낙성대와 던전 규장각이 연결됩니다. 해당 던전들을 자유롭게 왕래할 수 있습니다.]

믿을 수 없는 일이 일어났다.

"오, 오빠!?"

"이건 대체……?"

깜짝 놀란 수아와 형준이 인호를 불렀다. 그는 굳은 얼굴로 한숨을 푹 쉬었다.

"가만히 있으라고 했는데 이 누나가 진짜. 후우."

안 봐도 훤했다.

분명히 현주가 날뛰었겠지. 그 결과가 눈앞에 떠오른 메시지였고.

인호는 다급히 땅을 박찼다. 한시라도 빨리 돌아갈 필요가 있었다.

화르르.

대한민국에서 가장 이름 높은 대학교인 한국 대학교. 지성을 상징했던 대학의 캠퍼스 일부가 불타오르고 있었으며 주변에는 시체들이 널려 있었다.

　"하, 항복했습니다. 그러니 약속대로 모, 목숨만은……."

　근육질의 사내가 애걸복걸했다. 그의 얼굴은 눈물과 콧물로 범벅이 되어있었다. 하지만 그런 그를 바라보는 여인, 현주는 고개를 갸웃거렸다.

　"너는 그렇게 말한 사람들을 살려뒀어? 아니잖아. 다 죽였으면 이제 와서 뭘 그래?"

　콰드득!

　"컥!"

　지면에서 올라온 창이 사내의 몸통을 꿰뚫었다. 사내의 목숨이 끊어진 것을 확인한 백진수는 현주에게 다가왔다. 그의 얼굴은 잔뜩 굳어 있었다.

　"부, 부대표님? 저, 정말 이래도 괜찮은 겁니까?"

　"뭐 어때? 던전이 늘어나면 좋은 거지. 그리고 애들 엄청나게 까불었잖아?"

　"그건 그렇습니다만……."

　현주의 의견은 사실이었다. 인호 일행이 떠나자 삼족오 클랜은 낙성대를 공략하기 위해 플레이어들을 파견했다.

　하지만 그들의 공격은 현주와 화포에 의해 가볍게 저지됐다. 그 과정에서 삼족오 클랜 5명이 목숨을 잃었고 놈들은 꽁지 빠지게 도망쳤다.

　거기까지는 괜찮았다. 그들의 실수는 단 하나, 현주를 얕잡아봤다는 사실뿐이었다. 그녀는 도망치는 삼족오 클랜원들을 쫓아 규장각을 공격했다. 백진수 한 명만 대동한 채.

그 결과가 지금 그들의 눈 앞에 펼쳐진 광경이었다. 세 개의 건물이 불타올랐으며 12명의 플레이어는 모두 목숨을 잃었다.

'진짜 괴물은 이분이었어.'

현주가 손을 흔들 때마다 바람의 칼날이 쏟아졌다. 발로 땅을 차면 지면이 일어나 사람들을 덮쳤다. 가볍게 손가락질을 할 때마다 벼락이 떨어졌다.

더 놀라운 건 적들의 공격은 전혀 위협이 되지 않았다는 점이었다. 흙돌이는 현주는 물론 백진수가 표적이 될 때마다 방벽을 일으켜 공격을 막았다. 세 정령을 통해 공방을 동시에 벌인 그녀의 힘 앞에서 삼족오 클랜은 무력했다.

그렇게 현주는 홀로 클랜 하나를 쓰러뜨리는 데 성공했다. 백진수는 그 압도적인 힘을 보며 경외감을 느꼈다.

"그렇다고 이놈들이 착해? 그게 아니라는 건 너도 봤잖아."

"……죽을 놈들이기는 했습니다."

삼족오 클랜에 있어 일반인들은 노예에 불과했다. 피난 온 아이들마저 노예처럼 착취했다. 젊은 여자들의 고충은 말할 것도 없고. 그 참상을 봤기 때문에 백진수는 사람을 죽였는데도 후회하지 않았다.

"그지? 좋은 게 좋은 거라고. 다 처리했으니 돌아가자."

현주는 가볍게 규장각 던전을 향해 발걸음을 옮겼다. 코어를 통해 낙성대로 돌아가기 위해서.

인호는 어떤 반응을 보일까?

그게 굉장히 기대됐다.

제17장 최강의 무인

낙성대 던전의 심층부.

이곳에는 던전의 생명이라 할 수 있는 코어가 있었기에 엄중히 관리되고 있었다. 그렇기 때문에 이곳에 들어올 수 있는 사람은 제한됐고.

번쩍!

그런 코어에서 빛이 피어오르더니 방안을 가득 채웠다. 그리고 그 빛이 사라졌을 때, 다섯 명의 플레이어들이 모습을 드러냈다. 바로 인호 일행이었다.

"저, 정말 올 수 있네요?"

"이런 게 가능하다니……."

"별의별 게 다 있군요."

수아, 형준, 재혁은 멍하니 상대방과 주변을 둘러보았다. 조금 전까지 오페라하우스 던전에 있었는데 한순간에 낙성대까지 온 것이다. 약 6km의 거리를 이렇게 쉽게 오갈 수 있다는 사실이 놀라웠다.

그러나 인호는 전혀 신경 쓰지 않았다. 굳은 얼굴로 방을 나선 그는 현주를 찾기 시작했다.

"대, 대표님!? 어, 어떻게 안에서……?"

"나중에 설명하겠습니다. 그보다 은영 씨, 도대체 어제 무슨 일이 있었습니까? 무슨 일이기에 누나가 다른 클랜을 공격한 겁니까?"

"이럴 줄 알았다니까."

휘익.

귀에 익은 목소리가 들리자마자 인호는 몸을 돌렸다. 바람이 불 정도로 빠른 움직임이었다.

시선의 끝에는 언제나 그렇듯이 현주가 당당히 서 있었다. 옆에는 백진수가 있었는데 신병처럼 바짝 언 상태였다. 그만큼 인호의 박력은 무시무시했다.

"기쁜 날인데 표정 좀 펴. 예술의전당도 손에 넣었고 동맹도 맺었잖아? 거기다가 선물도 받았고."

"선물이라고?"

"규장각 던전. 덤으로 한국대에 있던 사람들도 우리 밑으로 들어왔어. 완벽한 해피엔딩 아니야?"

"결과적으로만 봐서 그렇지. 방어도 아니고 둘이서 클랜과 싸우는 게 말이 된다고 생각해? 자칫 잘못하면 죽을 수도 있었어."

"그렇다고 계속 찝쩍이는 놈들을 가만히 놔둘 수는 없었어. 만일 우리가 거길 공격하지 않았다면 많은 사람이 계속 고통을 받았을 거야. 안 그래?"

웃으며 백진수를 바라보는 현주. 갑자기 시선이 자신에게 날아오자 그는 크게 당황했다. 허나 그는 인호의 무시무시한 눈빛을 보면서도 현주의 의견에 동의했다.

"부대표님의 말은 사실입니다. 삼족오 클랜은 캠퍼스 내에 남아 있는 대학생들은 물론 피난을 온 사람들을 노예 취급했습니다."

"다들 밥도 제대로 못 먹고 일하기 바빴어. 고된 일 때문에 쓰러진 아이들과 노인들이 얼마나 많았는지 알아? 젊은 여자들은 다른 의미로 시달렸고."

이후에도 현주와 백진수는 삼족오 클랜의 만행에 관해 이야기했다. 하나같이 불쾌한 이야기였기에 다들 잘했다는 반응을 보였다.

"잘 없앴네요."

"그런 놈들은 사라져야죠."

수아와 잔의 말마따나 삼족오 클랜은 빨리 사라지는 게 모두에게 이로웠다. 그래서 이재혁과 형준도 현주를 호의적인 시선으로 바라보았다.

"걱정시킨 건 사과할게. 그래도 해야 할 일이라고 생각했어. 그곳에 있는 많은 사람을 위해서라도. 영웅 클랜의 부대표로서도 마찬가지야. 후방에 적을 놔두는 게 얼마나 위험한 일인지 잘 알잖아?"

"그건 그런데. 후우."

현주의 판단은 도의적으로, 전략적으로 옳았다. 당장 한국대는 낙성대 코앞에 있다고 해도 과언이 아니었다. 가장 가까운 건물과의 거리는 이곳에 500m에 불과했으니까.

"이번 일은 그냥 넘어갈게. 하지만 다음부터는 이런 일이 없었으면 해. 솔직히 이번에는 그냥 운이 좋았을 뿐이야."

"나를 너무 무시하는 거 아니야?"

"누나는 강해. 그건 인정할게. 그런데 생각해봐. 만약 놈들의 숫자가 더 많았으면 어떻게 됐을까? 아니면 누나보다 더 강한 플레이어가 있었다면?"

"그런 식으로 가정하면 세상에 될 일이 뭐가 있어?"

"가정이 아니야. 실제로 그런 클랜들이 있었어."

박종찬은 수십 명의 군인 플레이어들을 모아 워로드 클랜을 세웠다. 권태한처럼 전력 자체가 자신과 대등한 놈도 있었다. 다른 클랜이라고 그러지 말라는 법은 없었다.

고개를 돌린 인호는 다른 클랜원들을 바라보았다. 그리고 선언했다.

"영웅 클랜의 대표로서 말하겠습니다. 던전을 지키기 위해 자유 행동을 하는 건 괜찮습니다. 허나 다른 클랜을 공격하는 건 금지합니다. 클랜전은 모두가 모여 논의를 한 뒤에 해도 늦지 않습니다."

어느 때보다 단호한 태도를 보인 인호. 동시에 그의 몸에서 무형의 기세가 흘러나오더니 그의 존재감을 퍼뜨렸다.

"대표님의 뜻을 따르겠습니다."

"그렇게 할게요, 오빠."

다들 차례차례 대답했다. 현주의 얼굴에 여전히 불만이 가득했지만 결국 고개를 끄덕였다.

─잘 말했다. 이곳의 수장은 너다. 지금이야 숫자가 적어 상관없지만, 앞으로도 그녀가 계속 네 명령을 어기면 네 권위가 떨어진다─

'딱히 권위를 내세울 마음은 없다. 단지 누나가 독단적으로 행동하다 다칠 일이 없기를 바랄 뿐.'

─쯧쯧. 김인호, 누이와 수아만 생각할 시기는 지났다. 이미 많은 사람의 목숨을 책임지고 있는 이상, 좀 더 지배자로서의 마음가짐을 갖춰야 한다. 그렇지 않으면 이곳은 금방 무너질 거다─

냉정하게 말하는 무명을 보며 인호는 침묵했다. 틀린 말이 하나도 없었기 때문에 반박할 수도 없었다.

본래 낙성대에 받아들인 일반인 57명 외에 더 많은 사람이 추가
됐다. 청권사에는 63명의 일반인이 있었으며 규장각에 있는 이들
만 해도 150명을 넘었다. 규장각 안에 들어가지 못한 이들까지 더
하면 더 많을 것이다.

"그럼 새로운 클랜원을 소개하겠습니다. 재혁 씨."

"이재혁입니다. 능력은 투안(透眼)으로 현미경처럼 사물을 볼 수
있습니다. 앞으로 잘 부탁드립니다."

자신을 소개한 재혁은 공손히 고개를 숙였다. 던전에 남았던 세
사람은 웃으며 그를 환영했다. 그러자 이번에는 잔 다르크가 나
섰다.

"잔 다르크라 해요. 여러분처럼 착한 사람들과 함께해서 영광이
에요."

"귀여워!"

덥석.

잔의 말이 끝나기 무섭게 현주가 달려들었다. 영웅조차 순간적
으로 그녀의 움직임을 놓칠 만큼 빨랐다. 잔을 끌어안은 현주는 상
대의 볼에 자신의 볼을 비볐다.

"진짜 인형 같아! 한국에는 어떻게 온 거야? 아, 서래마을에 프
랑스 마을이 있다고 들었는데 거기 출신?"

"아, 아뇨. 저는……."

잔은 당황해하며 인호에게 도움의 눈길을 보냈다. 고개를 끄덕
인 그는 다른 이들에게 자초지종을 설명했다. 던전에서 있었던 일
과 잔의 정체에 대해 전부. 그 뒤에 낙성대에 남아있던 이들도 자
기소개 시간을 가졌다.

"클랜의 세력이 확대된 이상, 이전처럼 주먹구구식으로 던전을 운영할 수 없습니다. 내일은 지휘체계 및 관리구조를 재편하고자 합니다. 또 새로 얻은 던전들을 한 번씩 둘러볼 생각입니다."

"전투원들도 따로 뽑는 건가요, 오빠?"

"그래야지. 지금 전력으로는 다섯 곳을 다 지킬 수 없으니까. 그럼 오늘은 이만 해산하겠습니다. 다들 푹 쉬십시오. 형준 씨는 재혁 씨를 안내해주시면 감사하겠습니다."

"알겠습니다."

형준은 재혁, 진수, 은영과 함께 이동했다.

"수아하고 잔은 잠깐 함께 있어."

환하게 웃은 현주는 수아와 잔의 팔을 붙잡고 성큼성큼 움직였다. 드디어 혼자가 된 인호는 망설임 없이 코어가 있는 방으로 향했다.

-너도 좀 쉬는 게 좋을 텐데-

"시간을 낭비할 수 없으니까. 마음의 준비는 됐나?-

-당연하지-

"이름을 잃은 고려 무사를 승급시킨다."

[3성 영웅 '이름을 잃은 고려 무사'의 승급이 시작됩니다. 포인트 100이 소모됩니다. 현재 플레이어 포인트-47]

번쩍!

금색의 빛이 무명의 몸에서 피어올랐다. 압도적인 광량으로 인해 인호는 눈을 감았다. 그러자 그의 의식이 무명의 기억 속 세상으로 이동했다.

'이건……'

이전처럼 허공에 떠오른 인호의 안색이 어두워졌다. 지상에 셀 수도 없을 정도로 많은 시체가 널려 있었다. 그들에게서 흘러나온 피는 아예 작은 시내를 이루었다.

시산혈해.

사자성어가 현실이 된 순간이었다.

"우와아아!"

"죽여라! 다 죽이는 거다!"

가죽 갑옷을 입은 기마병들이 철제 갑옷을 입은 보병들을 몰아붙였다. 보병들은 제대로 된 저항도 하지 못하고 목숨을 잃었다.

이건 이미 전투가 아니었다.

일방적인 학살이었다.

'무슨 일이 있었던 거지?'

죽은 병사들은 대다수가 고려군이었다. 그렇기 때문에 더 이해할 수 없었다. 무명이 있는데도 이렇게 박살나다니, 이게 어떻게 된 일이란 말인가?

그렇게 인호가 의문을 느꼈을 때,

쿠오오오!

강렬한 존재감이 전장을 가득 채웠다.

'무명!'

인호는 빛의 진원지 쪽으로 고개를 돌렸다. 그곳에는 무명이 있었다. 이전과 달리 말을 타지 않았지만, 여전히 그의 기세는 강렬했다. 곧바로 그는 쌍검을 휘둘러 예의 검붉은 빛을 일으켰다. 빛은 파도가 되어 상대편 병사들을 향해 쇄도했다.

콰아아앙!

그러나 공격은 얼마 나아가지 못했다. 피처럼 새빨간 빛줄기가 달려들어 이를 막아냈기 때문에. 동시에 한 사내가 모습을 드러냈다.

'저 사람은?'

상대의 정체는 몰랐지만, 누군지는 기억하고 있었다. 과거 무명과 대등하게 겨뤘던 장수였다. 무명에게 다가간 그는 아무렇지 않게 말 위에서 내렸다.

"이미 고려군은 끝났다, ●●●. 이제 항복하고 우리 왕에게 충성을 맹세하라. 왕께서는 너를 중용하겠다고 약조하셨다."

"고려의 신하인 내가 한낱 오랑캐의 왕 따위를 따를 리 없지 않나?"

"끝까지 벌주를 택하는 것인가. 진정 안타깝구나. 그렇다면 내 손으로 죽이는 게 그대에 대한 도리일 터."

"같잖은 소리는 그만 집어치우고 덤벼라."

검붉은 기운과 검푸른 기운이 무명의 육신과 두 자루의 검을 휘감았다. 그렇게 모인 기운은 갑자기 칠흑으로 바뀌었다. 그 모습이 마치 심연을 떠올리게 했다.

장수도 가만히 있지 않았다. 핏빛 기운이 마치 불꽃처럼 일렁거렸다. 아니, 실제로 불꽃처럼 대기를 뜨겁게 만들었으며 주변에 있는 수풀을 불태웠다.

팟!

잔상만 남긴 채, 무명의 몸이 사라졌다. 단숨에 장수에게 다가간 그는 상대의 목을 향해 오른쪽 검을 찔렀다.

쩌정!

장수는 대도를 휘둘러 손쉽게 공격을 막았다. 무명 또한 이를 예측했는지 왼손의 검을 수직으로 내리쳤다. 그러나 이번 공격도 쉽게 막혔다. 장수는 방패를 내밀어 검을 튕겨냈다.

콰콰쾅!

검과 도가, 검과 방패가 부딪쳤을 뿐인데 땅이 갈라지고 흙먼지가 크게 피어올랐다. 그것만으로 모자라 충격파는 멀리 떨어져 있던 병사들을 강타해 목숨을 빼앗았다.

"물러나라! 저기에 휘말리면 죽는다!"

"공간을 만들어라! 지금 당장!"

지휘관들과 병사들이 혼비백산했지만, 무명이나 장수 모두 개의치 않았다. 오직 서로만 바라본 채 가진 힘을 개방했으며 익힌 기술을 펼쳤다. 충격파에 의해 대기가 비명을 질렀다.

'야차 따위는 상대도 안 되겠어.'

무명과 장수를 보니 이무기가 떠올랐다. 저 두 사람의 힘은 야차를 농락했던 이무기와 비교해도 절대 뒤떨어지지 않았다. 누가 이길지는 알 수 없지만, 분명히 대등한 싸움을 펼치리라.

그렇기 때문에 두 사내에게 경이로움을 느꼈다. 인간의 몸으로 저런 경지에 도달했다는 것만으로 존경받아 마땅했다.

무명과 사내는 연신 검과 도를 주고받았다.

콰아앙!

용광검과 도가 부딪쳤고 반발력에 의해 두 사람의 몸이 동시에 밀려났다. 서로 타격을 입었음을 증명하듯 입가에서는 피가 흘러내렸다.

"역시 대단하군. 그래서 더욱 이해할 수 없다. 왜 고려라는 좁은 땅에 남으려는 건가? 우리와 함께하면 드넓은 화북 평야를 도모할 수 있다. 아니, 송을 멸망시키고 중원의 지배자가 될 수 있을 것이다."

"그래서?"

"중원인들은 가장 강한 무인을 언급할 때, 초패왕(항우)을 언급한다. 어이없지 않나? 과거의 망령이 최강이라니. 그대가 중원에 간다면 초패왕도 능히 뛰어넘을 수 있으리라."

"다시 한 번 말하지! 나는 고려의 신하로 만족한다, 사묘아리!"

무명이 그 이름을 외치자 세상 전체가 흔들렸다. 동시에 쇠사슬이 끊어지는 것 같은 소리가 인호의 귓가를 울렸다. 보이지 않는 무언가가 부서지고 있었다.

그리고 지금 이 자리에서,

"정녕 안타깝구나. 그래도 나는 너를, 네 무를 기억할 것이다! 척준경!"

봉인된 이름이 해방됐다.

한민족을 대표하는 명장은 누구일까?

사실 한 명을 콕 집어 말하기는 어렵다. 이순신, 을지문덕, 김유신, 계백, 강감찬 등등 수많은 명장이 있었으니까.

그러나 한민족을 대표하는 가장 강한 무인이 누구냐 하면 이야기는 달라진다. 그 영광된 자리를 차지한 사람은 한민족 5천 년 역사를 통틀어 단 한 사람뿐이었다.

척준경.

모두가 인정하는 한민족 최강의 무인.

젊은 시절 척준경은 윤관이 이끄는 여진족 정벌에 참여했다. 정벌 자체는 실패로 돌아갔지만, 그 과정에서 그가 보인 활약은 인간의 한계를 뛰어넘는 것이었다.

소수의 병력으로 적진에 달려들어 적장의 목을 벤 뒤, 유유히 돌아왔다. 적들이 추적했지만, 척준경은 직접 그들을 활로 쏘아 죽였다.

그뿐인가?

혼자 적의 성에 침투하여 여진족의 추장들을 베었고 이에 기세가 오른 고려군은 성을 함락시켰다. 아군이 위기에 처할 때마다 그는 신기에 가까운 무용을 뽐내며 불리한 전황을 뒤집었다.

비록 이자겸과 손을 잡아 말년이 좋지 않았지만, 그가 한민족 최강의 무인임은 누구도 부정할 수 없는 사실이었다.

'역시 척준경이었나.'

처음 무명을 뽑았을 때 느꼈던 익숙함, 그리고 잔 다르크를 통해 알게 된 진실을 통해 무명의 정체를 파악하게 됐다.

7성 영웅 신검(神劍) 척준경.

인호의 두 번째 7성 영웅 중 한 명의 이름이었다.

쾅! 콰쾅!

요란한 굉음으로 인해 상념이 깨졌다. 인호는 지상을 내려다보았다. 대화를 마친 두 영웅이 다시 싸움을 시작했다. 정체가 밝혀졌기 때문에 그런 것일까? 두 사람의 칭호도 드러났다.

6성 영웅 검존(劍尊) 척준경.

6성 영웅 혈제(血帝) 사묘아리.

'정안.'

정안을 발동하자 두 영웅의 싸움이 좀 더 제대로 눈에 들어왔다. 자신이 저 영역에 도달할 수 있을지는 모르겠지만 단 한 장면도 놓치고 싶지 않았다. 저 전투에 깃들어 있는 무의 이치를 최대한 많이 흡수하고 싶었다.

"타핫!"

기합을 지른 척준경이 사묘아리의 머리를 향해 오른쪽 검을 내리쳤다. 상대는 기다렸다는 듯이 대도를 쳐올려 검을 튕겨냈다.

공격이 막혔지만, 척준경은 담담하게 왼쪽 검을 휘둘렀다. 반원을 그리며 쇄도하는 검은 사묘아리의 목을 향해 나아갔다.

콰아앙!

사묘아리의 방패가 쪼개졌다. 그걸로도 모자라 손바닥에 기다란 상처가 생겼다. 피가 줄줄 흘러내렸지만, 그는 개의치 않고 대도를 뻗었다. 수십에 달하는 핏빛 검이 나타나더니 척준경에게 쏟아졌다.

건곤천뢰검(乾坤天雷劍)

제3식 난뢰쇄천(亂雷碎天)

두 자루의 검이 크게 떨더니 엄청난 속도로 휘둘러졌다. 검은색의 벽이 형성되어 사묘아리의 공격을 전부 막아냈다. 그다음, 오른쪽 검을 밑에서 위로 쳐올렸고 사묘아리는 충격을 버티지 못하고 한 발자국 물러났다.

건곤천뢰검(乾坤天雷劍)

제5식 섬뢰관천(閃雷貫天)

왼쪽 검을 중심으로 검푸른 기류가 모여들었다. 한줄기의 섬광이 된 검은 쏜살같이 날아가 사묘아리의 가슴을 노렸다. 마력의 충돌로 인해 생긴 충격파는 섬광에 의해 잘려나갔다.

"크윽!"

사묘아리의 입에서 신음이 흘러나왔다. 온 힘을 다해 도를 휘둘렀지만, 척준경의 검이 어깨를 꿰뚫었다. 허나 고통을 무시한 채,

그는 양손으로 잡은 도를 힘껏 휘둘렀다.

"하앗!"

핏빛의 광휘에 휘감긴 도가 척준경의 허리를 파고들었다. 닿는 순간, 상체와 하체가 분리될 수 있을 정도로 강력한 공격이었다. 이토록 강력한 공격을 무명의 오른쪽 검이 막아냈다.

콰아아앙!

도와 부딪친 검이 박살났다. 파편이 두 사람을 집어삼켰고 모두 피투성이가 됐다. 그 와중에도 척준경은 왼손의 검을 꼭 쥐고 있었다. 타락한 용광검, 과거 인호가 사용했던 적이 있는 검이 예의 불길한 기운을 토해냈다.

-잘 보고 있어라, 김인호-

'무슨……'

처음이었다. 이 공간에서 척준경이 자신에게 말을 건 것은. 깜짝 놀랐지만 인호는 이를 드러내지 않았다. 일주일밖에 되지 않지만, 밀도 높은 시간을 보낸 동료가 직접 말한 것이다. 어찌 허투루 들을 수 있을까?

-이것이 나의 무(武)다-

쿠오오오오!

척준경의 등 뒤에서 검붉은 기운과 검푸른 기운이 튀어나왔다. 그 모습이 마치 날개 같았지만 오래 가지 않았다. 두 개의 기운은 타락한 용광검에 모여 하나로 합쳐졌다. 그걸로 모자라 주변의 마력도 게걸스럽게 흡수했다.

건곤천뢰검(乾坤天雷劍)

제12식 천뢰(天雷)

이 순간, 한 사람의 깨달음이 깃든 검이 펼쳐졌다.

'그게 전부가 아니군.'

정안을 펼쳐서 그런 것일까? 나라를 구하고자 하는 뜻, 소중한 사람들을 지켜야 한다는 마음이 검에 깃든 게 보였다. 변화는 거기서 끝이 아니었다. 타락한 용광검이 새하얀 빛을 뿜어내더니 형태가 바뀌었다.

본능적으로 느꼈다.

저게 진정한 용광검이라는 것을.

용광검의 기운은 척준경의 무와 동조했다. 그렇게 하나가 된 일격은 새하얀 번개가 되었다.

사묘아리 또한 가만히 있지 않았다. 척준경이 전력을 다했듯이 그 또한 자신의 절기를 드러냈다. 핏빛의 기둥이 소용돌이치더니 공간을 찢어발기면서 나아갔다.

콰콰콰콰!

전력을 다한 공격이 부딪치자 땅이 그대로 주저앉았다. 그뿐인가. 위로 치솟은 충격파가 구름을 날려버렸다. 아니, 아예 하늘 자체를 갈라버렸다.

무의 궁극.

절대자의 경지에 도달한 두 사람은 이제 초인이라 부를 수도 없었다. 신선 혹은 신이 있다면 저 두 사람과 같으리라.

두 사람의 얼굴에서 실핏줄이 터졌다. 눈, 코, 입은 물론 귀에서도 피가 줄줄 흘러내렸다. 파편으로 인한 상처가 크게 벌어지며 더 많은 피가 쏟아졌다.

죽음에 가까워지고 있었지만 둘 다 아랑곳하지 않았다. 오히려 자신의 병기에 힘을 불어넣었다. 죽어도 상관없으니 반드시 상대를 꺾겠다는 의지를 드러낸 채.

그 순간,

번쩍!

새하얀 빛이 모든 것을 집어삼켰다.

'빌어먹을.'

이 상황을 조장하는 무언가가 있다면 진짜 죽여 버리고 싶었다. 지난번에도 결과를 보지 못했는데 또 같은 상황이 발생한 게 아닌가? 정말 미쳐버릴 것만 같았다.

그래도 소득은 있었다.

[플레이어 김인호가 검술에 대한 깨달음을 얻었습니다. 패시브 스킬 중급 검술의 레벨이 한계에 도달합니다.]

[패시브 스킬 중급검술(Max)이 상급 검술(Lv.1)로 진화합니다. 또한 패시브 스킬 검술 전문가의 레벨이 대폭 상승합니다. 현재 검술 전문가의 레벨-10]

[3성 영웅 '이름을 잃은 고려 무사'가 승급을 완료했습니다. 4성 영웅 '검귀(劍鬼) 척준경'이 도감에 저장됩니다.]

[최초로 4성 영웅을 승급시킴에 따라 영웅화가 1퍼센트 상승합니다. 현재 영웅화-59퍼센트]

[뽑기의 레벨이 상승하여 5가 됐습니다. 새로운 권능 '고급 영웅 뽑기'가 추가됩니다. 플레이어 포인트 100을 사용하여 4성 영웅을 소환할 수 있습니다.]

찜찜함은 어쩔 수 없었지만.

다시 현실로 돌아온 인호. 그는 바로 무명, 아니 이제는 척준경이 된 청년을 바라보았다.

3성 승급 때 외모가 그대로였던 것처럼 이번에도 변하지 않았다. 다만 의상이 바뀌었다. 준경은 원래 무복을 입고 있지 않았다. 대신 사극에서 볼 법한 화려한 갑옷을 착용하고 있었다.

검은색을 바탕으로 군데군데 금색 장식이 새겨진 갑옷은 아주 아름다웠다. 또 인호에게 준 용광검을 대체하듯 새로운 검이 허리춤에 자리를 잡고 있었고.

하지만 인호는 의아함을 드러냈다. 의상이 바뀌고 검이 추가됐지만 진짜 변화는 느낄 수 없었다. 조금 전까지 꿈속에서 봤던 기운이 거짓말처럼 사라진 상태였다.

그 모습을 본 준경은 혀를 찼다.

-둔한 놈. 힘이 사라진 게 아니다. 내가 갈무리하여 드러내지 않았을 뿐-

"숨길 필요가 있나?"

-드러내는 건 상관없다만 너한테 안 좋지. 이미 느끼고 있지 않나?-

그 말을 들은 인호는 쓰게 웃었다.

3성이었을 때만 해도 준경에게 마력을 줄 필요가 없었다. 단순한 영혼이었기 때문에.

그런데 이제는 아니었다.

지금도 여전히 영혼 상태로 있지만, 그에게 마력이 흘러가는 게 느껴졌다. 잔 다르크에 비하면 적은 양이었지만 그렇다고 무시할 수 있는 정도도 아니었다.

"이래서야 양날의 검인데."

4성 영웅과 함께하게 된 만큼, 위기에 빠질 일은 줄어들 것이다.

대신 자신이 전력을 다해 싸우기 힘들어졌다. 두 영웅에게 보낼 힘을 계속 남겨둬야 했으니까. 나쁘다고 할 수는 없지만 무작정 좋다고 할 수도 없는 상황이었다.

－4성 영웅 둘은 거대한 전력이다. 당장 성녀와 내가 힘을 합치면 그 야차 놈을 죽이는 것도 쉬운 일이지－

"그만한 힘을 얻었으니 대가가 필요한 거군."

－어쩌겠나? 그게 세상의 이치인 것을－

인호는 고개를 끄덕였다.

준경의 말 대로 4성 영웅 둘은 강력한 전력이었다. 그와 잔 다르크의 힘이 합쳐진다면 이 근방의, 아니 서울에 있는 던전 전부를 공략할 수 있을 정도로. 물론 자신이 버티지 못하기 때문에 그런 일이 생길 가능성은 없었지만.

"그건 그렇고 왜 기억을 봉인한 거지? 듣자 하니 잔도 너와 똑같은 상황인 거 같던데."

－미안하지만 그 점에 대해서는 말할 게 없다. 거의 모든 기억을 되찾았다만 유독 그 부분만큼은 비어 있어서 말이다. 그래서 더 불쾌하고－

"비어 있다니?"

－좀 더 정확히 말하자면 인간으로서의 기억은 되찾았다. 하지만 영웅으로서의 기억은 아직 불완전하다. 아무래도 6성이 되기 전에는 못 얻을 거 같군－

"쉬운 일은 아니지."

준경이 5성 영웅이 되기 위해서 필요한 플레이어 포인트는 무려 500이었다. 솔직히 이걸 다 모을 수 있다는 확신이 들지 않았다.

－서두르지 않아도 된다. 현재 상태만으로 충분히 만족하니까.

그보다 좋은 소식이 있다, 김인호-

"건곤천뢰검 중반부를 가르쳐줄 수 있다고?"

-이럴 때는 모르는 척도 좀 하는 거다, 이 재미없는 놈아-

한숨을 내쉬는 준경을 보며 인호는 피식 웃었다. 기억을 되찾았지만, 무명일 때와 전혀 달라지지 않았다. 그 점이 마음을 편안하게 만들었다.

-우선 건곤천뢰검의 중반부를 가르쳐줄 거다. 전반부가 그랬듯이 4개의 초식으로 이루어졌다-

"다른 무공도 가르쳐준다는 건가?"

-그래. 너는 심법으로 수라멸천신공을 익혔으며 건곤천뢰검을 나에게 배웠다. 또 보법으로 뇌영보를 얻었으며 빙백신장을 상대에게서 빼앗았지. 남은 건 뭐라 생각하나?-

"암기술과 경공술이겠지."

-제대로 기억하고 있군-

인호의 답변을 듣자 무명은 웃으며 고개를 주억거렸다. 제자가 가르침을 확실히 기억하고 있다는 건 언제나 스승의 큰 기쁨이었다.

-암기술과 경공술에 더해 권법과 각법도 가르쳐줄 거다. 검이 없는 상황에서도 싸울 줄 알아야 하니까-

"가르쳐주는 건 좋은데 시간이 될지 모르겠군."

투쟁의 시대에서는 내일을 예상할 수 없었다. 당장 어제, 오늘만 해도 서브 퀘스트를 깨느라 고생하지 않았던가. 내일 던전 브레이크가 터진다 해도 놀라지 않을 자신이 있었다.

그런데 그때,

씨익.

준경의 입가가 올라갔다.

인호는 얼굴을 찌푸렸다. 이유는 알 수 없지만, 이상한 예감이 들었다. 그리고 그 예감은 적중했다.

−확실히 이제까지 넌 많은 일을 겪었다. 그 때문에 수련에 임할 여유도 없었지. 하지만 오늘부터는 다르다. 앞으로는 네 꿈속에서 가르칠 테니−

"꿈?"

−그래. 4성이 돼서 그런지 네놈의 꿈속으로 들어갈 수 있게 됐다. 좋은 일이지. 꿈속이면 어떤 제약도 없으니까. 설령 죽는다고 해도 말이다−

"농담이지?"

−그럴 리가 있나? 난 네놈을 더 철저히 단련시켜주기로 약속했다. 사내대장부로서 두말할 수는 없지−

살벌하게 웃는 준경. 인호는 전신에 소름이 돋는 걸 느꼈다. 상대는 진심으로 자신을 죽일 생각이었다. 비록 꿈속이라 해도.

씨익.

그래도 인호는 웃었다.

준경의 꿈속에서 봤던 광경이 계속 아른거렸다. 그렇게만 될 수 있다면 뭔들 못 할까?

"바라던 바다."

−그렇게 나와야지. 그러면 네 할 일을 마쳐라−

"알았다."

가볍게 대답한 인호는 아직 열지 않은 메시지를 눌렀다. 그동안 받았던 보상을 확인할 시간이 돌아왔다.

이번에 받을 것은 총 3개. 고유(Unique) 등급의 신발과 액티브 스킬, 그리고 영웅(Epic) 등급의 장신구였다.

'신발은 바꿀 일이 없겠지.'

인호는 자신의 신발을 내려다보았다.

점멸의 운동화.

등급은 희귀(Rare)로 기존의 장비들에 비해 가치가 떨어진다. 허나 그 능력만큼은 최고라 해도 과언이 아니었다.

하루에 두 번밖에 못 쓰지만, 순식간에 50m를 이동할 수 있는 점멸을 사용할 수 있지 않은가? 이 신발 때문에 죽음의 위기를 여러 번 벗어났고.

그렇기 때문에 인호는 아무런 감흥을 느끼지 않은 채, 신발부터 확인했다. 그러나 곧바로 본래의 생각을 철회해야 했다.

"……바꿔야 하나."

아이템 선택, 그 끔찍했던 시간이 돌아왔다.

-고생 좀 해야겠군-

"기뻐하는 거 같은데 착각인가?"

-제대로 봤다. 흥미롭지 않나? 새로 써야 할 장비를 결정해야 한다는 게-

"자기가 고르는 것도 아니면서 무슨."

인호가 따지자 척준경이 환하게 웃었다. 그 모습이 그렇게 얄미울 수가 없었다. 허나 여기서 더 따져봤자 자기만 피곤하다는 것을 아는 인호는 고개를 숙였다.

그곳에는 작업화와 비슷하게 생긴 갈색 부츠가 놓여 있었다. 발목까지 덮는 부츠의 생김새에서 중후함이 느껴졌다. 기능 면에서도 점멸의 운동화를 버려야 할지 말지 고민하게 할 정도로 좋은 아이템처럼 보였다.

〈투과의 부츠〉
1.종류: 부츠
2.등급: 고유(Unique)
3.내장 스킬: 물질 투과(Material transmission)
4.설명: 이계의 마법사가 심혈을 기울여 만든 부츠. 신체의 밀도를 극단적으로 낮춰 유기체를 비롯한 모든 물질과 에너지 공격을 통과시킬 수 있다. 단, 유지 시간은 5초이며 하루에 다섯 번만 사용할 수 있다.

–허상화는 정말 뛰어난 능력이지. 상대방이 아무리 공격해도 전부 받아넘길 수 있다, 이건 곧 모든 방어 능력의 정점에 도달함을 의미한다. 또 함정이나 기관 같은 방해물도 통과할 수 있고–

"그렇다고 점멸보다 무조건 뛰어나다고 할 수는 없지."

–그 점에 대해서는 나도 동의한다. 생존에 도움이 되는 능력 중 그것보다 더 뛰어난 걸 찾기 힘드니–

"그럼 아이템 자체를 봐야지."

물질 투과와 점멸.

어떤 능력이 더 우위인지는 결정하기 어려웠다. 둘 다 훌륭한 능력이었기 때문에. 그래서 능력이 아닌 아이템 자체를 보고 결정해야 했다.

계속 부츠와 운동화를 지켜보던 인호는,

스윽.

마침내 결론을 내리고 점멸의 운동화를 벗었다.

그리고는 부츠에 발을 넣었다. 착용감은 고유 등급의 아이템답게 굉장히 편하고 좋았다.

-호오? 너라면 당연히 점멸을 택할 줄 알았는데 왜 허상화를 선택했지?-

"너도 알다시피 난 운이 좋았다. 나보다 강한 놈들을 만났을 때마다 영웅들이 도와줘서 살아남았지. 하지만 그 행운이 언제까지 계속될지는 누구도 장담할 수 없다."

낙성대에서 강감찬이 없었다면 어떻게 됐을까? 오페라하우스에서 잔 다르크가 각성하지 않았다면? 이무기가 야차를 안 쫓아냈다면?

답은 동일했다.

일행 모두 목숨을 잃었을 것이다. 그래서 고민했다. 어떻게 하면 자신보다 더 강한 자와 겨룰 수 있을까? 단순히 더 강해지면 된다는 걸로는 부족했는데 때마침 투과의 부츠가 나타났다.

"이 능력을 사용한다면 난 나보다 더 강한 놈과도 싸울 수 있다. 의표를 찔러 이길 수도 있겠지. 그래서 이걸 골랐다. 적에서 도망치는 건, 남들에게 의지하는 건 이제 질렸으니까."

-하하하! 그렇게 나와야 가르친 보람이 있지! 상대가 강자라도 무인인 이상, 맞붙어야 한다. 등을 보여서야 어찌 무인을 자처할 수 있을까?-

호탕하게 웃는 준경.

인호의 대답이 마음에 들었다. 지난번에 검의 봉인을 푸는 대신 자신을 승급시킨 것도 그렇고 역시 계약자를 잘 만났다 싶었다.

'이건 누나한테 주면 되고.'

아직 현주는 신발에 관련된 아이템을 얻지 못했다. 그녀라면 점
멸의 운동화를 유용하게 사용하리라.

부츠를 신은 인호는 다음 보상을 확인했다. 이번에는 액티브 스
킬로 다행히 하나뿐이었다.

[플레이어 김인호가 고유(Unique) 등급의 액티브 스킬 폭권
(Lv.1)을 습득했습니다.]

[액티브 스킬 폭권이 수라멸천신공의 영향을 받았습니다. 이에
따라 영웅(Epic) 등급의 염왕권(Lv.1)으로 진화합니다.]

[염왕권(炎王拳)이 묵린과 연동됨에 따라 묵린의 레벨이 대폭 상
승합니다. 현재 묵린의 레벨-13]

[묵린의 레벨이 오름에 따라 수라멸천신공의 레벨이 1 상승합니
다. 현재 수라멸천신공의 레벨-7]

"강감찬 장군님한테는 몇 번을 고마워해야 할지 모르겠군."

수라멸천신공을 볼 때마다 그저 놀라웠다. 새로운 무공을 익히
면 곧바로 이를 흡수하여 다른 무공으로 만들어줬다. 덕분에 무공
에 맞는 심법을 찾기 위해 고민할 필요도 없었고.

-고마워해야지. 단, 너 자신에게도 자부심을 느껴라. 넌 그 호랑
이 놈과 싸우면서도 두려워하지 않았다. 장군께서는 그 용기를 인
정하여 자신의 힘을 준 거고-

"그게 또 그렇게 되는 건가."

인호는 흐뭇해하며 마지막 보상 목록을 살폈다. 개인적으로 가
장 기대되는 보상이었다.

영웅 등급의 장신구.

과연 어떤 능력을 갖추고 있을까?

〈역장의 팔찌〉

1.종류: 팔찌

2.등급: 영웅(Epic)

3.내장 스킬: 역장 생성(Force Field)

4.설명: 이계의 마법사가 혼신을 기울여 만든 팔찌. 무형의 기운으로 이루어진 결계를 펼칠 수 있는데 크기는 가로 *1m*, 세로 *2m* 이다. 한 번 발동했을 때의 유지 시간은 *10초*이며, 마력이 많이 소모된다.

–이건……애매하군. 애초에 모든 의복에 따로 결계가 형성되어 있는데 왜 이런 능력을 넣은 거지?–

"확실히 가치가 떨어지지. 방어에만 사용할 경우에는."

–무슨 뜻이지? 결계를 방어에 사용하지 않으면 뭐로 사용한단 말이냐?–

"나중에 보면 알 거다."

의아해하는 준경과 달리 인호는 씩 웃었다. 이미 이 아이템을 어떤 식으로 쓸지 생각을 정리했다.

'과연 영웅 등급의 아이템.'

아이템의 능력도 마음에 들었지만, 그중에서 제일 마음에 드는 건 횟수 제한이 없다는 점이었다. 즉, 마력 소모가 크기는 하지만 자신의 성장에 따라 계속 횟수를 늘려 사용할 수 있게 된 것이다

"오늘부터 수련을 시작한다고 했지."

–무슨 문제라도 있나?–

"무공을 배우기 전에 하고 싶은 일이 있다."

인호의 입가에서 미소가 사라졌다. 그러자 준경 또한 진지한 표정으로 상대를 응시했다.

"너에게 대련을 신청한다. 서로 가진 힘을 전부 발휘해서. 어차피 꿈속에서는 죽지도 않으니 상관없겠지."

-역시 내 계약자답군. 그 정도 배짱은 있어야지. 나 척준경, 김인호의 대련을 받아들이겠다-

고개를 끄덕인 인호는 발걸음을 옮겼다. 현주에게 점멸의 운동화를 줄 겸, 그리고 그동안 던전에 무슨 일이 일어났는지 알아야 했다. 그게 영웅 클랜의 대표로서 자신이 짊어진 의무였다.

-꺄앙!-

펑!

현주가 있는 방에 들어가자 무언가가 빠른 속도로 다가와 부딪쳤다. 고통은 없었다. 단지 자신의 품속을 파고들겠다는 기세로 안겨 오는 게 귀여웠을 뿐. 피식 웃은 인호는 양손으로 상대를 조심스럽게 잡았다.

"안녕, 푸름아."

-꺄앙!-

인호가 인사하자 번개의 정령, 푸름이가 해맑게 웃으며 고개를 끄덕였다. 헤어진 지 하루밖에 되지 않았는데도 푸름이는 그를 격하게 반겼다. 현주는 그 광경을 보고 주먹을 불끈 움켜쥐었다.

"이게 말이 돼? 부르지도 않았는데 자기가 멋대로 나왔다고!"

"원래 푸름이는 오빠 좋아했잖아요. 언니가 이해하세요."

"정령이 계약자도 아닌 사람에게 이렇게 애정을 드러내다니, 처음 봐요."

수아는 발끈한 현주를 달랬다. 이에 반해 잔은 흥미롭다는 듯 푸름이를 바라보았다. 어느새 인호의 어깨 위에 올라간 작은 소녀는 그의 뺨에 자신의 뺨을 비비고 있었다.

"앓느니 죽지. 그나저나 무슨 일이야?"

"그동안 있었던 일을 들으려고. 그 전에 이것부터 받아."

인호는 점멸의 운동화를 내밀었다. 현주는 이를 받으면서도 의아해했다.

"이거 너한테 중요한 거 아니야?"

"다른 걸 얻었거든. 누나라면 더 잘 사용할 거 같고."

"고마워. 역시 동생밖에 없다니까."

"이미 썼던 건데 미안하게 왜 그래."

"그게 뭐가 중요해? 나를 신경 써주는 게 고마운 거지. 이렇게 예쁜 애들을 두고."

수아와 잔을 끌어안는 현주. 그녀의 입가에 악동의 미소가 떠올랐다. 하지만 인호도 호락호락하게 당하지 않았다.

"잔은 이미 자신만의 무장을 다 갖추고 있어서 굳이 새로운 아이템이 필요 없지. 수아는 나하고 똑같은 보상을 받았고."

"오빠 말이 맞아요. 언니는 던전을 지키느라 아무것도 못 얻었잖아요?"

수아가 인호를 거들었다. 그러자 현주는 잔을 바라보았다.

"전 저와 인연이 있는 무장밖에 못 다뤄요. 그러니 그건 현주 언니가 써야 해요."

"언니?"

가만히 듣고 있던 인호가 놀라서 물었다. 현주의 친화력을 생각할 때, 말을 편하게 놓는 건 이해할 수 있었다. 하지만 잔 다르크가 현주를 언니라 부르다니, 그건 이해할 수가 없었다.

"전 영원한 19살이잖아요?"

"그, 그런가?"

"그럼요. 앞으로 계속 이 상태니까요."

뭐라 따지고 싶었다. 허나 잔 다르크의 웃는 모습을 보니 도저히 그럴 수 없었다. 모든 반박을 거부한다는 표정이었기 때문에. 그녀는 오히려 한술 더 떴다.

"그러고 보니 이제 인호한테도 말을 편하게 해도 되겠네요? 오빠라 부를게요."

"그, 그래."

눈을 반짝이는 잔의 모습을 보니 도저히 거절할 수 없었다. 현주는 그런 인호를 비웃었다.

"좋겠다. 19세한테 오빠 소리도 다 듣고."

"닥쳐."

"그건 그렇고 삼족오 클랜이 쳐들어온 거 외에는 별일 없었는데?"

"그게 별일이지 뭐야, 누나. 클랜 대표로서 알아둘 건 알아둬야지."

한숨을 내쉬며 말하는 인호. 현주의 눈썹이 꿈틀거렸다.

"……좀 바뀐 거 같다? 별로 관심 안 둘 줄 알았는데."

"우리 클랜의 인원만 해도 벌써 200명을 넘었어. 그러니 더 확실하게 챙겨야 하지 않겠어?"

수아와 잔이 고개를 끄덕였다. 인호의 의견이 마음에 들었는지 두 사람은 흐뭇해했다. 잠시 그를 바라보던 현주는 무슨 생각이 떠올랐는지 자신의 이마를 때렸다.

"맞다! 그걸 까먹고 있었네! 잠시 나 좀 따라와."

자리에서 벌떡 일어난 현주가 성큼성큼 걸어갔다. 인호, 수아, 잔은

서로를 바라보더니 고개를 끄덕였다. 그리고 그녀를 뒤따라갔다.

투쟁의 시대는 인류에게서 많은 걸 빼앗아갔다. 기존의 사회 시스템을 무너뜨려 인류가 더는 인프라의 혜택을 누리지 못하게 만들었다. 전기 공급이 중단되어 인류는 밤에 빛을 볼 수 없게 됐다.

다만 무작정 빼앗기만 한 건 아니었다. 투쟁의 시대는 남녀노소를 막론하고 모든 이에게 기존의 인간을 뛰어넘을 기회를 제공했다.

"플레이어가 된 분들은 나와 주세요!"

광장에 오자마자 큰소리로 외치는 현주. 전혀 예상치 못한 말이었기 때문에 인호는 황당해했다.

"그게 무슨 말이야? 플레이어라니?"

"가만히 지켜보고 있어."

인호는 일단 입을 다물었다. 다만 여전히 혼란스러웠다.

그도 그럴 것이 플레이어가 되기 위해서는 몬스터를 죽여야 했다. 문제는 세 구획에서 일하는 이들은 전투원이 아니라는 점이었다. 즉, 이들 중에서 플레이어가 나온다면 바깥에서 싸운 사람이 있음을 의미했다.

그때, 네 사람이 달려왔다. 다들 눈에 익은 사람들이었다. 세 사람은 각 구획의 대표였으며 나머지 한 사람은 낙성대 던전의 유일한 의사였기 때문에.

그래서 놀라웠다.

"……진짜 플레이어라고?"

"무, 무슨 일이 있었던 거예요?"

인호와 수아 모두 크게 경악했다. 보자마자 깨달았다. 저 네 사람이 플레이어가 됐다는 사실을. 대체 무슨 일이 있었기에 어제까지만 해도 일반인이었던 이들이 각성했단 말인가?

허나 현주는 대답하지 않았다. 재미있다는 듯 웃으며 네 사람을 바라볼 뿐.

"어제 무슨 일이 있었는지 말해주겠어요?"

"그럼 저부터 이야기하겠습니다."

농업 구획의 대표, 조영규가 입을 열었다.

"이곳에 온 이후, 저는 다른 사람들에게 어떻게 농사를 짓는지 가르쳤습니다. 그런데 어제, 메시지라는 게 나타났습니다. 직업으로 '농업 전문가'를 얻었다고 하더군요."

"직업 말씀입니까?"

"예. 그리고 직업과 관련된 기술들도 몇 가지 배웠습니다. 씨앗을 빨리 발아할 수 있고, 식물의 성장 속도도 증가시킬 수 있습니다."

인호는 의문을 느꼈다.

스킬은 익힌 것을 볼 때, 조영규가 각성한 것은 분명했다. 다만 기존의 플레이어들과 다르다는 점이 문제였다.

기존의 플레이어들은 몬스터를 죽인 뒤에 고유 능력을 얻는데 조영규는 아니었다. 거기다 고유 능력 대신 직업이라는 걸 얻었고. 혹시나 해서 다른 사람들에게도 질문했다.

"다른 분들은 어떻습니까? 다들 직업을 얻었습니까?"

"저는 헤드 셰프라는 직업을 얻었습니다. 농업 대표님처럼 직업 스킬을 익혔고요. 마치 게임의 스킬을 개발하는 느낌이랄까요?"

조영규에 이어 요리 구획의 대표인 황영롱이 말했다. 인호와 비슷한 세대인 그는 자신도 플레이어가 됐다는 사실이 좋았는지 기쁨을 주체하지 못했다.

"어떤 스킬을 얻은 겁니까?"

"손재주라는 스킬인데 이걸 얻으니 손이 더 빨라졌습니다. 칼질도 더 정확해졌고."

"영롱 씨도 갑자기 메시지가 떠올랐습니까?"

"예."

"주희 씨는 어떻습니까?"

인호는 의사인 이주희를 바라보았다.

"저도 똑같아요. 칼에 베인 사람을 치료하고 있었는데 치료사라는 직업을 얻었다는 메시지가 나왔어요. 게임의 성직자처럼 힐링도 사용할 수 있게 됐고."

"그, 그게 정말인가요?"

믿을 수 없다는 듯이 외치는 수아. 인호 또한 놀라움을 감추지 않았다.

힐링.

빛을 쐬어 상처를 치료하는, 대표적인 치유 마법이었다. 그걸 사용하는 사람이 나오다니, 지금 자신이 꿈을 꾸는 게 아닌가 싶었다.

"그렇다고 게임처럼 움직이면서 치료할 수 있는 건 아니에요. 아직 레벨이 낮아서 그런 건지 시간이 오래 걸리거든요."

"그것만 해도 대단합니다. 부디 앞으로 더 많은 사람의 생명을 지켜주십시오."

"물론 그래야죠."

처음 왔을 때와 달리 자신만만하게 대답하는 이주희였다. 다른 사람들도 다 그랬지만.

인호는 결론을 내렸다.

던전에서 일하는 사람들도 플레이어로 각성할 수 있다. 다만 무조건 일을 하면 각성할 수 있는지, 아니면 플레이어와 관련된 업무를 던전 안에서 해야 할 수 있는지는 아직 알 수 없었다.

"박현백 씨도 플레이어가……."

"이걸 봐주십시오."

공업 구획의 대표, 박현백이 인호의 말을 끊었다. 그러더니 아까부터 계속 들고 있던 것을 건넸다.

2m에 달하는 기다란 무기.

바로 창이었다.

창의 생김새는 단순했다.

기다란 나무 자루에는 녹색 가죽의 끈이 감겨있었다. 또 창대 끝에는 뼈로 만들어진 창날이 꽂혀 있었다. 그게 전부였다. 멋진 문양이 새겨진 것도 아니었고.

그러나 인호는 자신이 움켜쥔 창을 무시할 수 없었다.

〈오크의 뼈창〉

1.종류: 창

2.등급: 고급(*Uncommon*)

3.내장 스킬: 없음

4.설명: 무명의 장인이 처음으로 만든 창. 가족을 오크에게 잃은 장인의 한이 서려 있다. 이 창으로 오크들을 공격할 경우, 놈들의 출혈량이 늘어난다.

'처음 만든 창에 능력이 붙었다니…….'

기존의 아이템처럼 특수한 스킬은 붙어 있지 않았다. 대신 능력이 붙어 있었다. 아니, 이건 저주라고 보는 게 옳으리라.

직접 보지 못했는데도 가족을 잃은 사내의 슬픔이 느껴졌다. 또 자신을 대신해 오크들을 죽여줬으면 하는 염원을 느낄 수 있었다. 창에 깃든 강렬한 감정이 원한이 되었고 다시 저주로 승화됐음을 저절로 알 수 있었다.

수아도 할 말을 잃은 채 창을 바라보았다. 잔은 슬퍼하는 기색이 역력한 얼굴로 창대를 쓰다듬었다.

그리고 척준경은,

-대단하군-

진심으로 감탄했다.

"……이걸 직접 만드신 겁니까?"

"별거 아닙니다. 오크 시체가 여기저기 널려 있으니 뼈와 가죽을 구하는 건 금방이었습니다. 창대를 만드는 건 일도 아니고 뼈만 날카롭게 간 게 전부입니다."

"그리고 각성하신 겁니까?"

"예. 무기 제작자라는 직업을 얻었습니다. 아마 하늘의 뜻이 아닐까 싶습니다. 더 좋은 무기를 만들라고 말입니다."

담담하게 대답하는 박현백. 인호는 수아에게 창을 건넨 뒤, 박현백의 양손을 조심스레 붙잡았다.

"정말 수고 많았습니다, 공방장님."

"해야 할 일을 했을 뿐입니다. 대표님께서 저희를 지켜줬듯이."

"그런 말을 들을 정도는 아니지만 앞으로 더 열심히 하라는 뜻으로 알겠습니다. 그건 그렇고 이 창의 주인이 아직 정해지지 않았다면 제가……."

"안 됩니다."

박현백은 단숨에 인호의 말을 끊었다. 여태까지 아무런 감정도 드러내지 않았던 그가 처음으로 불만에 가득 찬 표정을 지었다.

"검을 사용하시는 분이 이제 와서 창이라니, 그건 저를 조롱하는 겁니다."

"죄송합니다. 그런 뜻은 없었습니다."

위대한 장인을 모욕할 생각은 없었다. 이를 증명하듯 인호는 고개를 숙였다.

'대단한 청년이군.'

끝까지 정중한 태도를 보이는 인호를 보며 박현백은 내심 매우 놀랐다. 잘못을 인정하고 고개를 숙이는 건 누구에게나 어려운 일이었다. 특히 강한 데다 높은 지위에 오른 사람이라면 더더욱.

"언젠가."

박현백은 잠시 뜸을 들였다. 말을 하기 힘들었는지 계속 입술만 달싹일 뿐이었다. 인호는 차분한 태도로 상대가 말하기를 기다렸다.

"언젠가 대표님이 쓸 검을 제 손으로 만들고 싶습니다. 허락해 주시겠습니까?"

"물론입니다. 오히려 제가 부탁드리고 싶은 일입니다. 저도 한 가지 부탁을 해도 되겠습니까?"

"말씀하십시오."

"내일부터 새로운 전투원들을 모집할 겁니다. 그들이 끝까지 살아남을 수 있도록 좋은 무기를 만들어주십시오. 그리고 이때, 공방장님을 비롯해 다른 장인분들의 이름을 무기에 새겨주십시오."

덜덜덜.

그 말을 듣는 순간, 박현백은 전율을 느꼈고, 그 때문에 아무 말도 할 수 없었다. 결국 그는 요동치는 마음을 가라앉히기 위해 눈을 감아야 했다.

'인생은 정말 알 수 없구나.'

좋은 직장에 취업하지 못하고 20년이 넘는 세월 동안 공장을 전전했다. 그 과정에서 얼마나 많은 고초를 겪었던가.

월급을 제대로 받지 못한 날이 부지기수였다. 퇴근할 때마다 굶주림과 추위에 지친 가족들을 지켜봐야 했으며 남들에게 인정받는 건 꿈도 꿀 수 없었다.

그런데 투쟁의 시대가 시작된 이후, 가족들을 다 잃고 자신만 살아남은 지금에서야 타인에게 인정받았다. 그리고 이름을 세상에 알릴 수 있게 됐다.

참으로 어처구니가 없었다.

동시에 기쁜 마음이 든 것도 사실이었다. 타인에게 도움을 줄 수 있게 된 것은 이번이 처음이었기 때문에.

"꼭 그렇게 하겠습니다."

인호를 향해 박현백은 공손히 고개를 숙였다. 인사를 받은 인호는 다시 다른 사람들을 바라보았다.

"투쟁의 시대에서 제일 중요한 것은 싸움입니다. 몬스터를 이길 수단은 그것밖에 없기 때문입니다. 그러면 싸움이 전부인가? 그건 아니라고 봅니다."

싸워야 살아남을 수 있는 시대가 왔다. 그러나 싸울 줄 안다고 해서 자신을 특별하게 여긴 적은 한 번도 없었다. 권태한과 같은 인간이 되고 싶지는 않았기 때문에.

"그래서 여러분이 플레이어가 됐다고 생각합니다. 싸우는 이들을 뒤에서 받쳐주기 위하여."

스윽.

다시 한 번 고개를 숙인 인호. 이번에는 박현백에게만 하지 않았다. 자신의 영역에서 최선을 다해 보답을 받은 모든 이들을 향해서.

"투쟁의 시대를 끝내겠다는 허황한 말은 하지 않겠습니다. 단지 저희가 앞으로 더 많은 사람을 살릴 수 있도록 힘을 빌려주십시오."

그 말을 끝으로 인호는 몸을 돌렸다. 그의 뒷모습을 보며 네 사람은 각오를 다졌다. 반드시 저 사람의 기대에 부응하겠다고.

덥석.

방으로 향하던 인호는 발걸음을 멈췄다. 갑자기 현주가 어깨를 붙잡았기 때문에. 의아함을 느낀 그는 고개를 돌렸다.

"왜?"

"너 진짜 김인호 맞아? 던전에서 다른 사람의 영혼이 들어갔거나, 아니면 기억상실에 걸렸다거나……."

"갑자기 왜 헛소리야?"

"원래 너 다른 사람들한테는 관심 없었잖아? 필요에 의해서 저 사람들을 지켰지, 무슨 사명감이 있어서 그런 건 아니었어. 안 그래?"

누나였기 때문에, 오랫동안 함께 살았기 때문에 인호에 대해서 잘 알고 있었다. 이놈의 동생은 다른 사람들과 선을 긋기 위해 울타리를 만든다. 그리고 거기에 들어오지 못한 이들에 대해서는 한없이 냉정했다.

그런데 던전을 나갔다 온 이후, 태도가 달라졌다. 아니, 사람이 바뀌었나 싶을 정도로 극심한 변화를 겪었다. 누나였기 때문에 더 걱정됐다. 혹시라도 뭔가 잘못된 게 아닌가 싶어서.

"나는 원래 누나하고 수아만 지키는 걸로 만족했어. 던전을 공략한 것도 두 사람이 안전한 곳에 있길 원해서였고."

"지금은 아니라는 거야?"

"그럴 리가? 지금도 누나하고 수아가 제일 중요해. 다만 방법을 바꾼 거지."

"어떤 식으로?"

"이미 나는 다른 사람들을 무시할 수 없어. 아니, 나뿐만 아니라 모두가 그렇지. 우리를 바라보는 사람들의 숫자만 해도 200명을 넘었으니까."

그것도 던전 안에 있는 사람들로 한정된 숫자였다. 한국대학교 캠퍼스로 피난 온 사람들까지 포함하면 기하급수적으로 늘어날 게 분명했다. 그 사실을 뻔히 아는데 어찌 저들을 외면할 수 있을까?

"이유는 알았어. 그런데 제일 중요한 걸 말 안 했어. 생각이 바뀐 계기가 뭐야?"

"계기야 많지. 수아를 보면서 많은 걸 느꼈고, 잔을 통해서도 많은 걸 깨달았지. 잘 알잖아? 이 두 사람이 얼마나 착한지."

갑자기 지목당하자 수아는 부끄럽다는 듯이 얼굴을 붉혔다. 잔의 입가에는 부드러운 미소가 떠올랐고. 현주 또한 고개를 끄덕이며 인호의 의견에 동의했다.

"하기야 수아는 처음 봤을 때부터 착했지. 잔도 대단하다고 들었고."

"단지 사람을 구하기 위해 기꺼이 우리를 따라왔어. 자기 세상이 아닌데도. 던전에 있을 때도 어떻게 하면 왕국을 구할 수 있을까 고민했고."

"그래도 네가 이렇게 여자한테 쉽게 영향을 받을 줄 몰랐는데?"

다시 장난기 가득한 미소를 지은 현주. 인호는 어처구니없다는 듯 고개를 흔들더니 다시 말을 이어나갔다.

"재수 없는 놈을 만났어. 부모 잘 만난 게 전부인 놈이 자기가 뭐 특별한 사람이 된 것처럼 날뛰던 게 꼴사납더라고."

"그 권태한인가 뭔가 말하는 거지?"

"맞아. 단지 약하다는 이유로 다른 플레이어도 무시하는 놈이야. 그 모습을 보며 다짐했지. 절대 저런 인간은 되지 말자고. 그게 전부야."

말을 마친 인호. 현주는 눈을 감은 채 생각에 잠겼다. 5분이 지났을 때, 그녀는 다시 눈을 떴다.

"네가 뭘 말하는지는 이해했어. 그건 분명히 올바른 일이라고 봐. 하지만 나는 너처럼 행동할 자신은 없어."

"나도 뭔가 거창한 일을 하려는 게 아니야. 그냥 서로 조금 더 배려할 필요가 있다는 거지. 싸우지 않는 사람들도 플레이어가 될 수 있다는 게 밝혀진 이상, 더 그래야 하고."

"저희의 적은 몬스터지, 인간이 아니에요. 이런 때일수록 사람들끼리는 힘을 모아야 한다고 봐요.

"너무 어렵게 생각하지 마세요, 현주 언니. 무작정 타인을 위해 희생하는 것만이 정의는 아니에요. 서로 배려하고 양보하는 것만으로도 의미가 있어요."

수아와 잔이 인호를 도왔다. 현주는 쓰게 웃고는 고개를 끄덕였다.

"잘할 수 있을지는 모르겠지만 노력은 해볼게."

"그 정도면 충분해요."

"현주 언니라면 분명히 잘할 수 있을 거예요."

현주의 마음을 이해한 수아와 잔은 해맑게 웃었다. 그러더니 현주의 팔을 꼭 끌어안은 채, 발걸음을 옮겼다.

-드디어 자신의 위치를 자각했군. 이제 왕이 되겠다는 생각이 드나?-

인호가 혼자 남게 되자, 이제까지 가만히 대화를 들었던 준경이 나섰다. 인호 입장에서는 어이가 없는 질문이었지만.

"왕은 무슨 놈의 왕. 들었을 텐데? 혼자 특별해질 생각은 없다고."

-그 마음가짐 자체는 옳다. 그러나 인간은 절대 평등하지 않다. 항상 누군가의 위에 올라서고 싶어 하지. 네가 그 욕망을 억누를 수 있을까?-

"난 그걸 억누르겠다고 한 적 없다. 기본적인 부분을 신경 쓰자는 거지."

능력을 증명한 사람에게는 그에 합당한 보상과 지위를 줄 것이다. 다만 그게 특권층임을 의미하지는 않는다.

-일이 어떻게 흘러갈지 지켜보는 것도 재미있겠군. 허나 그 재미는 나중에 즐기도록 하지. 지금 중요한 건 따로 있으니까-

"제대로 해보자고."

준경의 말에 대답한 인호는 자신의 방으로 향했다. 아직 그의 하루는 끝나지 않았다.

눈을 뜨는 순간, 회색의 세계가 보였다. 문자 그대로 아무것도 존재하지 않아 스스로가 서 있는지조차 감을 잡기 어려웠다.

혹시나 해서 인호는 자신을 살폈다. 다행히 멀쩡했다. 무장 상태도 그대로였고.

우웅.

그런 그의 앞으로 무명이 나타났다. 입고 있던 갑옷과 허리춤의 칼집이 실체화를 이룬 상태였다.

"이게 꿈속인가?"

"엄밀히 말하면 꿈이라 할 수는 없다. 너와 내 의식이 만나는 곳이라고 할까? 환상인 건 분명하다만. 그리고 여기가 어딘들 우리한테 의미가 없지 않나?"

"하긴. 지금 내 앞에 네가 있다는 사실이 중요하지."

스르르.

오른손에는 마검, 왼손에는 성검을 움켜쥔 인호. 동시에 수라멸천신공을 최대한 운용해 마력을 끌어올렸다.

척준경도 칼집에서 검을 뽑았다. 특이하게 생긴 검이었다. 코등이 자리에는 용의 얼굴이 있었고 칼자루는 용의 몸통과 닮았다.

게다가 그 검에서는 엄청난 힘이 느껴졌다. 과거에 한 번 사용했던 타락한 용광검과 필적할 정도의 힘이.

"황룡별지도라 한다. 내가 생전에 얻은 두 개의 무기 중 하나지."

"거기다 용광검인가? 너도 용하고 인연이 깊었군."

"뭐 굳이 내가 아니어도 이름을 널리 떨친 무장들은 특별한 힘을 얻기 마련이었다. 강감찬 장군께서 별의 화신이듯이. 그리고 하나 충고하지."

쿠오오오!

"윽!"

척준경이 처음으로 기세를 드러낸 순간, 인호는 비명을 질렀다. 의지와 상관없이 하마터면 무릎을 굽힐 뻔했다.

"정신 똑바로 차려야 할 거다. 죽지만 않을 뿐, 네가 느끼는 고통과 공포는 전부 진짜니까."

서걱!

"크윽!"

인호의 입에서 비명이 흘러나왔다. 대체 언제 공격한 것일까? 어느새 그의 왼팔이 바닥에 떨어졌다.

환상이라 그런지 피는 흐르지 않았다. 하지만 준경이 경고한 대로 고통은 진짜였다. 의식이 새하얗게 물든다는 생각이 들 정도로 아팠다.

그제야 인호는 실감했다.

상대는 비록 4성이라 해도 한반도 최강의 무인이라 불렸던 남자. 힘이 감소됐다 해도 괴물이라는 건 변함없었다.

잠시 뒤, 빛이 모이더니 인호의 왼팔이 생성됐다. 그는 혹시나 해서 왼팔을 움직였다. 다행히 감각에는 별다른 이상이 없었기에 바로 바닥에 떨어진 성검을 움켜쥐었다.

"생각했던 것보다 회복이 빠르군. 아니, 억지로 버티고 있는 건가?"

"뭐든 상관없을 텐데?"

"하하. 그래, 그 말이 옳다. 검을 휘두를 수 있으면 그만이지. 이곳에서는 네 장비의 힘도 모두 사용할 수 있다. 네가 가진 힘을 전부 쏟아부어라."

인호는 준경의 제안을 받아들였다. 지금은 고집을 부릴 때가 아니었다.

"묵린, 흑설."

"수라마공을 익힌 나한테 그게 먹힐 리가……."

[묵린을 발동했습니다. 플레이어 김인호의 신체 능력이 15분 동안 50% 상승합니다.]

[흑설을 발동했습니다. 척준경의 신체 능력이 15분 동안 50% 감소합니다.]

검푸른 기운이 자신의 몸을 휘감자 준경은 입을 다물었다. 그리고 어처구니없다는 듯이 고개를 흔들었다.

"거참. 수라멸천신공이라 그런 건가? 나를 누르다니, 확실히 대단한 무공이야."

제약을 받고 있는데도 준경은 여유로웠다. 그러나 인호는 개의치 않고 자신이 가진 것들을 모두 사용했다. 칭호 '결코 물러서지 않는 자'를 발동했고 정안을 펼쳤다.

"준비됐나? 그럼 시작하겠다."

말이 끝나기 무섭게 준경의 몸이 확대됐다. 정안을 펼쳤는데도 움직임이 흐릿하게 보였다. 믿을 수 없을 만큼 빠른 속도였다. 다만 처음 기습을 당했을 때와 달리 준경을 포착했고 그래서 검을 휘두를 수 있었다.

쩌엉!

"윽!"

성검과 마검을 교차시켜 간신히 막는 데 성공한 인호. 허나 공격을 막았다는 기쁨을 느낄 수 없었다. 공격의 위력이 너무 강해서 자칫 잘못했으면 검들을 다 놓쳤을 것이다.

"딴생각을 할 여유가 있더냐!"

준경의 검이 매섭게 쏟아졌다. 빠른 데다가 궤적도 교묘해서 피하는 건 불가능했다. 있는 힘껏 검을 휘둘러 막았지만 금방 손속이 어지러워졌다. 반격은 고사하고 막는 것도 버거웠다.

'이 정도라니.'

준경의 검을 휘두르고 회수하는 속도가 너무 빨랐다. 정안으로 포착할 수 없을 정도로. 더 웃긴 건 상대의 몸이었다. 그렇게 빨리 휘두르면서도 전혀 흔들리지 않았다.

'그렇다면!'

파지직.

뇌영보를 펼친 인호는 한 발자국 앞으로 나아갔다. 스스로 검의 폭풍에 뛰어드는 셈이었고 자연스럽게 몸 여기저기에 상처가 생겼다.

그래도 인호는 개의치 않았다. 치명적인 공격을 막는 것만으로도 힘거운 상황이었기 때문에.

"허상화를 노리고 있는 게 보인다, 김인호!"

인호의 의도를 읽은 준경은 더 빠르게 검을 휘둘렀다. 마치 춤을 추듯 현란한 공격이 방위를 가리지 않고 쏟아졌다. 그러면서도 끝까지 인호를 바라보았다. 언제든 그가 허상화를 펼치면 대응할 수 있도록.

쩌엉!

준경이 검을 올려치자 마검이 허공으로 치솟았다. 그 기세를 몰아 준경은 곧장 인호의 목을 향해 검을 찔렀다.

촤아악!

황룡별지도는 분명 인호의 목을 관통했다. 허나 준경은 아무런 감촉도 느끼지 못했다. 황룡별지도는 그저 허망하게 인호의 목을 뚫고 지나갈 뿐이었다.

 말이 안 되는 현상이었지만 이를 이미 예상했던 준경은 당황하지 않았다. 추가로 공격하는 대신, 인호가 자신을 통과할 때까지 기다렸다. 그리고 뒤로 돌아 오른발을 축으로 몸을 틀며 황룡별지도를 휘둘렀다.

 콰앙!

 "무슨!?"

 처음으로 준경의 얼굴에 당혹감이 떠올랐다. 허상화의 유지 시간은 5초. 이에 맞춰 공격했는데도 공격이 막혔다.

 더 이해할 수 없는 건 그다음이었다. 반발력이 어찌나 컸는지 팔이 튕겨 나갔다. 심지어 인호 본인이 공격을 막지 않았는데도.

 "하앗!"

 준경의 몸이 균형을 잃었을 때, 인호는 몸을 돌렸다. 그리고 오른손에 모아뒀던 마력을 방출했다.

 빙백신장(氷白神掌).

 새하얀 마력의 덩어리가 준경을 강타했다. 충격을 이기지 못한 그의 몸이 크게 흔들렸다. 얻어맞은 상반신은 얼음에 뒤덮인 상태였고.

 '부족해.'

 이제 겨우 한 방 먹였을 뿐이었다. 이런 공격으로 눈앞의 괴물을 이길 수 없음을 잘 알고 있었다. 양손으로 왼손의 성검을 움켜쥔 인호는 있는 전력을 다해 내리쳤다. 아니, 치려고 했다.

 콰드득.

"컥!"

비명이 입에서 튀어나왔다. 복부에는 어느새 준경의 주먹이 꽂혀 있었고.

동시에 붕 떠오른 인호의 몸이 땅바닥에 처박혔다. 복부가 터졌다는 생각이 들 정도로 아팠지만 이를 신경 쓸 때가 아니었다. 보이지 않았지만 준경이 다가오는 게 느껴졌다.

콰아앙!

인호가 있던 자리에 커다란 폭발이 일었다. 하지만 그는 아무런 타격도 받지 않았고, 곧바로 준경에게서 벗어나기 위해 땅을 박찼다. 이를 본 준경은 바로 인호에게 따라붙어 검을 움직였다. 이에 질세라 인호도 맞받아쳤다.

원래대로였다면 인호는 뒤로 밀려야 했다. 힘의 격차는 명백했으니까.

그러나 다른 결과가 나왔다. 그는 밀리지 않았다. 마치 보이지 않는 벽에 기댄 것처럼 멀쩡히 서서 반탄력을 상쇄했다. 그러고는 오히려 이를 발판삼아 몸을 날렸고 준경의 옆구리를 베는 데 성공했다.

깜짝 놀란 준경은 물러나서 거리를 벌렸다. 인호는 당장 뒤쫓으려 했지만 그러지 못했다. 달려들려고 하는 순간, 오른쪽 다리가 무너졌기 때문. 그 잠깐 사이에 준경이 태세를 바로잡았다.

"혁……혁……."

호흡은 거칠어졌고 몸은 비명을 질렀다. 묵린으로 증폭된 마력은 절반 이상 사라진 상태였고. 새로 얻은 두 아이템은 예상했던 것보다 훨씬 더 많은 마력을 소모했다.

"솔직히 감탄했다. 얻은 지 얼마 안 된 장비들을 이렇게 잘 다룰 줄이야. 장비도 무시할 게 못 되는군."

"장비에만 집착하는 건 분명 바보 같은 짓이지만 그렇다고 장비 자체를 욕할 필요는 없지."

"인정한다. 특히 역장이라고 했던가? 그걸 그런 식으로 다루다니, 그 발상은 대단했다."

준경은 진심으로 인호를 칭찬했다.

허상화는 대단한 능력인 걸 알았기에 미리 대비했다. 문제는 역장이었다. 단순히 보이지 않는 결계라 여기고 방어 용도로 사용할 거라 판단했다.

그런데 인호는 이를 다르게 펼쳤다. 어떤 때는 방어용으로, 또 어떤 때에는 발판으로 이용했다. 그 때문에 제대로 한 방 먹었고.

"그 능력을 이용한다면 허공답보도 펼칠 수 있겠어."

"못 할 건 없지. 마력을 많이 소모해서 오래는 못 쓰겠지만."

"그것만 해도 대단한 일이지. 지금의 너라면 그 죽음의 기사는 확실히 이길 수 있다. 장비의 능력을 들키지 않는다면 야차 놈도 이길지 모르지."

준경의 칭찬을 들으니 뿌듯해졌다. 자신이 아는 최강의 무인에게 인정받았다는 사실이 그저 기뻤다.

"하지만 이것만은 명심해라. 결정적인 순간에 무인을 승리로 이끌어주는 것은 본인이 직접 쌓은 무(武)라는 것을."

처음으로 황룡별지도를 양손으로 움켜쥔 준경.

쿠오오오!

'미친!?'

인호는 크게 경악했다.

척준경은 단지 마력을 끌어올렸을 뿐이었는데 바람이 요동치더니 회오리가 만들어졌다. 심지어 이건 공격을 목적으로 펼친 것도 아니었다. 진짜 공격을 위한 사전 준비에 불과했다.

이대로는 안 된다고 판단한 인호는 남은 마력을 쥐어짜 성검으로 보냈다. 그러자 검신을 뒤덮은 검기가 불꽃처럼 타오르기 시작했다.

"무의 길은 끝이 없다. 설령 내가 본래의 힘을 되찾는다고 해도 무에 대해 완전히 알고 있다고는 말할 수 없지. 헤아릴 수 없는 이치의 일부를 깨달았을 뿐이니."

우우웅.

본래 검기는 안개처럼 눈에 보일 뿐, 형체는 없었다. 허나 준경의 검을 휘감고 있는 검기는 달랐다. 빛 자체가 마치 칼날이 된 것처럼 형태가 뚜렷했다.

"검기가 극한에 다다르면 검강(劍罡)이라는 걸 펼칠 수 있게 된다. 내가 말한 무의 이치 중 하나지."

스윽.

설명이 끝나기 무섭게 준경이 갑자기 사라졌다. 그러더니 바로 인호의 앞에 모습을 드러냈다.

'거기서 더 빨리 움직일 수 있다고?'

경악을 금치 못한 인호. 여태까지는 희미하게나마 정안으로 움직임을 포착할 수 있었는데 이번에는 달랐다. 전혀 보이지 않았다. 눈앞에 나타나지 않았다면 움직였다는 사실조차 몰랐으리라.

인호는 검기를 거둬들인 뒤, 돌아온 내공을 전부 장비에 퍼부었다. 역장이 그의 몸 앞에 펼쳐졌고 투과에 의해 몸의 밀도가 낮아졌다.

–이번 공격을 통해 느껴라. 세상에 절대적인 능력은 없다–

인호의 머릿속에 척준경의 목소리가 울렸다. 그러나 인호에게는 그의 말에 신경 쓸 여력이 없었다. 온 힘을 다해도 능력을 유지하기조차 벅찼다.

건곤천뢰검(乾坤天雷劍)

제8식 굉뢰포(宏雷砲)

그건 단순한 찌르기였다. 대신 한없이 느렸다. 시간이 멈춰있는 게 아닌가 싶을 만큼.

거기서 끝이 아니었다. 새하얀 구체가 검 끝에 만들어졌다. 엄지만 한 크기였지만 구체임은 분명했다. 게다가 무시무시한 힘을 품고 있었고. 그 거대한 힘 앞에서 역장은 유리나 다름없었다.

순식간에 역장이 박살났지만 도망칠 수도 없었다. 검에서 흘러나오는 기운이 그의 움직임을 짓눌렀다. 투과를 펼쳤는데도 그 속박에서 벗어날 수 없었다. 인호는 다급히 양팔을 교차했다. 본능에 따른 움직임이었다.

더 놀라운 일은 그다음에 일어났다.

콰드득!

투과는 여전히 발동된 상태였다. 그런데도 준경의 검은 인호의 양팔을 분쇄했다. 그걸로 모자 가슴팍을 지나 등까지 꿰뚫어버렸다.

"커헉!"

비명이 저절로 튀어나왔다. 형언할 수조차 없는 수준의 고통이 그를 괴롭혔다. 얼음장처럼 차가운 오한이 그를 덮치더니 의식이 흐릿해졌다.

"그게 바로 죽음이다."

무심하게 말하는 준경.

그렇게 인호는 처음으로 목숨을 잃었다.

"헉!"

자리에서 벌떡 일어난 인호. 깜짝 놀란 그는 자신의 몸을 살폈다. 다행히 몸은 멀쩡했다.

"윽!"

그 대신, 통증과 검에 꿰뚫린 느낌은 여전했다. 살이 갈라지고, 뼈가 부러질 때의 감각은 형언할 수 없을 만큼 끔찍했다.

이를 자각하자 극심한 공포가 그를 덮쳤다. 등 뒤에서 식은땀이 줄줄 흘렀고 손발이 진동을 일으키듯 크게 떨렸다. 팔을 하나 잃은 것과는 비교도 할 수 없었다.

플레이어 김인호가 죽음을 체험했습니다.
고유(Unique) 등급의 패시브 스킬 생존본능(Lv.1)을 습득합니다.
죽음을 앞뒀을 때, 몸이 자연스럽게 반응합니다.

Close	View

메시지가 떠올랐지만 읽을 여유가 없었다. 그러기에는 죽었을 때의 느낌이 너무 생생했다.

-확실히 정신력은 강하군. 일어나자마자 토악질부터 할 줄 알았는데-

"할 뻔했다."

억지로 참고 있을 뿐, 지금도 속이 울렁거렸다. 역설적으로 그게 살아있음을 실감하게 했고. 그렇지 않았다면 정말 자신이 죽었다고 착각했을 것이다.

　-나는 약속대로 했을 뿐이다. 그러니 원망하지 마라-

　"안 그럴 거다. 그건 그렇고 조금 전의 공격은 대체 뭐였지? 분명히 능력을 발동했는데."

　-건곤천뢰검의 8번째 초식인 굉뢰포다. 극에 다다르면 공간조차 비틀 수 있지. 그걸 이용해 네 역장과 투과를 뚫은 거고-

　"검술로 그런 게 가능하다니……."

　솔직히 어이가 없었다. 직접 보지 못했다면 절대 믿지 못했으리라.

　-무공의 극한에 다다르면 술법과 무공의 경계가 무너진다. 세상의 이치도 왜곡할 수 있지. 그래서 극한에 도달한 자들은 장비에 의존하지 않는다-

　"앞으로 더 열심히 배워야겠어."

　-그 부분은 걱정할 필요 없다. 네가 싫어해도 뼛속 깊이 각인시켜줄 테니까-

　장난스럽게 웃는 준경.

　인호는 진지한 얼굴로 고개를 끄덕였다. 무공의 힘이 얼마나 대단한지 깨닫게 됐다. 새로운 아이템들을 얻으면서 생긴 자신감은 사라진 지 오래였다.

　"검강이라는 건 정확히 뭐지? 검기가 발전한 형태라는 건 알겠는데."

　-마력을 운용하는 수준이 높아지면 검기를 실처럼 얇게 압축시킬 수 있게 된다. 이걸 검사(劍絲)라 하지. 검강은 거기서 한 단계 더 나아가서 검사의 다발을 직물처럼 엮는 거다-

　"절삭력은 대단하겠군."

-아무렴. 검강만으로도 어지간한 건 다 벨 수 있다. 괴수 놈들의 결계도 검강 앞에서는 종잇장과 다를 바 없다-

"그런가."

마검을 뽑은 인호는 수라검기를 발동시켰다. 검신이 떠오르더니 검붉은 검기가 형성됐다. 그다음, 준경의 설명을 되새겼으며 그가 보여준 광경을 떠올렸다.

우우웅.

검기가 점차 얇아지기 시작했다. 그 모습은 실을 떠올리게 했다.

"으윽!"

입에서 작은 신음이 튀어나왔다. 검기를 압축하는 건 결코 쉬운 일이 아니었지만 인호는 이를 악물고 계속 마력을 운용했다. 그러자 더 많은 실이 튀어나와 검을 휘감았다.

준경이 펼친 검강은 아니었다. 동시에 검기도 아니었다.

[플레이어 김인호가 검기에 대한 깨달음을 얻었습니다. 수라검기의 레벨이 대폭 상승합니다. 현재 수라검기의 레벨-15]

-이건 말도 안 돼!-

분을 못 참은 척준경은 목청을 높였다. 자신은 깨달음을 얻기 위해 얼마나 많은 위기를 넘어야 했던가? 그 와중에 많은 사람을 죽였고 그와 비례해 소중한 사람들을 잃었다.

자신은 그랬는데 김인호는 대체 뭔가? 꿈속에서 조금 싸운 것만으로도 깨달음을 얻었다. 척준경의 입장에서 이보다 불합리하고 또 부조리한 경우는 없었다.

-실전을 경험하게 해주려 했을 뿐이었는데……-

"고마워하고 있다."

웃는 인호를 본 척준경은 결국 목덜미를 잡았다.

그런데 그때였다.

-이건?-

갑자기 준경이 고개를 돌렸다. 표정도 굉장히 심각해졌다.

"왜 그러지?"

-유적의 바깥을 확인해봐라-

의아해하면서도 인호는 고개를 끄덕였다. 곧이어 바깥 상황을 보여주는 홀로그램이 떠올랐고 그의 얼굴이 일그러졌다.

은빛 늑대가 보였다. 숫자는 불과 두 마리밖에 안 됐지만, 문제는 놈들이 정확히 낙성대 던전을 향해 달려오고 있다는 것이었다. 붉게 물든 두 눈동자는 놈들이 정상이 아님을 의미했다.

"화포 발사."

9문의 화포가 일제히 불꽃을 토해냈다. 순식간에 은빛 늑대들의 몸이 박살났다. 그런데도 놈들은 꿈틀거리며 던전으로 다가오려고 했다. 결국 이어진 화포 공격에 목숨을 잃었지만.

적을 제거했지만, 여전히 인호의 표정은 심각했다. 준경의 감지 영역이 더 강화된 건 기뻤지만 이를 신경 쓸 때가 아니었다.

"……던전 브레이크."

시스템이 말하지 않았던가? 던전 브레이크를 통해 바깥으로 나온 몬스터들은 안전지대를 무시한다고.

-그럴 확률이 높다. 아직 의뢰가 오지 않은 걸 보면 진짜 터진 건 아닌 거 같다만-

"재정비를 빨리 끝내야겠어."

재앙이 일어나려 하고 있었다.

제18장 징조

인호는 플레이어들과 잔을 불렀다. 전투원이 아닌 이들까지 모두.

다들 의아해하는 기색이 역력했다. 늦은 밤에 이렇게 모인 적은 이번이 처음이었기 때문에. 그런 그들을 보며 인호는 폭탄을 터뜨렸다.

"지금부터 영웅 클랜은 긴급태세에 들어갑니다."

"긴급태세라니, 그게 무슨 말이야?"

"던전 브레이크가 시작됐어."

질문한 현주를 비롯해 모든 전투원의 안색이 어두워졌다. 던전 브레이크, 그 단어가 어떤 의미인지 잘 알고 있었으니까. 수아나 은영은 아예 몸을 떨었다.

이에 반해 비전투원들은 고개를 갸웃거렸다. 아직 메시지를 한 번도 받아본 적이 없는 만큼, 모르는 게 당연했다. 상황을 모르는 이들을 위해 인호는 말을 이어나갔다.

"다들 아시다시피 본래 던전은 몬스터들의 공간입니다. 그걸 플레이어들이 공략해서 안전지대로 바꾸는 거고. 여기까지만 해도 괜찮습니다. 문제는 그다음입니다"

"공략되지 않은 던전들은 전부 붕괴합니다. 시기는 알 수 없습니다만. 그리고 안에 있던 몬스터들이 전부 밖으로 나오는데 그걸 던전 브레이크라 합니다."

분위기가 어두워졌다.

잔혹한 현실이 다가왔음을 이 자리에 있는 이들 모두가 느꼈다. 그렇게 다들 침묵을 지킬 때, 공업 구획의 대표인 박현백이 질문했다.

"안전지대 안에 있으면 괜찮은 거 아닙니까?"

"던전 브레이크를 통해 밖으로 나온 몬스터들은 안전지대를 무시합니다. 이곳도 공격받을 수 있다는 거죠."

차분한 어조로 대답한 인호. 그러자 박현백의 얼굴이 분노로 일그러졌다. 다른 비전투원들의 얼굴에는 공포가 떠올랐고.

그들의 심정을 충분히 이해했다. 자신은 물론 이곳에 있는 모두에게 있어 낙성대 던전은 새로운 집이자 마지막 보금자리였다. 희망이 사그라지는 듯했기에 더 공포를 느낄 수밖에 없었다.

"그런데 던전 브레이크가 일어나는 건 어떻게 안 거죠? 메시지가 온 것도 아닌데."

"모두 조금 전의 포성을 들었을 겁니다. 몬스터 두 마리가 안전지대를 뚫고 던전 안으로 들어오려 했습니다. 사전에 발견해서 처단했습니다만 전 이게 끝이라고 생각하지 않습니다."

"징조라는 건가요?"

"은영 씨 말 대로 이건 시작에 불과합니다. 얼마 안 있다가 분명히 퀘스트 메시지가 나타날 겁니다."

인호의 말에 이해한 박은영은 고개를 끄덕였다. 다른 플레이어들도 언제든 싸울 수 있다는 듯이 전의를 드러냈다.

"각 구획의 대표님들은 다른 사람들에게 이 사실을 알려주십시오. 언제든 다른 던전으로 피난할 수 있게 준비시켜주시면 감사하겠습니다."

"알겠습니다."

"그렇게 할게요."

그 말을 끝으로 박현백을 비롯한 비전투원들은 거주 구역으로 이동했다. 전투원들은 자리에 남아 인호의 지시를 기다렸다.

"수아, 너는 예술의전당으로 가서 다른 클랜들에 던전 브레이크에 대비하라고 해. 그리고 주변을 살펴본 뒤에 돌아와."

"알았어요, 오빠."

"형준 씨는 수아를 도와주십시오."

"그렇게 하겠습니다."

수아와 형준이 흔쾌히 지시를 받아들였다. 다른 클랜의 사람들과 안면이 있는 만큼, 자신들이 가는 게 낫다는 걸 인지하고 있었다.

"재혁 씨는 청권사로 가십시오. 주변을 살핀 뒤, 그곳에 있는 분들을 낙성대 던전으로 데려오면 됩니다."

"알겠습니다, 대표님."

친구들과의 추억이 서린 청권사로 다시 돌아가야 하는 게 불편했다. 하지만 재혁은 인호의 뜻을 따르기로 했다.

'책임은 져야지.'

달무리 클랜의 대표로서 자신을 따르기로 했던 사람들을 끝까지 지킬 의무가 있었다. 그리고 다른 이들이 나서는 것보다 자신이 나서는 게 사람들을 설득하기 좋았고.

"은영 씨는 재혁 씨를 도와주겠습니까?"

"그렇게 할게요."

그렇게 재혁과 은영도 떠났다. 이제 현주, 잔, 백진수만 남았다.

"누나는 진수 씨와 함께 이곳을 지켜줘. 나는 주변도 살필 겸 해서 잔하고 규장각 던전을 보고 올게. 한국대 캠퍼스에 있는 사람들도 가능한 한 데려오고 싶고."

"그러면 나나 진수 씨 중 한 사람이 따라가는 게 낫지 않아? 우리는 한 번 갔다 왔잖아."

현주의 지적은 타당했다. 하지만 인호와 잔 모두 고개를 저었다.

"원래라면 누나 말대로 하는 게 맞아. 그런데 잔이 이곳에 남으면 마력을 공급할 수가 없어."

"오빠 말이 맞아요. 이미 공략된 유적이라 해도 내부와 바깥은 전혀 다른 세상이라 오빠만 나가면 제 존재를 유지하기 힘들어져요."

잔과 함께 남아있는 것도 한 가지 방법이었지만 그러고 싶지 않았다. 클랜 대표로서 근방을 확인하고 살펴볼 의무가 있었다. 인호의 뜻을 이해한 현주는 씩 웃었다. 악동이 지을 법한 미소였다.

"오케이. 그럼 둘 다 데이트 잘 즐기고 와."

"또 헛소리한다."

"틀린 말도 아니잖아? 잔이 아니었다면 네가 파릇파릇한 19세 소녀하고 함께 다닐 수 있었겠어?"

19세는 소녀가 아니라 성인이었지만 굳이 따지지 않았다. 따져봤자 괜히 피곤하기만 할 게 뻔했으니까.

"그럼 다녀올게. 그동안 여길 잘 부탁해, 누나."

"나만 믿어."

씩씩하게 말하는 현주를 보며 인호는 고개를 끄덕였다. 태도 자체는 가볍지만, 이전에 그랬듯이 그녀는 이곳을 잘 지켜 내리라.

"그럼 가볼까?"

"네."

여유를 부릴 시간은 없었다. 최대한 빨리 정찰을 마치고 사람들을 챙겨야 했다. 그 사실을 잘 알기에 인호와 잔은 바로 낙성대 던전을 나섰다. 그 순간, 두 사람은 얼굴을 찌푸렸다.

"이건······."

"공기가 달라졌네요."

잔의 말마따나 낮과 공기가 완전히 달라졌다. 음습하고 불쾌했으며 또 무거웠다. 장마철의 습기보다 더 끈적거리는 건 덤이었다.

-크르르릉-

-캬오오오-

그뿐만이 아니었다.

모습은 보이지 않지만 여기저기서 몬스터들의 울음소리가 울려퍼졌다. 안전지대 근방에 놈들이 있는 게 분명했다. 이런 적은 이제까지 한 번도 없었던 만큼, 신경이 쓰였다.

"안전지대 근처에 몬스터들이 많나?"

-어제와 비교했을 때, 훨씬 늘어났다. 게다가 안절부절못하고 계속 움직이고 있고. 뭔가에 겁을 먹었다고나 할까?-

"빨리 다녀온 뒤에 대책을 세워야겠어."

메시지가 오기 전에 상황을 살펴야 했다. 그다음에 클랜을 재정비하면서 동맹들과 함께 이 사태에 대해 논의해야 했다.

그런데 그때,

-아우우우우!-

늑대의 포효가 울려 퍼졌다.

-저쪽이다!-

"저쪽이에요!-

잔 다르크와 척준경이 같은 방향을 가리켰다. 자기도 모르게 얼굴을 찌푸린 인호. 두 영웅이 가리킨 곳에는 한국대학교가 있었다. 그렇기 때문에 결정을 빨리 내릴 수 있었다.

팟!

인호와 잔은 다시 낙성대 던전으로 돌아갔다. 최대한 빨리 한국대학교로 이동하기 위해서.

투쟁의 시대가 시작된 이후, 한국대학교 캠퍼스에는 많은 피난민이 몰려들었다. 그 때문에 몬스터 웨이브가 터져 한 번 엉망이 됐지만, 그 후에도 사람들이 모였다. 한국대학교 안에 있던 규장각 한국학연구원이 던전이 됐기 때문에.

다만 피난민 모두가 들어올 수 있는 건 아니었다. 규장각 던전을 차지했던 삼족오 클랜의 플레이어들은 철저히 자기 입맛에 맞는 사람들만 던전 안으로 들여보냈다.

그 과정에서 비윤리적인 일들이 얼마나 많이 일어났던가. 수틀리면 바로 사람을 죽일 만큼 잔인한 놈들이었기에 피해를 본 사람들이 많았다. 오죽하면 몬스터들이 쳐들어오는 게 낫겠다고 말하는 이들이 있었을까?

오늘 낮까지만 해도 분명 그랬다.

"이제 고생도 다 끝났어. 내일이 되면 우리도 던전에 들어갈 수 있어. 그러니 조금만 더 참아, 여보."

"낮에 왔던 그분, 김현주라 했죠? 정말 뭐라 감사의 말을 드려야 할지 모르겠네요. 애들도 이제 편하게 쉴 수 있게 됐으니."

규장각을 바라보던 정지용과 김수정은 오늘 낮에 봤던 현주를 떠올렸다. 일행의 도움도 받지 않은 채, 그녀는 혼자 삼족오 클랜의 플레이어들과 싸웠다.

아니, 그건 싸움이라 할 수도 없었다.

말 그대로 학살이었다. 단지 손을 휘두르는 것만으로 삼족오 놈들은 픽픽 쓰러졌다. 압도적인 활약을 선보인 현주는 대표까지 쓰러뜨린 뒤, 모든 사람을 보며 선언했다.

-지금부터 규장각 던전하고 한국대학교는 영웅 클랜이 접수할 거야. 그동안 삼족오 클랜 따까리로 있던 놈들은 잘 들어. 이제부터 허튼수작 부리면 다 죽어. 용서? 그딴 건 개나 주고-

-영웅 클랜이라고 사람들을 다 평등하게 대하지는 않아. 능력 있는 놈들은 제대로 대우받는 게 좋잖아? 하지만 사람은 사람답게 살 권리가 있어-

-내일 클랜 대표가 오면 이곳에 있는 사람들 전부 다 던전에 들어가게 할 거야. 마음 같아서는 당장 들어오게 하고 싶은데 사람을 받아들이는 건 클랜 마스터만 할 수 있거든-

-만약 저기가 좁다면 다른 곳이라도 갈 수 있게 할 거야. 이건 내 이름을 걸고 맹세해-

그 선언을 듣고 전부 다 환호성을 질렀다. 마침내 사람답게 살 수 있다는 사실이 기뻐서. 그녀가 떠난 뒤, 삼족오 클랜에 빌붙어 사람들을 괴롭혔던 놈들은 모두 목숨을 잃었다. 성난 사람들에 의해서.

"솔직히 부끄러워. 나도 그분처럼 살고 싶었는데."

정지용은 아내를 보며 한탄했다.

플레이어가 되면 뭐하나? 불의를 저지르는 이들을 보고도 그냥 넘어가야 했다. 딱 하나 이점이 있다면 삼족오 놈들이 시비를 걸다가도 플레이어라고 하면 봐줬다는 것뿐이었다.

"당신의 마음은 이해해요. 하지만 당신은 플레이어 이전에 지혜와 성훈이의 아빠잖아요. 누구도 당신을 비난할 수 없어요."

"그래서 더 부끄러워. 애들한테 떳떳한 모습을 보이지 못한 게."

자식에게 멋진 아빠로 남고 싶었다. 그런데 그러지 못했다는 점이 안타까웠다.

김수정은 자책하는 남편의 손을 붙잡았다. 남편의 고뇌는 이해했다. 그래도 그가 잘못했다고 여기지 않았다. 가족을 지키는 건 결코 나쁜 일이 아니었다.

"지금은 긍정적으로 생각해요. 아이들과 함께 안전한 곳에 살수 있게 됐잖아요?"

"그러게. 더는 이런 곳에서 살게 할 수는 없지."

"그죠? 얼른 내일이 왔으면 좋겠네요."

"나도……. 어라?"

대화하던 중, 정지용은 고개를 갸웃거렸다. 무언가가 이곳을 향해 빠르게 다가오고 있었다. 의문을 느낀 그는 두 눈에 마력을 부여해 시각을 강화했다. 그리고 볼 수 있었다. 밤을 밝히는 붉은 눈동자를.

-크르르릉!-

-캬우우우!-

동시에 절대 듣고 싶지 않았던 소리를 듣고 말았다.

이를 확인한 정지용은,

"몬스터다! 몬스터가 나타났다!"

큰소리로 외쳤다.

한국대학교 캠퍼스에 악몽이 찾아왔다.

"썅."

인호와 잔을 따라 규장각 던전에 온 현주. 그녀는 밖으로 나오자마자 욕설을 내뱉었다. 사방에서 피비린내와 짐승의 악취가 진동했다. 또 끔찍한 광경이 눈에 들어왔다.

"사, 살려주세요!"

"오지 마! 오지 말라고!"

피난민들의 비명이 울려 퍼졌다. 수십, 아니 그 이상의 은빛 늑대들이 일제히 그들을 덮쳤다. 다들 살기 위해 흩어졌지만, 늑대보다 빨리 달리는 건 불가능했다.

쿠오오오!

인호는 다급히 기세를 일으켰다. 조금이라도 더 늑대들을 위협하기 위해서. 하지만 전혀 통하지 않았다. 오히려 놈들은 더 흥분하면서 미쳐 날뛰었다. 이 또한 평소와는 전혀 다른 반응이었다.

"잔 다르크, 너는 생존자들을 구해! 누나도……."

"다 죽여, 흙돌아!"

인호의 말을 끊은 현주가 살벌한 목소리로 외쳤다. 어느새 그녀의 전신에서는 무시무시한 기운이 흘러나오고 있었다.

-히잉!-

주인의 의지를 받든 땅의 정령이 손뼉을 쳤다. 그러자 지면에서 돌로 만들어진 창들이 치솟았다. 창끝에는 전부 늑대들이 꽂혀 있었고. 놈들은 어떻게든 살기 위해 발버둥 쳤지만, 현주는 이를 허락하지 않았다.

서걱!

재롱이가 날린 바람의 칼날이 놈들의 사지를 전부 잘라버렸다. 괴수 특유의 녹색 피가 비처럼 땅으로 떨어졌다.

-크허엉!-

-캬오오!-

분노한 늑대들이 현주를 향해 달려들었다. 그러나 무의미한 발악에 불과했다.

파지직!

푸른 전광이 단숨에 늑대들의 몸을 관통했다. 가까스로 피한 놈들도 오래 살지 못했다. 벼락이 떨어지기 무섭게 바람이 몰아쳐 살아남은 놈들을 덮쳤다.

"죽여! 다 죽……."

"누나!"

큰소리로 외친 인호는 현주의 어깨를 붙잡았다. 그제야 그녀는 정신이 돌아왔는지 동생의 얼굴을 바라보았다.

"나는 피난 온 사람들을 던전에 들여보내야 해서 다른 데 못가. 누나는 잔과 함께 사람들을 구해줘."

"……알았어."

인호의 설명을 이해한 현주는 고개를 끄덕였다. 그리고 잔을 보며 말했다.

"너는 오른쪽을 맡아! 나는 왼쪽으로 갈게!"

"알았어요, 언니!"

잔 다르크와 현주는 좌우로 흩어졌다. 홀로 남은 인호는 굳은 얼굴로 캠퍼스 전경을 바라보았다.

싸움은 이제부터 시작이었다.

콰아앙!

-커엉!-

충격파가 은빛 늑대를 강타하자 피를 뿜으며 쓰러졌다. 레벨이 오르고 능력치가 성장했다. 하지만 정지용의 안색은 여전히 어두웠다.

'빨리 던전으로 가야 해.'

지금까지는 좁은 건물 복도라는 지형을 이용해 몬스터들을 쓰러뜨릴 수 있었다. 문제는 놈들의 숫자가 너무 많다는 것이었다. 이대로 가다가는 자신은 몰라도 뒤에 있는 아내와 아이들을 지키는 건 불가능했다.

"바, 밖으로 꼭 나가야 해요?"

"저놈들은 우리가 어디 있는지 다 알아. 더 몰려오면 나도 못 막고."

지용은 두려워하는 김수정을 달랬다. 그녀의 심정은 이해했지만, 이제는 나가야 했다. 몬스터를 상대로 숨는 건 무의미했기 때문에. 본능적으로 사람이 어디 있는지 아는 놈들을 상대로 어떻게 숨을 수 있겠는가?

"여, 영웅 클랜도 왔잖아요? 그 사람들이 우리를 구해줄 거예요."

다른 플레이어들이 싸우고 있는 소리가 들렸다. 상황을 볼 때, 영웅 클랜이 명백했다. 지용도 그 사실에는 동의했지만, 고개를 저었다.

"그러니까 더 가야 해. 공격받았다는 걸 알았을 테니 영웅 클랜의 대표도 이곳에 왔을 거야. 그럼 던전에 들어갈 수 있어."

"그 사람들이 올 때까지 기다리면 안 돼요?"

"그건 어려워."

그렇게만 되면 더할 나위가 없었을 텐데. 다만 그게 무의미한 희망임을 지용은 잘 알고 있었다. 그는 굳은 얼굴로 창가를 가리켰다.

"으아아악!"

"아아아악!"

두 사람이 대화를 나누고 있는 와중에도 끊임없이 비명이 울려 퍼졌다. 바깥뿐만이 아니라 캠퍼스에 흩어져 있는 건물 내에서도 들렸고.

"공격을 받는 건 다 똑같아. 영웅 클랜의 사람들이 우리를 구할 수 있을지 확신할 수 없어. 차라리 우리가 던전에 가는 게 나아. 이 경영관하고 거리도 가깝잖아."

"괘, 괜찮을까요?"

"당신하고 애들은 내가 반드시 지킬 거야. 당신은 애들 손을 꼭 붙잡고 따라와. 알았지?"

"알았어요."

남편의 뜻을 이해한 김수정은 고개를 끄덕였다. 그리고 아이들의 손을 꽉 움켜쥐었다.

"아빠, 무서워!"

"무서워요, 아빠!"

"지혜야, 성훈아. 조금만 더 참아줘. 엄마 손 꼭 잡고."

지용은 힘겹게 웃으며 공포에 떠는 아이들을 달랬다. 그 또한 무서운 건 똑같았다. 그저 아이들의 아버지로서, 아내의 남편으로서 어떻게든 버틸 뿐. 그래도 그는 각오를 다졌다. 죽는 한이 있어도 가족을 지키겠다고.

팟!

그때, 어둠 속을 뚫고 몰래 다가온 은빛 늑대 한 마리가 몸을 날렸다. 날카로운 송곳니를 드러낸 채. 놈은 아이들을 노리고 있었다. 허나 지용은 이를 용납하지 않았다.

콰아앙!

그가 오른손바닥을 내밀자 무형의 충격파가 무섭게 쇄도했다. 정통으로 얻어맞은 늑대의 머리가 단숨에 박살났다. 바닥에 떨어진 몸에서는 녹색 피가 줄줄이 흘러나왔다.

'능력에 고마워해야겠어.'

지용의 고유 능력은 진동. 이를 이용해 쇼크웨이브를 일으키거나 초음파를 이용해 다가오는 적을 탐지할 수 있었다. 능력의 레벨이 낮아 그 이상 뭔가를 하기는 힘들었지만 그래도 가족들을 지키기에는 충분했다.

"뛰어!"

길이 열리자마자 지용이 외쳤다. 네 사람은 있는 힘껏 뛰기 시작했다.

-아우우울!-

-아오오오!-

이를 본 은빛 늑대들은 기다렸다는 듯이 달려들었다. 붉은 안광을 밝히면서 달려드는 놈들의 모습은 기괴했지만 지용은 아랑곳하지 않고 마력을 끌어올렸다. 그리고 적들을 향해 양손을 내밀었다.

쾅! 콰앙!

굉음과 함께 은빛 늑대들이 나가떨어졌다. 그러나 이 정도로 안심할 수는 없었다. 동족의 피 냄새가 풍기자 흩어져 있던 놈들이 모여들기 시작했다. 그 광경을 지켜본 지용은 이를 악물었다.

'너무 느려.'

아내와 아이들이 달리는 걸 보니 애가 탔다. 자칫 잘못하면 놈들에게 포위당할 수 있다는 걸 알기에 답답했다. 그렇다고 일반인인 아내와 아이들에게 더 빨리 달리기를 바랄 수도 없는 노릇이었고.

-캬오오오!-

-크아아앙!-

동족이 죽었는데도 은빛 늑대들은 전혀 두려워하지 않았다. 오히려 더욱 살기를 뿜어대며 네 사람을 위협했다.

"꺼져!"

다시 한 번 양손을 뻗은 지용. 그 순간, 늑대들은 피를 뿜으며 나가떨어졌다. 하지만 그 과정에서 생긴 빈틈을 놓치지 않고 파고든 놈이 있었다. 놈은 여자아이를 보더니 아가리를 크게 벌렸다.

콰드득!

"아아악!"

지용의 입에서 비명이 튀어나왔다. 재빨리 몸을 날려 딸을 민 건 좋았지만 그는 공격에서 벗어나지 못했다. 은빛 늑대의 날카로운 이빨이 그의 왼팔을 꿰뚫었다. 플레이어의 튼튼한 몸이 아니었다면 이 공격으로 팔을 잃었으리라.

고통을 꾹 참은 지용은 주먹을 날렸다. 주먹은 늑대의 안면을 강타했고 놈은 산산조각이 났다.

"여, 여보!"

"아빠, 괜찮아?"

"하아……하아……. 나, 난 괜찮아. 얼른 가자. 얼마 남지 않았어."

웃으며 가족들을 안심시키는 지용. 출혈로 의식이 점점 흐릿해졌지만, 그는 애써 버텼다. 아직 쓰러질 수 없었다.

앞에 있는 법과대학만 우회하면 바로 규장각이 나온다. 대략 500m밖에 안 되는 짧은 거리. 조금만 더 버티면 가족을 지킬 수 있다. 그 사실을 잘 알기에 그는 정신을 잃지 않으려고 애썼다.

그렇게 그가 다시 출발하려고 할 때,

−아우우우우!−

[7급 네임드 몬스터 은빛 늑대 '실버팽'이 액티브 스킬 '피어(Lv.8)'을 발동했습니다. 플레이어 지용이 상태 이상 '공포'에 걸립니다. 신체 능력이 20% 감소합니다.]

이제까지 들은 것과는 비교도 안 될 정도로 커다란 포효가 들렸다.

단순히 소리만 큰 게 아니었다. 듣자마자 온몸이 마비된 듯 전혀 움직일 수 없었다. 깜짝 놀란 김수정과 두 아이는 아예 바닥에 주저앉았다. 두려움이 너무 커 두 아이는 울지도 못 했다.

콰직!

"크아아아악!"

조금 전보다 더한 고통이 그를 덮쳤다. 멀쩡했던 오른팔이 그대로 으깨지면서 몸과 분리된 것이다. 지용은 움직이기 힘든 왼팔로 충격파를 쐈지만 공격한 놈은 재빨리 물러났다.

'빌어먹을!'

처음으로 지용의 얼굴에 절망감이 떠올랐다. 다른 놈들은 이길 자신이 있었는데 눈앞에 있는 놈은 아니었다. 안 그래도 황소만 한

체격을 자랑하는 은빛 늑대였는데 이놈은 그보다 1.5배나 더 컸다. 네임드 몬스터다운 위용이라 할 수 있었다.

으적으적.

실버팽은 팔을 집어삼키고는 다시 지용을 노려보았다. 그건 맹수가 먹잇감을 바라보는 눈빛이었다.

"여보. 내가 뛰라고 하면 애들 데리고 뛰어."

"다, 당신은요!?"

"난 바로 따라갈게."

"싫어요! 당신만 두고 갈 수는 없어요!"

김수정은 소리를 질렀다. 지용이 무슨 짓을 하려는지 눈치챘기에 좌시할 수 없었다. 그러나 애초부터 속일 생각이 없었던 그는 담담히 말했다.

"애들까지 죽게 할 셈이야?"

"당신이 없이 어떻게 살라고요?"

"여기 있으면 다 죽어. 차라리 도망치는 게 나아."

"그건⋯⋯."

가슴이 아팠지만, 그 말을 인정해야 했다. 어머니로서 자식들을 내버려 둘 수 없었고. 결국 그녀는 눈물을 흘리면서 고개를 끄덕였다.

"달려!"

있는 힘껏 외친 지용은 실버팽을 보며 땅을 박찼다. 그리고 덜렁거리는 왼팔을 휘둘렀다.

콰콰쾅!

충격파가 날아갔지만, 아스팔트만 부서졌다. 지용의 공격을 가볍게 회피한 실버팽은 김수정과 아이들을 쫓으려 했다.

허나 놈은 뜻을 이루지 못했다. 죽음을 불사하고 다가오는 지용 때문에.

"못 간다, X새야!"

격통이 느껴졌지만, 그는 무시했다. 왼팔을 휘둘렀고, 그다음에 발차기를 날렸다. 움직임에 맞춰 충격파는 무시무시한 속도로 날아가 실버팽을 덮쳤다.

콰아앙!

처음으로 지용의 공격이 실버팽을 후려쳤다. 그러나 놈은 피만 조금 흘릴 뿐, 바로 자리에서 일어났다.

'피어만 아니었어도…….'

위력이 약해진 능력을 보니 한탄이 절로 나왔지만 어쩌겠는가. 다행히 효과가 아예 없는 것은 아니었다. 세 사람을 쫓는 걸 포기한 실버팽이 오직 자신만 노려봤으니까.

-캬오오오오!-

아까 전보다 더 빨리 움직인 실버팽. 눈 깜짝할 사이에 지용의 앞에 도착한 놈은 커다란 앞발을 휘둘렀다. 그러자 새빨간 피가 발톱을 적셨다.

"이 X끼가!"

언제 떨어져도 이상하지 않은 왼팔을 휘두른 지용. 더는 고통도 느껴지지 않았다. 그저 온 힘을 다해 무릎을 걷어찰 뿐.

충격파가 실린 공격은 실버팽의 턱 아래쪽에 정통으로 작렬했다. 다만 튕겨 나가면서도 놈은 반대쪽 앞발을 휘둘러 지용의 허벅지에 상처를 만들었다.

피를 많이 흘려 지용의 안색은 창백해질 대로 창백해졌다. 호흡은 거칠어졌고 연속된 능력의 사용으로 마력은 바닥을 드러냈다.

당장 죽어도 이상하지 않을 만큼 상태가 나빴지만, 그는 여전히 서 있었다.

"내, 내 가족은 저, 절대 못 건드려!"

마지막 힘을 쥐어 짜낸 지용이 지면을 박찼다. 오른 팔을 잃었고 왼팔을 사용할 수 없게 됐지만, 그의 기세는 이전보다 더 강렬했다.

푹!

지용의 복부를 넘어 등까지 뚫고 나온 발톱. 이미 다 쏟아낸 줄 알았는데 입에서 또 피가 뿜어져 나왔다. 그런데도 그는 웃었다.

"갈 때는 같이 가자."

이번에는 왼쪽 무릎이 실버팽의 턱에 작렬했다. 조금 전과 달리 턱뼈가 부러지더니 포탄에 맞은 것처럼 머리 전체가 박살났다.

승리의 메시지가 떠올랐다.

털썩.

실버팽의 앞발에 꽂힌 채, 지용은 바닥에 주저앉았다. 레벨업 때문에 상처 자체는 나았지만 딱 거기까지였다. 이미 피를 너무 많이 흘렸다. 죽음이 다가왔고 자신에게 살아날 가능성은 없었다.

-크르르-

-카우우-

우두머리를 잃었는데도 은빛 늑대들은 도망가지 않았다. 처음 나타났을 때처럼 강렬한 기세를 드러냈다.

'모두 살았으면 좋겠는데.'

아내는, 지혜와 성훈이는 무사히 던전으로 들어갔을까? 혹시 중간에 몬스터들한테 공격받은 건 아닐까? 불길한 생각이 자꾸 들었다.

다만 가장 후회되는 건 따로 있었다.

'사랑한다고 말도 못 했네.'

그 점이 제일 아쉬웠다. 아빠로서 남기고 싶을 말도 제대로 못 남겼고.

파밧!

지용을 끝장내기 위해 은빛 늑대들이 달려들었다. 자신의 최후를 직감한 그는 조용히 눈을 감았다.

'뭐지?'

은빛 늑대들이 자신을 물어뜯기만을 기다리고 있었는데 놈들은 공격하지 않았다. 의아함을 느낀 지용은 조심스럽게 눈을 떴다.

플레이어 지용의 레벨이 대폭 상승했습니다.

| Close | View |

번쩍!

검붉은 빛이 쏟아졌다. 빛에 휘말린 늑대들은 형체도 남기지 못한 채 갈가리 찢겨 나갔다. 전혀 예상치 못한 상황이 일어나자 지용은 멍한 표정을 지었다. 더 놀라운 일은 그다음에 일어났다.

"아빠!"

"여보!"

두 아이와 김수정이 달려왔다. 경악을 금치 못한 지용은 목청을 높였다. 다 죽어가는 사람답지 않게 커다란 목소리였다.

"여, 여긴 왜 왔어! 얼른 던전에……."

"가족들은 걱정하지 않으셔도 됩니다."

그제야 지용은 다른 사람이 왔음을 깨닫고 고개를 돌렸다. 검은 코트를 걸친 청년이 그의 눈에 들어왔다. 죄책감이 가득한 얼굴을 한 청년은 한쪽 무릎을 굽혀 눈을 마주했다. 그리고는 고개를 숙였다.

"영웅 클랜의 대표, 김인호입니다. 늦어서 정말 죄송합니다."

"하하. 그, 그래도 다행이군요. 이렇게 대표님까지 와주셨으니. 정말 다행이야."

안도의 한숨이 절로 나왔다. 이제 미련은 없었다. 가족들이 살아남았음을 확인했으니까.

"대, 대표님. 가족을 잘 부탁드립니다. 처, 처음 본 분에게 이런 말을 하는 게 민망합니다만."

"영웅 클랜의 대표로서 맹세하겠습니다. 가족들은 무사할 겁니다. 지금까지 그랬듯이."

감정이 북받쳐 올랐지만 인호는 애써 참고 대답했다. 안심한 지용의 입가에 환한 미소가 떠올랐다.

"정말 감사합니다. 성훈이하고 지혜는 엄마 말 잘 들어. 알았지?"

"잘 들을게! 잘 들을 거니까 같이 가자. 응, 아빠!?"

"같이 가요, 아빠! 네? 제발요!"

앞으로 사랑하는 아빠를 볼 수 없다는 것을 깨달은 걸까? 두 아이는 지용을 끌어안고 펑펑 울었다.

"나중에 꼭 다시 만날 수 있을 거야. 사랑해, 성훈아, 지혜야. 그리고 여보, 정말 미안해. 이럴 때 당신만 먼저 남겨두고."

"아니에요. 당신 정말 멋졌어요."

얼굴이 눈물로 범벅이 됐지만, 김수정은 웃었다. 떠나는 남편이 자신들을 보며 웃을 수 있도록.

'제기랄.'

그 모습을 보며 인호는 이를 갈았다.

늦게 온 이유는 있었다. 사람들을 던전에 받아들이느라 다른 곳에 신경 쓸 여유가 없었다. 허나 그게 무슨 의미가 있나? 자신의 눈앞에 죽어가는 사람이 있는데.

-너랑 관계없는 사람인데 오늘따라 유독 분노하는군-

'내 사람들을 지키겠다고 맹세했지. 그것도 바로 오늘. 그런데 이 꼴을 봐라.'

드물게 준경에게 감정을 드러낸 인호. 준경은 흥미롭다는 듯 바라보더니 질문을 던졌다.

-네 힘은 인정하지만 아무리 너라도 모든 사람을 구할 수는 없다. 그건 너도 잘 알고 있을 터-

'단 한 번도 다 지킬 수 있다고 생각한 적은 없다. 단지 내 밑에 있는 사람들이라도 지키고 싶었을 뿐.'

전부를 지킨다는 건 오만이다. 그럴 역량이 없음을 스스로 잘 알고 있었다. 그래서 지킬 수 있는 사람들이라도 지키려 했는데 시작부터 어그러졌다. 분노가 치솟았다.

-확실히 지배하는 자로서의 마음가짐을 갖춰가는군-

'농담을 들어 줄 여유는 없다.'

-말은 끝까지 들어라. 안 죽게 할 방법이 있으니까-

'살릴 수 있다는 건가?'

-그건 성녀나 무녀가 할 영역이지. 내가 말하는 건 그의 죽음을 막는 거다. 그거면 충분하지 않나?-

준경의 말이 옳았다. 죽지 않는 게 중요했다. 살릴 방법은 나중에 찾으면 그만이었다.

"다행이네. 사랑해. 다음 생이 있다면 그때는 꼭 행복하게⋯⋯."

덥석.

마지막 말을 남기려 했지만 지용은 뜻을 이루지 못했다. 갑자기 인호가 그의 가슴에 손바닥을 올렸기 때문에.

"대, 대표님?"

"당신은 아직 죽을 때가 아닙니다."

적어도 눈앞에서 사람들이 죽는 건 가만히 지켜보지 않을 것이다. 절대로!

우우웅.

인호의 양손을 중심으로 새파란 기운이 흘러나왔다. 겨울밤의 공기와도 비교되지 않을 만큼 차가운 기운이었다. 이를 증명하듯 정지용을 받쳐주고 있는 땅이 얼기 시작했고 김수정과 두 아이는 몸을 덜덜 떨었다.

하지만 인호는 개의치 않고 정지용의 몸 안에 기운을 불어넣었다. 상대가 타격을 받지 않도록 지극히 세심하고 정밀하게 넣는 것도 잊지 않았다. 힘든 작업임을 보여주듯 그의 얼굴에서는 땀이 줄줄 흘러내렸다.

–잘하고 있다. 무공이라고 해서 단지 외부에 기운을 발산하는 게 아니다. 어떻게 마력을 운용하느냐에 따라 신체 안쪽에도 불어넣을 수 있지–

차분하게 인호에게 설명하는 준경. 그 말에 귀를 기울이면서 인호는 차분하게 '빙백신장(氷白神掌)'을 펼쳤다. 이렇게 하는 이유는 단 하나, 정지용을 냉동 수면에 빠뜨리기 위해서였다.

사실 SF라면 모를까, 현실에서 냉동 수면은 불가능한 기술이었다. 정확히 말하면 얼리는 건 가능했지만 그 과정에서 세포가 파괴되어 대상자는 죽을 수밖에 없었다. 설령 잘 얼린다 해도 해동하는 일 또한 굉장히 까다로웠고.

하지만 기존의 상식이 먹히지 않는 투쟁의 시대에서는 이야기가 달랐다. 인호는 조금 전, 준경이 했던 말을 떠올렸다.

'무공의 힘을 사용하면 이 자를 다치지 않게 얼릴 수 있다. 잠시나마 생명을 유지할 수 있다는 거지. 그다음에 성녀나 무녀에게 보여주면 된다.'

'설령 두 사람이 못 살린다 해도 방법은 또 있다. 죽음을 제외한 모든 병과 상처를 치료할 수 있는 영약이 있으니까. 다만 이 방법은 시간제한이 있다. 이 자가 녹으면 모든 게 다 끝이지.'

어디까지나 임시조치라는 소리였다. 그래도 무려 4성 영웅이 살릴 수 있다고 장담했다. 그것만으로 충분했기 때문에 인호는 심혈을 기울여 마력을 불어넣었다.

"후우."

마침내 작업이 끝났다.

정지용을 중심으로 커다란 얼음 기둥이 만들어졌다. 그는 잠에 빠진 듯 편안히 눈을 감고 있었고.

"수고했어요, 오빠."

"몬스터들은?"

"전부 다 처리했어요. 사람들도 전부 유적 앞에 모였고요."

어느새 다가온 잔 다르크가 현재 상황에 대해 보고했다. 그제야 안심한 인호. 허나 그의 안색은 여전히 어두웠다. 기뻐하기에는 희생자가 너무 많았으니까. 그나마 정지용은 얼릴 수라도 있었지, 다른 사람들은 그렇게 하지도 못했다.

"죽은 사람을 잊으라고 말하지 않을게요. 그래도 이왕이면 살린 사람들을 떠올려줘요. 그렇지 않으면 오래 버틸 수 없어요."

"그래야겠지. 그런데 이 사람을 살릴 수 있겠어?"

"죄송해요, 오빠. 이렇게 심한 상처를 치료하는 건 어려워요."

"역시 영약을 구해야겠네."

"지금으로서는 그 방법이 최선이라 생각해요."

그렇게 말한 잔은 얼음 기둥에 손을 댔다. 손에서 백금의 빛이 피어오르더니 기둥 안으로 스며들었다.

"이건?"

"녹는 속도를 늦췄어요. 약간의 유예를 얻은 거지만 그래도 안 하는 것보다는 낫겠죠?"

그것만 해도 어딘가 싶었다. 영약을 구하는 것만큼 시간을 버는 것도 중요했다.

그렇게 모든 조치가 다 끝났을 때,

"나, 남편은 괜찮은 건가요? 살 수 있는 거죠?"

김수정이 다가왔다.

눈물로 범벅이 된 얼굴에는 여전히 불안감이 가득했다. 확답할 수 없다는 게 안타까웠지만 인호는 솔직하게 대답했다.

"아직 확신할 수 없습니다. 그래도 남편분을 살리기 위해 최선을 다할 생각입니다."

"정말 감사합니다."

인호의 진심을 느낀 김수정은 또 눈물을 흘렸다. 모든 게 다 끝 났다고 생각했는데 희망을 얻었다. 언제 사라질지 모르는, 정말 자그마한 희망이었지만 그것만으로도 행복했다.

"아저씨, 아빠 살 수 있는 거야?"

"아빠 볼 수 있는 거죠?"

김수정의 반응을 본 아이들이 인호의 옷자락을 붙잡았다. 순간 가슴이 뭉클했지만, 그는 내색하지 않고 아이들의 손을 살포시 쥐었다. 그리고 최대한 부드러운 어조로 입을 열었다.

"꼭 만날 수 있게 해줄게. 그러니 엄마 말 잘 듣자. 알았지?"

"응!"

"네!"

해맑게 웃는 아이들을 보며 인호는 다시 다짐했다. 반드시 이 사람을 살리겠다고. 아니, 자신에게 목숨을 맡긴 사람들만은 꼭 지키리라.

[플레이어 김인호의 왕도(王道)가 결정됐습니다. 자신을 따르는 사람들만 지키겠다는 것은 이기적이라 할 수 있습니다. 허나 따르는 이들이 숫자가 늘어나면 어떻게 될까요? 당신은 무한한 가능성을 품고 있습니다.]

[당신의 왕도를 사람들에게 증명하십시오. 그게 왕이 될 운명을 가진 이가 앞으로 나아갈 길입니다.]

[왕도를 결정함에 따라 패시브 스킬 '왕의 기세'의 레벨이 대폭 상승합니다. 현재 왕의 기세의 레벨-10]

보다 많은 사람을 끌어들이고 이끌 수 있게 됐다. 사람들의 사기를 높이는 건 당연했고.

Quest°   Inbox   Q

My Quest   **플레이어 정지용을 치료하라!**

서브 퀘스트
    가족을 구하기 위해 기꺼이 자신을 희생한 정지용.
    당신은 그런 정지용을 살리겠다고 그의 가족과 약속을 맺었습니다.
    정지용을 치료해서 반드시 약속을 지키십시오.

    주의사항: 퀘스트를 실패할 경우, 스킬 '왕의 기세'의 레벨이 대폭 감소합니다.

    제한시간: 30일

보상
    플레이어 포인트 50

전혀 예상치 못한 상황에서 메시지가 떠올랐다. 함께 읽은 척준 경은 히죽 웃었다.

-앞으로 전하라고 불러야겠는데?-

'예전부터 말했을 텐데? 헛소리는 집어치우라고.'

시스템이 뭐라고 말하든 알 바 아니었다. 그저 자신이 결심한 바를 끝까지 추구한다. 그것만이 전부였다.

한국대학교 캠퍼스 및 규장각 던전에 있던 사람들은 전부 낙성 대 던전으로 이동했다. 게다가 청권사에 있던 사람들도 와서 내부 는 굉장히 북적거렸다. 다들 상황이 좋지 않음을 잘 알기에 최대한 조용히 있었다.

"총 20마리의 리자드맨들이 청권사 안으로 들어왔습니다. 하나같이 눈이 붉었는데 안전지대도 무시하더군요. 다행히 입구를 미리 지키고 있어 피해는 없었습니다만."

재혁이 말하자 회의에 참석한 이들의 표정이 나빠졌다. 정말 안전지대가 소용없어진 것이다.

"예술의전당 근처에는 고블린과 오크 연합이 달려들었어요. 숫자는 대략 100마리 정도였고. 사람이 없어서 그런지 안으로 들어오지 않았어요. 일단 다른 클랜들과 힘을 합쳐 전멸시켰고요."

이번에는 수아가 말했다. 사람이 있어야 던전 안으로 들어온다는 걸 알 수 있게 된 건 다행이었다. 다만 몬스터들이 이상행동을 보이는 건 똑같았다.

"정황을 볼 때, 던전 브레이크가 바깥에 있는 몬스터들에게 영향을 주는 건 분명합니다. 또 언제가 될지는 확신할 수 없지만 어떤 곳이 됐든 터지는 던전이 나올 겁니다."

인호가 입을 열자 다들 고개를 끄덕였다. 다른 사람들을 한 번 둘러본 그는 계속 말을 이어나갔다.

"사전에 말했다시피 클랜을 보다 체계적인 조직으로 만들고자 합니다."

"동의합니다. 사람이 더 늘어났으니 더 체계적으로 관리할 필요가 있습니다."

백진수가 인호의 의견을 지지했다. 다른 사람들도 마찬가지였다. 모두 위험한 상황이 끊임없이 닥칠 수 있다는 것을 실감했다.

이를 극복하기 위해서는 똑바로 된 조직이 필요했다. 아무리 숫자가 많아도 손발이 맞지 않으면 무의미했으니까.

"다만 정비를 하기에 앞서 하나 확실히 정할 게 있습니다. 알다시피 영웅 클랜은 현재 다섯 개의 던전을 확보했습니다. 이를 전부 활용하는 게 좋다고 봅니까? 아니면 하나에 집중하는 게 좋습니까?"

인호는 이제까지 잠깐 닫아뒀던 메시지를 열었다. 그곳에는 던전들의 현황에 대한 내용이 적혀 있었다.

던전 '낙성대' 인구가 400명을 넘었습니다.
던전 각 구획의 생산 속도가 20% 향상됩니다.

Close	View

현재 영웅 클랜의 보호를 받는 사람은 기존의 인원을 포함해 모두 487명이었다. 불과 이틀 만에 낙성대의 제한 인원인 500명이 거의 다 차면서 던전의 기능을 최대한 발휘할 수 있게 됐다.

허나 이를 무조건 좋아할 수는 없었다.

[던전 '오페라하우스', '서예박물관', '규장각', '청권사'가 비어 있습니다. 앞으로 24시간 안에 사람이 들어오지 않을 시, 공백지로 전환됩니다.]

[공백지가 된 던전은 몬스터 및 다른 클랜의 공격을 받아도 알 수가 없습니다. 또 던전을 다른 클랜에게 빼앗길 경우, 유지 시간이 던전 하나당 40일씩 감소합니다.]

[각 던전의 코어를 낙성대 던전의 코어에 합치겠습니까? 코어를 하나로 합치면 낙성대 던전의 규모가 확장되어 700명을 받아들일 수 있습니다. 다만 이 경우, 던전 유지 시간이 50일 감소합니다.]

뭘 택할지 어려웠다. 그래서 다른 사람들의 의견을 알고 싶었다. 먼저 입을 연 사람은 형준과 은영이었다.

"힘들게 얻은 던전들입니다. 저희의 영토인 만큼 최대한 활용해야 한다고 봅니다."

"저도 형준이 오빠 말이 옳다고 봐요. 코어를 이용하면 다른 던전에 금방 이동할 수 있는데 굳이 놔둘 필요 없잖아요?"

수아와 진수는 고개를 주억거리며 같은 뜻임을 피력했다. 그러자 현주가 반대 의견을 제시했다.

"그건 아니라고 봐. 솔직히 지금 전력으로 5개나 되는 던전들을 다 지키는 건 무리야. 이번에야 약한 놈들이 쳐들어와서 막았지만, 더 강한 놈들이 오면 어떻게 될까? 쪼개진 전력으로 막을 수 있을까?"

"저도 현주 씨의 뜻을 따르고 싶습니다. 어설프게 여러 개를 발전시키는 것보다 때로 하나에 집중하는 게 효율적입니다. 오늘 사태를 통해 사람들도 많이 늘어나지 않았습니까? 이 기회를 살려야 합니다."

현주를 지원 사격한 재혁. 이를 본 수아와 백진수는 말도 안 된다는 듯 바로 반박했다.

"저희가 지금 인원으로 만족하면 그렇게 해도 돼요. 하지만 앞으로도 계속 사람들을 받아들일 거잖아요? 그럼 미리 대비해야죠."

"이 세상 어떤 국가도 힘겹게 얻은 영토를 포기하는 경우는 없습니다. 오히려 관리하는 게 벅차더라도 끝까지 유지했습니다. 아니면 일단 깃발이라도 꽂아 놓던가. 그게 세상의 이치입니다."

두 사람의 말이 끝나자마자 이주희와 황영롱이 견해를 밝혔다.

"역량 이상의 영토를 확보했다가 망한 국가가 한, 둘이 아니에요. 거기다가 사람들의 생명이 걸려 있어요. 전력이 더 강해진 다음에 관리해도 늦지 않아요."

"규장각이나 예술의전당처럼 부양 인구가 많은 곳일수록 방어하기 어려운 걸로 압니다. 인구가 적으면 던전의 기능을 제대로 사용하기도 힘들고. 괜히 무리할 이유가 없다고 봅니다."

규장각은 600명, 예술의전당은 두 개를 합쳐 700명, 청권사는 300명을 받아들일 수 있었다. 그런데 황영룡이 말한 대로 규모가 큰 던전들은 구조적으로 수비에 불리했다. 현재는 전투원의 숫자가 턱없이 적기에 더 지키기 어려웠고.

"그래도!"

"하지만!"

의견은 반으로 갈라졌고 이 때문에 논쟁은 갈수록 격해졌다. 옳고 그름의 문제가 아니라는 점도 한몫했고.

"그만. 여러분의 의견은 이해했습니다.

인호가 입을 열자 다들 조용해졌다. 그는 다른 사람들과 달리 이제까지 침묵을 지킨 두 노인, 조영규와 박현백을 응시했다.

"두 분께서는 어떻게 판단하는지 알고 싶습니다. 고견을 들려주시겠습니까?"

현대 사회에서 나이만으로는 존중받을 수 없었다. 나이와 현명함은 절대 비례하지 않았으니까.

허나 조영규와 박현백은 그동안 다른 사람들과 잘 지냈고 평판도 정말 좋았다. 사람들 사이에서 발생한 다툼도 잘 중재했고. 그 사실을 잘 알기에 현 상황을 어떻게 보는지 듣고 싶었다.

먼저 입을 연 사람은 박현백이었다.

"국민학교만 나온 제가 뭘 알겠습니까만 그래도 한마디 보태겠습니다. 이 시대는 힘으로 모든 게 결정됩니다. 민주주의다 뭐다 해도 힘 앞에서는 부질없습니다. 그럼 이 세계에서 대표님은 뭘까요?"

발끈한 사람들이 있었지만, 그들은 나서지 못했다. 인호가 손을 들어서 그들을 나서지 못하게 막았기 때문에.

"영토만 작을 뿐, 대표님은 왕입니다. 그리고 왕은 결코 한 번 얻은 땅을 포기하지 않습니다."

"공방장님의 뜻은 잘 알았습니다. 그럼 원장님은 어떻게 보십니까?"

"제 의견을 말하기 전에 대표께 묻고 싶습니다. 대표가 생각하는 영웅은 무엇입니까? 뭘 위해 영웅이라는 이름을 지었습니까?"

갑자기 조영규가 화살을 자신에게 돌리자 순간 인호는 당황했다. 그러나 잠시뿐이었다.

"저를 비롯하여 함께 하는 모든 사람이 영웅이 되기를 원했습니다. 그러면 이 시대를 조금이라도 더 빨리 끝낼 수 있지 않을까 싶었습니다."

척준경, 잔 다르크, 길잡이를 비롯해 많은 영웅의 행보를 지켜봤다. 그들의 삶을 전부 보지는 못했지만 적어도 행동 자체는 존경받아 마땅했다. 물론 어떤 머저리 같은 왕자도 있었지만.

"좋은 의미라고 생각합니다. 단지 그 뜻을 널리 알리기 위해서는 더 많은 사람을 받아들여야 합니다. 그러면 사전에 발판을 마련해두는 게 좋을 겁니다."

살짝 우회해서 말했지만, 조영규도 박현백과 뜻을 같이했다. 마지막으로 인호는 잔 다르크와 준경을 바라보았다. 두 영웅은 웃었다. 어떤 선택을 해도 그 뜻을 따르겠다는 듯이.

"저는……."

"저는 모든 던전을 골고루 발전시키는 게 좋다고 생각합니다."

인호가 의견을 밝히자 수아를 비롯해 몇몇 사람들이 주먹을 불끈 움켜쥐었다. 허나 현주는 순순히 넘어가지 않았다.

"장기적으로 봤을 때, 그게 옳다고 생각해. 여기 있는 사람들 다 그렇겠지. 다들 안 그래?"

현주가 바라보자 그녀의 의견에 지지했던 이들이 고개를 끄덕였다. 옳다는 건 알고 있었다. 단지 현실성이 없어서 반대했을 뿐.

"지금 우리 상황을 봐. 전투원이 몇 명이야? 겨우 7명이야. 이 인원으로 던전 5개를 다 커버한다고? 그게 말이 된다고 생각해? 설령 된다 치자. 그럼 우리 퀘스트는 언제 깨?"

"지원자를 모아 플레이어로 각성시키면……."

"말이 되는 소리를 해. 플레이어로 각성시키는 게 쉬운 일이야? 몬스터를 죽여야 한다고. 그것도 던전 브레이크의 영향을 받아 맛이 간 놈들을. 24시간 안에 이걸 한다고? 각성하다 다 죽을 거 같은데?"

형준의 반박에 코웃음을 치는 현주. 형준은 입을 다물었다. 그녀의 말마따나 현 상황에서 몬스터와 싸우는 건 굉장히 위험했다. 그러자 이번에는 백진수가 나섰다.

"각성하기 위해 필요한 건 몬스터를 죽이는 겁니다. 저희가 놈들에게 큰 상처를 입힌 뒤, 지원자들이 죽이면 쉽게 각성할 수 있습니다."

"당장 던전 브레이크가 일어날지 모르는데 안 그래도 없는 전력을 나누자? 그동안 살아남아서 착각하는 모양인데 우리는 약해."

"약한 건 압니다. 그래도 9급이나 8급 몬스터들이라면 충분히 이길 수 있습니다."

"물론 당신 혼자 싸우면 이길 수 있겠지. 그런데 일반인들을 지키면서도 이길 수 있어? 단 한 사람의 피해자도 안 만들면서? 저기 있는 잔 다르크라면 모를까, 난 자신 없는데?"

"그, 그건……."

결국 백진수도 입을 다물었다. 9급, 8급이라도 상대해야 할 몬스터의 숫자가 많다면? 피해자가 반드시 생길 것이다. 가정인 건 알지만 사람들의 목숨이 걸려있기에 함부로 말할 수 없었다.

"전력을 빨리 상승시킬 방법이 있어."

가만히 듣고 있던 인호가 입을 열었다. 현주를 비롯하여 모든 이들의 시선이 그를 향했다. 다들 의아해하는 기색이 역력했다.

"그게 뭔데?"

"총이 있잖아. 그걸로 무장하면 전력도 상승하고 플레이어로 빨리 각성할 수 있을 거야."

"그걸 누가 몰라? 그런데 총을 어디서 구해? 수도방위사령부나 그 근방 부대는 전부 무너졌고……. 제1방공여단!"

스스로 깨달은 현주가 외쳤다.

수도방위사령부는 물론, 거기에 붙어 있던 국군지휘통신사령부, 국군수송사령부 모두 몬스터 웨이브에 의해 사라졌다. 그러나 군부대는 또 있었다. 과천 쪽으로 내려가는 길에는 제1방공여단의 본부가 있지 않은가.

"방공 여단 맞지? 내가 알기로 그쪽은 수도방위사령부에 합류해서 공격받지 않았어. 거기서는 분명히 무기를 챙길 수 있을 거야. 거리가 좀 있지만, 플레이어 입장에서는 무의미하고."

"거기도 생각해봤는데 안 될 거 같아. 과천은 경기도잖아? 막혀있을 확률이 높아."

"그러면 이 근처에서 챙겨올 수 있는 곳은 없는데?"

경찰서 같은 곳은 이미 털렸을 게 분명하기에 생각할 필요가 없었다. 총을 찾으러 더 멀리 갈 수 있는 상황도 아니었고.

"수도방위사령부가 있잖아."

"거기는 다 무너졌잖아. 그 괴물 애벌레 때문에."

"누나한테는 흙돌이가 있잖아? 흙돌이의 능력이라면 분명 찾을 수 있겠지. 돌을 옮기는 건 일도 아니고."

"대표님, 질문이 있습니다."

재혁이 말하자 인호는 고개를 돌렸다.

"말씀하십시오."

"건물들이 전부 다 박살난 걸로 아는데 총기나 탄환이 멀쩡하겠습니까?"

"탄환은 쇠통에 포장되었기 때문에 크게 문제없습니다. 총기도 일반 창고에 있던 것만 못 쓸 뿐, 예비군 치장 총기함에 있는 건 쓸 수 있을 겁니다."

재혁은 이해했다는 듯이 고개를 주억거렸다. 그러자 다시 현주가 물었다.

"여기서 사람들을 무장시키려면 숫자가 많이 필요해. 탄약도 챙겨야 하고. 어떻게 찾는다고 하더라도 내가 그걸 전부 가져오는 건 불가능해. 그렇다고 사람들을 보낼 수도 없잖아."

"제가 있잖아요, 언니."

기다렸다는 듯이 나서는 수아. 그 모습을 본 현주는 자신의 머리를 쥐어박았다. 수아의 특성은 바로 인벤토리. 수송에 특화된 능력인 만큼, 다른 이들이 움직일 필요가 없었다.

"확실히 너라면 할 수 있겠네. 거기다 수도방위사령부에는 던전도 없을 테니 아무런 방해도 안 받을 거고."

"그러니 누나가 수아하고 그쪽에 가줬으면 좋겠어. 두 사람이라면 할 수 있겠지."

마음 같아서는 자신이 가고 싶었다. 왕의 기세를 이용하면 어지간한 몬스터들을 다 쫓아낼 수 있으니까.

그러나 이번만큼은 갈 수 없었다. 자신이 움직이면 잔 다르크도 따라가야 한다. 던전 브레이크가 언제 일어날지 모르는 만큼, 가장 큰 전력인 그녀는 이곳에 꼭 남아야 했다.

"후우. 그렇게 할게."

"저도 괜찮아요."

크게 한숨을 내쉬더니 현주는 고개를 끄덕였다. 수아는 웃으며 현주에게 달라붙었고.

"전투원 쪽을 늘리면 던전 운영에 필요한 인원이 줄어듭니다. 거기다가 각 던전으로 인원을 나누면 더 줄어들 겁니다. 자칫 잘못하면 전부 활용할 수 없게 됩니다."

"이번 사태를 통해 다들 알지 않았습니까? 던전에 들어가지 못한 사람이 많다는 걸. 조직을 정비하는 김에 그런 사람들을 구조하는 부대를 만들 겁니다. 그러면 인원을 빨리 채울 수 있겠죠."

재혁의 의견에 반론을 제시한 인호. 그는 묘한 느낌을 받았다. 이건 이미 죽고 없는 조경수 사령관이 과거에 그에게 했던 제안이었다. 설마 자신이 그 뜻을 대신 이뤄야 할 날이 올 줄은 몰랐기에 신기했다.

"네 말은 이해했어. 그래도 쉽지 않을 거야."

"처음부터 쉬운 건 없었어. 그래도 더 많은 사람을 지키고 싶어. 그러기 위해서는 다른 던전들도 운영할 필요가 있고. 최소한이라도."

"오케이. 그러면 이번에는 그냥 넘어갈게. 다만 너는 이미 많은 사람의 생명을 짊어졌어. 네 선택이 잘못되면 이에 대한 책임을 꼭 져야 할 거야."

자신의 동생에게도 가차 없는 현주였다. 인호는 그런 그녀를 원망하지 않았다. 아니, 고마워했다. 누나인 그녀가 당당히 반대하면 다른 사람들도 눈치를 보지 않고 떳떳하게 의견을 제시할 수 있을 테니까.

　"물론이야."

　흔쾌히 대답한 인호였다. 대표로서 자신이 내린 결론에 책임을 지는 건 지극히 당연한 일이었다.

　"이건 추측이지만 잘하면 다른 클랜의 도움을 받을 수 있을지 모릅니다."

　"무슨 말씀입니까?"

　"남현동 요지 뒤쪽으로 쭉 올라가다 보면 이경직신도비라는 문화재가 있습니다. 정황상 던전이 됐을 확률이 높습니다."

　"클랜이 있겠군요!"

　"진수 씨말대로입니다. 우리가 무너지면 거기도 위험해집니다. 그러니 분명 도와줄 겁니다."

　드래곤이 수도방위사령부를 덮친 것은 맞다. 하지만 거기에 있는 사람들이 모두 죽었을 가능성은 적었다. 이경직신도비는 수도방위사령부와 가까운 곳에 있는 만큼, 생존자들은 그곳으로 갔으리라.

　"회의가 끝난 뒤에 따로 사람을 보내겠습니다. 그럼 이제 조직 정비에 대해 논의하겠습니다. 클랜 부대표는 현주 누나와 수아에게 맡기고자 합니다. 이의 있으면 바로 말씀해주십시오."

　"찬성합니다."

　"저도 찬성입니다."

　모두 인호의 말에 동의했다.

클랜이 세워진 지 얼마 안 됐지만 수아와 현주는 창업 공신이었다. 그러니 부대표를 맡는 게 당연했다. 인호를 제외한 플레이어 중에서 전투 능력이 가장 뛰어났고.

게다가 두 사람의 성향이 완전히 다르다는 것도 한몫했다. 친한 것과 별개로 두 사람은 항상 다른 주장을 펼치기를 주저하지 않았다. 건전한 논쟁을 통해 발전을 추구할 수 있는데 왜 거부하겠는가?

"규장각은 진수 씨, 청권사는 은영 씨, 오페라하우스는 재석 씨, 서예박물관은 형준 씨가 담당합니다."

"그, 그게 정말입니까?"

"……괜찮겠습니까?"

호명된 사람들은 믿을 수 없다는 듯 인호를 쳐다보았다. 전부 클랜에 가입한 지 길어야 하루밖에 되지 않았다. 재석 같은 경우 반나절밖에 안 지났고.

아직 서로 믿기 힘든 판국인 만큼, 모두 인호가 일일이 다 관리할 거라 여겼다. 그런데 그는 그러지 않고 다른 플레이어들에게 선뜻 다 맡겼다. 다들 어안이 벙벙할 수밖에 없었다.

"여러분을 만난 지 얼마 안 된 건 사실입니다. 저에 대해 어떻게 생각하는지는 모르겠습니다만 다른 사람들을 생각하는 건 진심이었습니다. 그 마음을 믿어보고자 합니다."

"대표님의 믿음에 보답할 수 있도록 최선을 다하겠습니다."

"믿어주셔서 고마워요. 열심히 해볼게요."

네 사람 다 크게 감동한 얼굴로 인호를 응시했다.

-너무 빨리 바뀌는 거 아니냐? 순간 다른 사람인 줄 알았다-

'고집을 부려봤자 바뀌는 건 없으니까.'

가볍게 준경의 말에 대답한 인호.

사실 스스로 생각해도 이 상황이 웃겼다. 원래의 자신이었다면 하나에 집중했을 것이다. 그리고 다른 사람들에게 던전을 맡기지도 않았겠지. 얼마 보지도 않은 사람을 믿는다는 건 그에게 있을 수 없는 행동이었다.

-그래도 잘했다고 본다. 아무리 왕이라 해도 모든 일을 다 맡을 필요는 없다. 적재적소에 맞게 인재를 쓰는 것 또한 왕의 능력이다-

'그렇게까지는 생각하지 않았고.'

그냥 전부 착한 사람들이라 믿고 맡겼을 뿐이었다. 그 이상도, 그 이하도 아니었다.

"진수 씨와 형준 씨는 전투원이 될 사람들을 뽑아주십시오. 가급적 군대를 다녀온 사람들 위주로 하고, 성별에 상관없이 미성년자는 빼십시오."

"총을 사용해야 하는 만큼, 처음에는 그게 좋다고 봅니다."

"대표님 뜻대로 하겠습니다."

진수와 형준이 대답했다. 고개를 주억거린 인호는 비전투원들을 바라보았다.

"여러분에게도 맡길 일이 있습니다."

"말씀해주십시오."

"처음 던전에 왔을 때, 저희가 사람들을 어떻게 분류했는지 기억할 겁니다. 그 방법에 따라 각 구획에 맞게 사람들을 나누십시오."

"알겠습니다."

박현백이 비전투원을 대표해 대답했다.

"또 지금 일하는 분 중에서 각 구획의 대표가 될 후보를 네 사람씩 뽑아주십시오."

"의사나 간호사는 어떻게 할까요? 숫자가 많을 거 같지는 않은데."

"당분간 의사와 간호사는 낙성대에 집중하겠습니다. 어차피 코어를 통해 이곳으로 올 수 있으니 문제 될 건 없죠. 주희 씨 밑에서 플레이어로 각성도 해야 하고."

"알겠어요."

고개를 주억거리는 이주희. 치료사라는 자신의 직업이 얼마나 중요한지 잘 아기에 그녀는 의지를 불태웠다.

"클랜 규칙은 사람들 앞에서 발표하겠습니다. 광장으로 모여주십시오."

국가가 무너진 지금, 클랜의 규칙은 법이라 할 수 있었다. 그리고 규칙이야말로 조직을 지탱하는 근간이었다. 이왕 발표하는 거, 다른 사람들 앞에서 하는 게 효율적이었다.

"엄마, 이제 우리 여기서 사는 거야?"

"여기는 괜찮아요, 엄마?"

"앞으로 이곳에서 살 거야. 있다 보면 아빠도 만날 수 있을 거고."

김수정은 지혜와 성훈을 보며 대답했다. 아빠를 볼 수 있다는 말에 두 아이는 활짝 웃었다. 그리고는 신기하다는 듯이 던전 내부를 둘러보았다. 또래를 볼 때마다 입가에 걸린 미소가 더욱더 환해졌고.

"삼족오 놈들하고는 달랐으면 좋겠는데."

"그 쓰레기들하고는 다르겠지. 우리를 구해준 분의 말씀을 떠올려보라고."

"혹시 알아? 우리한테 거짓말하는지. 삼족오 놈들도 처음에는 착한 척했잖아."

규장각과 한국대 캠퍼스에서 온 사람들이 은연중에 두려운 기색을 드러냈다. 삼족오 놈들의 행패에 시달렸기 때문에 걱정할 수밖에 없었다. 그런 그들을 낙성대에 먼저 살았던 이들이 위로했다.

"여기 분들은 그런 쓰레기들하고 달라요. 정말 저희를 생각해줘요."

"식사도 다 같이 해요. 대표님이라고 더 특별한 걸 먹는 것도 아니고."

그 말이 도움이 됐는지 안심하는 사람이 늘었다. 긴장이 풀렸는지 점차 광장 내부가 소란스러워졌다.

그런데 그때,

저벅저벅.

발걸음 소리가 들렸다.

그리고 그들은 볼 수 있었다. 인호를 비롯한 플레이어들을.

"처음 뵙는 분들을 위해 제 소개부터 하겠습니다. 만나서 반갑습니다. 제 이름은 김인호. 영웅 클랜의 대표입니다."

나지막한 목소리였지만 듣고 있는 이들의 귀에 쏙쏙 박혔다. 게다가 왕의 기세까지 깃들어 있어 남녀노소에 상관없이 모두 인호의 말에 귀를 기울였다.

"영웅 클랜이 추구하는 건 '공평'입니다. 기본적으로 같은 생활을 영유하되 능력이 있는 사람들을 우대할 겁니다. 단, 다른 사람들을 차별하겠다는 건 아닙니다."

"우리는 직위에 상관없이 똑같은 곳에서 잠을 잘 거고 똑같은 음식을 먹을 겁니다. 분야는 다를지언정 자신에게 주어진 일을 해야 합니다. 그게 우리가 살아남을 방법입니다."

일부러 '우리'를 강조했다. 다 같은 클랜의 사람이라는 것을 인식할 수 있도록.

"이제부터는 해서 안 되는 일에 대해 알려드리겠습니다."

갑자기 그리 말한 인호는 마검을 뽑았다. 검붉은 검기가 검신을 휘감으며 광장을 밝혔다.

"플레이어라는 점을 내세워 다른 사람에게 위해를 가한다면 바로 처리할 겁니다. 살인을 저지른 이들도 마찬가지입니다. 장담컨대 제가 선처하는 일은 결코 없을 겁니다."

꿀꺽.

살벌하게 빛나는 검을 보자 여기저기서 침을 삼키는 소리가 울려 퍼졌다.

"다른 사람을 때리거나 물건을 훔치는 등 분란을 일으키면 즉각 던전에서 추방하겠습니다. 이 또한 선처는 없습니다."

이후에도 인호는 계속 말을 이어나갔다. 그가 말하는 규칙들은 빡빡하다면 빡빡하다 할 수 있었다. 허나 그는 전혀 개의치 않았다. 사람들을 믿는 것과 별개로 통제에서 벗어난 사람들이 얼마나 위험한지는 잘 알고 있었으니까.

"규칙을 따르기 싫은 분들은 나가면 됩니다. 단, 이후 남아있을 분들은 끝까지 따라야 합니다."

눈치를 살필 뿐, 전부 가만히 있었다. 힘들더라도 몬스터에게 공격받을지 모른다는 공포보다 낫다는 걸 잘 알고 있었기 때문에.

"동의한 걸로 알겠습니다. 영웅 클랜에 온 걸 환영……."

My Quest **던전 브레이크에서 살아남아라!**

메인 퀘스트

숭례문, 창덕궁, 서울N타워, 경복궁의 던전 공략이 실패로 돌아갔습니다. 이에 따라 던전 브레이크가 발생합니다. 상술된 던전들은 각각 서울시 동서남북으로 퍼져나갈 겁니다. 몬스터들의 공세에서 살아남으십시오.

주의사항: 퀘던전 브레이크가 발생할 경우, 주변에 있는 몬스터들이 이에 영향을 받아 전부 무리에 합류합니다. 이 점, 주의하시길 바랍니다.

제한시간: 48시

보상

①고유(Unique) 등급의 아이템 중 하나 ②플레이어 포인트 60 ③국립중앙박물관 입장권(단, 300장 한정)

"빌어먹을."

또 한 번 뼈저리게 느껴야 했다.

시스템은 결코 인간에게 대비할 시간을 주지 않는다. 그저 파도처럼 끊임없이 휘몰아칠 뿐.

악몽이 도래했고.

싸워야 할 시간이 왔다.

제19장 던전 브레이크

퀘스트가 뜨자마자 영웅 클랜의 플레이어들은 다시 코어룸에 모였다. 다들 표정이 좋지 않았다. 기존에 나눴던 이야기가 전부 물거품이 됐기 때문에.

그러나 이를 아쉬워할 여유는 없었다. 앞으로 쳐들어올 몬스터들을 막는 게 가장 중요했다.

"퀘스트 내용을 볼 때, 저희는 N타워에서 나올 몬스터들과 싸울 겁니다. 그러면 놈들은 한강을 넘어 동작대로를 따라 이곳으로 올 확률이 높습니다."

"사당역에 방어선을 만들고 그곳에서 싸우는 게 좋겠네. 어차피 근처에 있는 몬스터들은 무리에 합류할 거니 다른 쪽에서 쳐들어 올 가능성도 없고."

"그 부분은 그나마 다행이지. 대신 더 많은 적과 싸우게 됐지만."

"그래도 그게 낫잖아?"

"그건 그래."

인호는 현주의 의견에 동의했다.

숫자가 적어도 주변에 퍼져있는 놈들이 사방에서 들이닥치면 곤란했다. 모든 방향을 일일이 신경 쓰면서 싸우는 건 굉장히 어려운 일이었으니까. 차라리 숫자가 많더라도 정면으로 달려드는 놈들이 나았다.

그때, 재혁이 질문했다.

"어차피 적이 정면으로 쳐들어온다면 던전에서 농성을 하는 게 좋지 않겠습니까? 어차피 몬스터들은 현재 공백인 던전들에는 안 오니 이곳에 집중하면 그만입니다."

"저희만 있다면 재혁 씨 의견이 옳습니다. 하지만 사당역 근처에는 가람 클랜과 황혼의 하늘 클랜이 있습니다. 자칫 잘못해 그쪽이 무너지면 그곳에 있는 사람들이 위험해집니다."

두 클랜이 무너지면 나중에 자신들마저 위험해질 수 있었다. 앞으로 영웅 클랜의 방패가 되어줘야 하는 만큼, 그들이 사라지게 내버려 둘 수 없었다.

재혁은 이해했는지 더 따지지 않았다. 다른 사람들도 마찬가지였고.

"형준 씨는 당장 예술의전당에 가서 저희의 뜻을 알리십시오. 던전에서 농성하지 말고 힘을 합쳐 사당역에서 막자고 말입니다."

"알겠습니다, 대표님!"

인호의 지시에 대답한 형준은 곧장 발걸음을 옮겼다. 그러자 인호는 은영을 바라보았다.

"은영 씨는 이경직신도비로 가서 도움을 요청하십시오. 만약 거기에 사람이 없으면 바로 사당역으로 오면 됩니다."

"알겠어요."

은영의 대답을 들은 인호는 반투명한 창을 띄워 손가락으로 뭔가를 눌렀다. 그리고 진수를 응시했다.

"진수 씨는 이곳을 지켜주십시오. 화포를 사용할 수 있게 했으니 수비하는 데는 지장이 없을 겁니다."

"예!"

백진수는 각오를 다졌다. 반드시 단 한 마리의 몬스터도 이곳에 들어오게 놔두지 않으리라. 이곳에 있는 약 500명의 사람을 지키기 위해.

"누나한테는 부탁할 게 있어."

"뭔데?"

"먼저 사당역으로 가서 바리케이드를 만들어줘. 사당역 근처의 골목 입구들도 다 막아주고."

"오케이. 그럼 먼저 나갈게."

"저도 같이 가요, 언니. 혼자 나가는 건 너무 위험해요."

수아가 두 사람의 대화에 끼어들었다. 현주는 대답하는 대신, 인호를 응시했다.

"그게 낫겠어. 형준 씨가 돌아오면 출발할게."

"알았어. 가자, 수아야."

"네."

현주와 수아가 던전을 나섰다.

"각 구획의 대표님들은 사람들이 동요하지 않게 잘 달래주십시오. 몬스터들이 이곳으로 쳐들어오는 일은 없을 겁니다."

"저희는 걱정하지 않아도 됩니다. 부디 무사히 다녀오십시오."

박현백이 비전투원들을 대표해 대답했다. 그와 조영규는 담담했다. 황영룡과 이주희는 두려워하는 기색을 드러냈지만, 잔을 보며 묵묵히 참았다.

"조금 전에도 말했다시피 형준 씨가 돌아오면 사당역으로 갈 겁니다. 준비할 게 있는 분들은 지금 다녀오십시오."

인호의 지시가 떨어지자 다들 코어룸을 나섰다. 남아있는 건 잔다르크와 항상 곁에 있는 척준경뿐이었다.

"역시 오빠를 따라오기를 잘했네요. 조금이라도 더 많은 사람을 구할 수 있게 됐으니."

"그렇게 생각해주니 고맙네."

항상 영웅들을 부를 수 없는 상황에서 잔의 존재는 매우 든든했다. 게다가 그녀는 단지 곁에 있어 주는 것만으로도 사람들에게 안정감을 심어줬다. 조금 전, 황영롱과 이주희만 해도 그녀를 보고 안심하지 않았던가.

-김인호-

갑자기 척준경이 진중한 어조로 부르자 인호는 고개를 돌렸다. 어느새 준경은 허리춤에 있던 검을 움켜쥐고 있었다. 반대쪽에는 마검을 잡았고.

-가기 전에 건곤천뢰검의 새로운 초식에 대해 알려주마-

"그렇게 빨리 배울 자신은 없는데?"

-여기서는 그렇지만 전장에서의 너는 다르다. 시간이 없으니 한 번만 보여줄 거다. 그러니 똑똑히 지켜봐라-

말을 마친 척준경이 자세를 바로잡았다. 그 모습을 본 인호는 정안을 펼쳤다. 조금이라도 자세히 살펴보기 위해.

번쩍!

그 순간, 인호는 볼 수 있었다. 허공에 찍힌 검은색의 점을. 정안을 펼쳤는데도 궤적이 거의 눈에 들어오지 않았다. 그러나 그는 실망하지 않았다. 원리 자체는 파악했기 때문에.

-건곤천뢰검의 제5식 섬뢰관천(閃雷貫天)이라 한다. 어떻게 펼쳤는지 알겠나?-

"하반신을 움직이지 않고 어깨만을 이용해 찔렀군. 두 자루의 검을 연속으로. 따지고 보면 폭뢰번천과 비슷하군. 첫 번째 검으로 찌른 곳을 두 번째 검으로 찌르는 거니."

씨익.

인호가 재빨리 대답하자 준경은 만족스럽다는 듯이 웃었다. 스승의 입장에서 이해가 빠른 제자를 두는 건 큰 즐거움이었다.

-정확하다. 너도 알다시피 전반부는 충돌을 통해 번개의 힘을 끌어낸다. 중반부의 핵심은 공명이다. 다음은 뇌룡승천(雷龍昇天)이다-

설명이 끝나는 것과 동시에 두 자루의 검을 땅에 찍은 준경. 폭발이 일더니 그의 몸이 위로 치솟았다.

그 모습을 본 인호는 자기도 모르게 몸을 떨었다. 두 자루의 검이 충돌하면서 생긴 검은 파도가 그를 통과했다. 단지 그 뿐이었는데도 영혼이 찢겨나가는 것만 같았다.

"폭발을 추진력으로 삼아 위로 치솟는 건가? 포위되었을 때 써먹으면 좋겠군."

-훌륭하다! 그리고 이게 7번째 초식인 뇌격지복(雷擊地覆)이다!-

위에 뜬 준경이 연거푸 검을 휘둘렀다. 그러자 검기가 땅으로 떨어졌다. 인호는 그게 평범한 검기가 아님을 알아차렸다.

"서로 다른 성질의 검기를 딱 맞춘 뒤에 연거푸 퍼붓는 거군. 1식인 뇌격십자인의 발전 형태인가?"

-그래. 다만 마력 배분을 잘해야 한다. 안 그러면 닿자마자 폭발할 테니까. 이제 중반부의 마지막인 8식이다. 네가 당한 초식이기

도 하지. 이름은 굉뢰포(宏雷砲)다–

쿠오오오!

앞의 세 초식과 달리 준경에게서 엄청난 기세가 흘러나왔다. 이는 인호의 몸을 단숨에 구속했다. 뒤이어 꿈속에서 봤던 느린 검이 다가왔다. 칼날 끝에 새하얀 구체가 형성되어 있는 것도 똑같았고.

꿈속에서처럼 공간을 일그러뜨리지는 않았지만, 여전히 무시무시한 위용이었다. 그렇게 인호는 꼼짝도 못 한 채 두 자루의 검이 몸을 통과한 걸 지켜봐야 했다.

"이건……모르겠다."

–그런가?–

"다른 건 보자마자 이해했는데 이건 감도 안 잡히는군."

8식은 완전히 달랐다. 자세가 어떤지, 마력을 어떤 식으로 운용하는지는 보였지만 그게 왜 지금의 결과를 만들어냈는지 알 수 없었다.

"설명을……."

우웅.

인호는 말을 잇지 못했다. 갑자기 코어에서 빛이 흘러나오더니 형준이 나타났기 때문에. 인호가 자신을 기다리고 있자 순간 놀란 그였지만 재빨리 침착함을 되찾았다.

"가람 클랜과 황혼의 하늘 클랜의 대표님들에게 말씀하신 바를 전달했습니다. 두 대표님 모두 사당역으로 모인다고 합니다."

"알겠습니다. 다른 플레이어들을 모아주십시오. 사당역으로 가겠습니다."

"네!"

형준이 방을 나섰다. 따라 나가려 했던 인호는 잠시 멈추더니 준경을 올려다보았다. 원하는 대답은 돌아오지 않았지만.

-과제다. 8식의 원리를 알아내라. 굉장히 어려울 거다. 이제까지 배운 초식들과 달리 8식부터는 깨달음이 필요하니까. 그걸 못 깨우치면 후반부도 못 배운다-

"명심하지."

마음 같아서는 꼬치꼬치 캐묻고 싶었지만 그럴 여유는 없었다. 이제는 전장에 갈 시간이었다.

"가요, 오빠."

"그래."

잠시 뒤, 영웅 클랜의 플레이어들이 낙성대를 떠났다.

사당역은 여전히 엉망진창이었다. 몬스터 웨이브로 인해 부서진 고가도로와 건물들로 도로가 꽉 찬 상태였다. 군데군데에는 주인을 잃은 버스와 자동차들이 쓰러져 있었고.

다만 한 가지 달라진 게 있었다.

"……이걸 퀘스트를 받자마자 세웠다고요?"

"마, 말도 안 돼요."

김시현과 김하은은 믿을 수 없다는 듯 사당역을 둘러보았다. 두 사람뿐만이 아니었다. 두 클랜의 멤버들도 입을 벌린 채, 멍하니 쳐다봤다.

도로 곳곳에 커다란 방벽이 높게 서 있었다. 적들이 우회할 수 없도록 골목까지 확실하게 막은 건 덤이었고. 그 모습은 마치 성벽이 만들어진 것처럼 보였다.

"수고했어, 누나."

"이 정도로 뭘 그래?"

아무렇지 않다는 듯 어깨를 으쓱이는 현주. 인호는 자기도 모르게 웃었다. 그는 그녀의 호흡이 거칠어진 걸 놓치지 않았다.

"잠시 쉬고 있어. 마무리는 내가 할 테니까."

"마무리라니?"

이미 벽을 세웠는데 갑자기 왜 마무리를 운운하는가? 현주는 이해할 수 없다는 듯 동생을 쳐다보았다.

"보면 알아."

가볍게 대답한 인호는 중단전에 깃든 흑설을 운용했다. 차가운 마력이 용솟음쳤고 그는 이를 그대로 손으로 보낸 뒤에 힘껏 방출했다.

빙백신장(氷白神掌).

쩌어억!

새하얀 기운이 현주가 세운 방벽을 강타했다. 그러자 커다란 벽이 단숨에 얼어붙었다. 이를 본 인호는 연속해서 냉기를 쐈다. 그렇게 5분이 지나자 모든 방벽이 얼음에 뒤덮였다.

"헤, 헤어졌을 때보다 더 강해진 거 같은데요?"

"거기서 더 강해질 수 있다는 게 놀랍네요."

김시현과 김하은은 경악을 금치 못했다. 헤어진 지 하루밖에 되지 않았다. 그런데 권태한에게서 흡수한 스킬을 저렇게 빨리 다루다니, 두 눈으로 보면서도 믿기 어려웠다.

"이러면 놈들도 쉽게 올라오지 못하겠지. 부수기도 힘들 거고. 안 그래?"

"확실히 그렇지. 대신 이러면 우리도 올라가기 힘드니까, 흙돌아."

-히잉!-

현주의 어깨에 앉아있던 땅의 정령이 내려오더니 땅바닥에 손을 댔다.

쿠쿠쿵!

얼음의 방벽 뒤쪽으로 계단이 만들어졌다. 쉽게 올라갈 수 있도록.

"……진짜 대단하네요."

"그러게요."

김시현이 피식 웃으며 중얼거렸다. 같은 표정을 한 김하은도 고개를 끄덕였다. 압도적인 힘을 가지고 있는 이들이 곁에 있는 이상, 자신들의 생존 확률도 높아지리라. 좋았으면 좋았지, 싫어할 이유는 없었다.

"주목해주십시오."

인호가 입을 열자 모두의 시선이 그를 향했다. 아까 전의 실력 행사로 제대로 주도권을 잡았음을 증명하듯 그가 상황을 진행하는 것에 대해 반발하는 이는 없었다.

"전술은 간단합니다. 원거리 능력자들은 방벽 위에서 쏩니다. 그리고 백병전 능력자들은 원거리 능력자들을 지켜주면서 올라오는 놈들을 처리하십시오."

"네!"

"알겠습니다!"

모든 플레이어가 우렁찬 목소리로 대답했다. 그리고 국립서울현충원이 있는 방향의 성벽 위로 올라갔다. 싸늘한 기운이 그들을 덮쳤지만, 플레이어답게 내색하는 사람은 아무도 없었다.

"어떤 몬스터가 올까요? 몬스터 웨이브 때와 비슷할까요?"

"서예박물관 때처럼 요괴들일 수도 있겠지."

수아가 묻자 인호는 차분히 대답했다. 사실 뭐가 오든 상관없었다. 어차피 적의 숫자는 많을 거고 놈들을 다 쓰러뜨려야 한다는 점은 변함이 없었다.

"와요."

그런데 그때, 가만히 지켜보고 있던 잔 다르크가 입을 열었다. 전부 정면을 바라보았다. 그녀의 말마따나 몬스터들이 다가오고 있었다. 문제는 거기서 끝이 아니었다.

"으윽!"

"우웩!"

아직 1km 이상 밖에 있는데도 악취가 진동했다. 헛구역질이 나올 정도로 지독했다. 허나 인호는 다른 의미로 얼굴을 찌푸렸다.

"저건……."

"시, 시체 아니야?"

현주의 말이 옳았다.

살점이 다 뜯어져 나가고 뼈가 드러난 괴물들은 분명 시체였다. 고블린, 오크 할 것 없이 다양한 종류의 몬스터들이 기괴한 몰골을 한 채 천천히 걸어왔다. 단지 그뿐이었는데도 두려움을 자극했다.

단순히 시체 같은 놈들만 있는 것도 아니었다.

한쪽에는 미라처럼 붕대로 칭칭 감은 놈들이 보였다. 또 다른 한쪽에는 강시처럼 통통 뛰어다니는 놈들도 눈에 들어왔다. 잘린 목을 안은 채 다가오는 괴물, 듀라한도 있었다.

덜덜덜.

냉기에도 끄떡하지 않던 플레이어들이 몸을 떨었다. 얼음성의 냉기보다 더 싸늘한 죽음의 기운이 그들을 자극했다.

다들 자신들의 적이 누군지 알아차렸다. 모를 수가 없었다. 영화, 게임 등 각종 미디어 매체에서 가장 잘 다뤄주는 괴물 중 하나였으니까.

죽음이라는 순리를 거부하고 다시 움직이며, 산 자에 대해 무한한 적개심을 가진 괴물.

그 이름은 바로,

"좀비."

인호가 적의 이름을 중얼거렸다.

어려운 싸움이 되리라.

그는 본능적으로 직감했다.

-그워어어!-

-쿠워어어!-

좀비가 된 몬스터들이 방벽을 향해 달려들었다. 시체답지 않게 속도가 매우 빨랐다. 또 숫자도 굉장히 많았다. 왕복 10차선인 동작대로를 꽉 채울 정도로.

꿀꺽.

주변에서 침 삼키는 소리가 들렸다. 인호는 그들의 심정을 이해했다. 보는 것만으로도 사람들을 질리게 할 만큼, 좀비들의 군세는 끔찍했다. 하지만 지금은 공포에 사로잡혀 있을 때가 아니었다.

스르르.

마검과 성검을 뽑은 인호. 두 자루의 검에 각각 검붉은 검기와 검푸른 검기가 떠올랐다. 그는 전력을 다해 검을 휘둘렀다.

뇌광참(雷光斬).

콰콰쾅!

두 개의 검기가 선두에 있던 좀비들을 덮쳤다. 톱날처럼 회전하는 두 빛줄기 앞에서 놈들은 무력했다. 허리가 잘려 상반신과 하반신이 분리되고 팔다리가 찢겨나갔다.

눈 깜짝할 사이에 20마리 이상의 좀비들이 쓰러졌다. 놈들은 방해물이 되어 뒤따르던 놈들의 발을 걸었다. 100마리 이상의 좀비들이 우당탕 소리를 내며 바닥에 넘어졌다.

"숫자만 많지 적들은 별거 아닙니다. 그러니 두려워할 필요 없습니다."

쿠오오오.

인호의 몸에서 묵직한 기세가 피어올랐다. 그의 의지와 상관없이 펼쳐진 기세는 그대로 퍼져나가더니 플레이어들을 휘감았다.

긴장으로 굳었던 몸이 풀렸으며 머리를 꽉 채웠던 온갖 감정들이 누그러졌다. 두려워하던 이들의 얼굴이 조금이나마 펴졌다.

"그래도 무서운 분들은 떠올리십시오. 우리 뒤에 있는 사람들을, 우리가 싸워야 하는 이유를. 사격 개시!"

타타탕!

인호의 명령이 떨어지자 마력총을 가진 이들이 방아쇠를 당겼다. 수십, 수백에 달하는 마력탄이 좀비들에게 작렬했다. 놈들의 몸이 종잇장처럼 찢겨나갔다.

'한 놈도 남겨두지 않겠어.'

싸늘한 눈으로 좀비들을 노려보는 수아. 그녀의 마력 권총의 총구에 새파란 빛이 모여들었다. 그러나 이는 시작에 불과했다.

우웅.

그녀의 머리 위쪽에 마력탄들이 형성됐다. 숫자가 점점 늘어나더니 어느새 30개에 달했다. 그 상태에서 방아쇠를 누르자 총구에서는 거대한 빛줄기가 날아갔다. 동시에 30개에 달하는 마력탄은 긴 꼬리를 그리며 좀비들에게 쏟아졌다.

쾅! 콰콰쾅!

적들뿐만 아니라 아스팔트 도로까지 전부 으깨졌다. 충격파와 이에 휩쓸린 파편은 달려드는 놈들을 형체도 알아볼 수 없을 만큼 으깨버렸다. 허나 수아는 이에 만족하지 않고 바로 다음 공격을 위한 마력을 모으기 시작했다.

'우리도 질 수 없지.'

수아의 활약을 지켜본 김시현은 고개를 돌렸다. 약속이라도 한 듯이 김하은이 그녀를 바라보고 있었다. 두 마법사는 고개를 끄덕이고는 스태프를 높게 들어 올렸다.

"파이어 볼!"

"파이어 애로우!"

화염으로 이루어진 구체와 화살이 유성처럼 떨어졌다. 다만 표적은 좀비들이 아니었다. 도로 여기저기에 멈춰있는 자동차들이 그녀들이 노리고 있는 대상이었다.

콰아앙! 콰아앙!

마법에 얻어맞은 자동차들이 그 자리에서 폭발했다. 뜨거운 폭염과 검은 연기가 뿜어져 나왔다. 대기가 떨릴 정도로 강력한 폭발이었고 이는 확실하게 주변에 있던 좀비들을 집어삼켰다.

'머리를 썼군.'

그 광경을 지켜본 인호는 감탄했다.

전기를 사용할 수 없어서 그렇지 자동차들 안에는 여전히 기름이 남아있었다. 김하은과 김시현은 그 점을 파악하고 좀비들을 바로 노리지 않은 것이다.

"사수들은 계속 좀비들을 공격! 마법사들은 전부 자동차들을 노리십시오!"

플레이어들은 모두 인호의 지시를 따랐다.

마력탄들은 좀비들의 사지를 박살냈다. 마법에 얻어맞은 자동차들은 폭탄이라도 되는 듯이 커다란 폭발을 일으키며 놈들을 불태웠다.

"재롱아. 바람을 일으켜서 불꽃을 더 키워."

-끼잉!-

현주가 명령하자 활기차게 대답한 바람의 정령. 녹색 소녀는 손뼉을 쳤고 그 순간, 돌풍이 몰아쳤다. 자동차에서 일어난 불꽃은 바람을 머금고 더욱 몸집을 불렸다.

화르르르!

도로를 가득 채우는 거대한 불의 벽이 만들어졌다. 연료통이 터지면서 사방에 흩뿌려진 기름이 이를 가능케 했다. 재롱이는 손을 요리조리 움직이며 불꽃의 흐름을 조종했다. 그러자 불의 벽은 해일이 되어 좀비들을 휩쓸었다.

불과 10여 분 만에 500마리 이상의 좀비들이 쓰러졌다. 허나 딱 거기까지였다.

-우어어어!-

-캬아아악!-

뒤에 있던 좀비들이 파도처럼 계속 밀려들었다. 먼저 쓰러진 놈들을 짓밟으면서. 심지어 몸이 불타는 데도 멈추지 않는 놈들도 많았다.

"더럽게 끈질기네!"

"다리나 머리를 박살내야 해요!"

분노하는 현주를 향해 수아가 외쳤다.

좀비답게 적들은 끈질겼다. 고통을 느끼지 못하는 놈들을 막는 방법은 오직 하나, 못 움직이게 만드는 것이었다. 아무리 공격을 퍼부어도 전혀 줄어들 기미가 보이지 않는다는 게 문제였을 뿐.

결국 좀비 중 일부가 방벽에 도달했다. 이를 본 인호는 다급히 경고했다.

"전원, 충격에 대비!"

콰앙! 쾅!

좀비들이 부딪치자 방벽이 크게 흔들렸다. 인호가 미리 얼려둔 덕분에 올라오지 못하고 쭉 미끄러졌지만, 위험하다는 사실은 변함이 없었다.

"사수들은 방벽에 붙은 놈들을 향해 사격! 근접전 능력자들은 전투 준비!"

타타타탕!

마력탄들이 쏟아지자 방벽 아래쪽에 있던 좀비들의 사지가 박살났다. 그러나 죽는 것 이상으로 더 많이 몰려들어 서로를 짓밟기 시작했다. 마치 시체로 된 탑을 쌓는 것처럼.

그렇게 만들어진 덩어리가 무려 5개나 됐다.

뇌광참(雷光斬).

보다 못한 인호가 검기를 흩뿌렸다. 수아는 마력의 창을 형성해 좀비들을 베었고 현주는 흙돌이를 이용해 새로운 방벽을 만들어 놈들을 분산시켰다. 다른 이들도 온힘을 다해 적들이 방벽을 넘는 걸 저지했고.

그런데 그때,

-크허어엉!-

무언가가 덩어리를 밟고 방벽을 넘었다.

'듀라한!'

적의 정체를 파악하자마자 인호는 영웅의 이름을 외쳤다.

"잔 다르크!"

"오빠 자리는 제가 맡을게요!"

그 말을 들은 인호는 곧바로 궁신탄영을 펼쳤다. 상대는 6급 몬스터. 함부로 날뛰게 내버려 뒀다가는 다른 이들이 위험에 빠지리라. 그 상황만큼은 반드시 막아야 했다.

-그워어어!-

인호를 포착한 듀라한은 커다란 검을 휘두르며 덤벼들었다. 그는 왼손의 성검을 들어 올려 공격을 막아냈다.

쾅!

인호를 지탱하고 있던 바닥이 움푹 꺼지며 균열이 생겼다. 오페라하우스에서 만났던 놈보다 근력은 더 강했다.

쉬에엑!

'움직임도 더 빠르군.'

공격이 막히자마자 듀라한은 검을 회수했다. 그리고는 인호의 옆구리를 향해 크게 휘둘렀다. 인호의 검마저도 부러뜨리겠다는 의지가 느껴질 만큼 강렬한 기세였다.

쩌엉!

다시 한 번 울려 퍼지는 굉음. 듀라한의 공격은 허공에서 막히더니 검을 쥔 팔이 위로 올라갔다. 역장의 힘이었다. 인호는 성검으로 빈틈이 드러난 놈의 오른쪽 어깨를 찔렀다. 살점을 꿰뚫은 걸 확인한 그는 힘차게 그었다.

듀라한의 오른팔이 바닥에 떨어졌다. 더불어 오른손에 쥐고 있던 검도 똑같은 처지가 됐다. 무기를 잃은 놈은 곧장 발차기를 날렸다. 기존에 상대했던 놈보다 확실히 반응하는 속도가 빨랐다.

'그래봤자 소용없지만.'

공격 자체는 매서웠지만, 그뿐이었다. 기계적으로 움직이는 듀라한의 공격은 정안을 펼치지 않았는데도 훤히 보였다. 그는 머리를 숙여 발차기를 피한 뒤, 오른손의 마검을 찔러 놈이 안고 있던 머리를 박살냈다.

쿵!

머리를 잃은 듀라한이 그대로 바닥에 쓰러졌다. 죽은 놈을 뒤로한 채 인호는 다시 방벽으로 가서 좀비들을 막았다. 그를 비롯한 동맹의 플레이어들은 젖 먹던 힘까지 끌어올렸다.

콰앙!

마지막까지 살아있던 오크 좀비가 쓰러졌고,

영웅 클랜, 가람 클랜, 황혼의 하늘 클랜이 선발대를 격파하는 데 성공했습니다.

| Close | View |

승리의 메시지가 떠올랐다.

그러나 이를 기뻐하는 사람은 아무도 없었다.

어느새 아침 해가 떠올랐다. 하늘은 밝아졌지만 정작 플레이어들의 표정은 우중충했다.

"이게 겨우 선발대라니……."

"본대는 대체 얼마나 많을까요."

한탄하는 김하은과 김시현.

레벨 업으로 인해 체력과 마력이 회복됐고 능력치도 상승했다. 그런데도 두 사람은 기뻐할 수 없었다. 사실 다른 이들도 마찬가지였고.

무려 2000마리에 달하는 적들을 죽였다. 중간에 방벽을 넘으려 하는 놈이 한, 둘이 아니었고. 다행히 사상자가 발생하지 않았지만 죽을 뻔한 위기에 처했던 이들이 많았다.

그 고생을 하며 싸웠는데 이제껏 상대했던 놈들이 고작 선발대였다니. 그 사실을 알았을 때, 얼마나 허탈했던가?

게다가 더 무서운 건 다음에 올 적이었다. 본격적으로 쳐들어올 본대의 숫자는 얼마나 될지 감히 상상조차 할 수 없었다.

"힘을 아끼기를 잘했네요."

"그러게."

잔이 말하자 인호는 고개를 끄덕였다.

잔은 정말 위험한 상황이 아니면 나서지 않았다. 인호가 죽인 듀라한을 제외하면 대부분 8등급과 9등급이었고 그런 놈들을 상대로 나서기에는 그녀의 힘이 아까웠다. 인호 본인의 마력도 무한정하지 않았고. 그 사실을 알기에 그녀도 적극적으로 싸우지 않았다.

"그래도 위험한 건 마찬가지야. 분명히 조금 전보다 더 많이 올 텐데 우리 화력으로 막는 건 불가능해."

"그렇다고 던전에서 농성할 수는 없어요. 화포가 더해진다고 해서 막을 수 있는 것도 아니잖아요?"

"……그야 그렇지."

수아가 반문하자 현주는 쓴웃음을 지으며 대답했다.

방벽보다 던전이 더 튼튼하지만, 그뿐이었다. 저만한 숫자로 밀어붙이면 몇 마리 더 죽일 뿐, 던전은 반드시 뚫릴 것이다. 그나마 좁은 길목을 이용해 싸우는 게 유일한 방안이었지만 그것도 많은 숫자 앞에서는 무력했다.

"누나, 수아야."

"갑자기 왜 불러?"

"왜 그래요, 오빠?"

"지금 당장 수도방위사령부로 가서 총기를 찾아봐. 군대 갔다 온 사람들이라도 싸울 수 있게."

인정해야 했다. 이곳에 있는 플레이어들만으로 싸울 수 없다는 것을. 총만 확보된다면 일반인들도 충분히 싸울 수 있었다. 그 과정에서 각성하면 더 좋았고. 가능한 모든 수단을 동원해야 할 만큼 사태는 심각했다.

"괜찮겠어? 언제 적이 올지 모르는데."

"그건 걱정하지 않아도 돼요. 저도 이제부터는 본격적으로 싸울 거니까요. 지금은 오빠 말대로 무기를 확보하는 게 중요한 거 같아요."

"네가 나서면 괜찮겠지. 그럼 다녀올게."

"최대한 빨리 다녀올게요."

잔이 나서자 현주와 수아도 안심했다. 그리고 바로 수도방위사령부를 향해 떠났다. 두 사람의 뒷모습을 보며 인호는 간절히 기원했다. 제발 두 사람이 무사히 총기를 확보하기를.

"적들이 올 때까지 잠시 쉬겠습니다."

"요깃거리라도 가져올게요. 저희 던전은 여기서 가까우니 오래 안 걸릴 거예요."

"잘 부탁드립니다."

김하은이 말하자 다들 반색했다. 식사하면서 조금이라도 휴식을 취하고 싶었기 때문에. 시체 냄새가 진동했지만, 환경을 따질 여유가 없었다.

'부디 이 시간이 조금만 더 오래가기를······.'

인호는 다시금 속으로 기도했다.

수도방위사령부에 도착한 수아와 현주.

두 사람은 안색은 창백하게 질려 있었다.

"마, 말도 안 돼! 그때, 분명히 건물만 무너졌었는데! 내 말 맞지?"

"마, 맞아요."

무섭기는 해도 워낙 인상 깊은 광경이었기 때문에 선명하게 떠올릴 수 있었다. 블랙 드래곤이 남긴 힘을 흡수하기 위해 거대 애벌레는 난동을 피웠다. 그 과정에서 수도방위사령부와 다른 두 사령부가 완전히 무너졌고.

게다가 지금,

"산사태라니······."

어떤 상황에서도 동요하지 않는 현주였지만 이번만큼은 그럴 수 없었다.

수도방위사령부는 사라졌다. 대신 높게 쌓인 흙더미만 있을 뿐. 워낙 충격적이라 과천 방면에 펼쳐져 있는 푸른 결계도 눈에 들어오지 않았다.

어디서부터 손을 대야 할까?

두 사람은 난감함을 느꼈다.

"······그래도 해야겠지?"

"해야죠."

불가능한 일에 가깝다는 것을 알고 있지만 해야 했다. 이게 자신들이, 그리고 모두가 살 수 있는 유일한 방법이었으니까.

난감했지만 그렇다 해도 못 할 건 아니었다. 다른 사람이라면 몰라도 적어도 현주는 그리 느꼈다. 그도 그럴 것이 자신에게는 땅의 정령이 있었으니까.

"저기 안에 들어가서 강철을 찾을 수 있어, 흙돌아?"

―히잉―

갈색 소년은 계약자의 질문에 고개를 끄덕였다. 얼굴에는 자신감이 가득했다. 그럴 만했다. 땅의 정령에게 흙이 뭐가 문제겠는가? 흙돌이는 당당하게 흙더미 안으로 들어갔다.

그렇게 10여 초가 지났을 때,

파지직!

강렬한 스파크가 튕겼다.

―히이잉!―

흙더미 일부가 분수처럼 하늘로 치솟았다. 그곳에는 흙돌이도 있었고. 고통을 못 이긴 정령은 현주의 품 안으로 들어왔고 깜짝 놀란 그녀는 다급히 안아줬다.

"괜찮아, 흙돌아?"

―힝―

아파하면서도 고개를 끄덕이는 흙돌이. 다행히 크게 타격을 받은 것처럼 보이지 않았다. 허나 계약자의 부탁을 들어주지 못한 게 마음에 걸렸는지 시무룩한 얼굴을 하고 있었다.

"무슨 일이 있었던 거야?"

땅의 정령이 흙 안으로 들어가지 못하다니, 예삿일이 아니었다. 그 때문에 현주의 얼굴은 어느 때보다 심각해진 상태였다.

−힝. 히이잉−

뭔가를 열심히 설명하는 흙돌이. 현주는 차분한 얼굴로 그 말에 귀를 기울였다. 계약을 맺었기 때문에 무슨 말을 하는지 전부 알아들을 수 있었다.

"후우."

"무슨 일이에요, 언니?"

"드래곤의 마력이 남아 있어서 직접 안으로 파고들어 가는 건 힘들대. 마력 자체가 정령에게 천적이라나? 외부에서 파내는 건 가능하다지만……."

"진짜 괴물은 괴물이네요."

설명을 들은 수아는 혀를 찼다.

블랙 드래곤이 왔다 사라진 지 벌써 일주일이 지났다. 그 와중에 거대 애벌레가 날뛰면서 남아있던 힘을 가져갔고. 그런데도 흙더미 안에 드래곤의 힘이 남아있다는 점이 놀라웠다.

"어디서부터 손을 대야 하려나."

현주는 난처함을 느꼈다.

흙더미를 헤집어야 했지만 그렇다고 다 엎을 수도 없는 노릇이었다. 땅의 정령에게 그만한 마력을 공급할 수도 없었다. 설령 있다 해도 전투를 위해 어느 정도 남겨둬야 했고.

"잠깐만요."

"특별한 방법이라도 있어?"

"드래곤의 마력 때문에 흙돌이가 못 들어가는 거잖아요? 그러면 마력을 없애면 되죠."

"그건 그런데 대체 무슨 수로?"

수아를 바라보는 현주의 눈빛에는 의아함이 깃들어 있었다. 일주일이라는 시간이 지났는데도 남아있을 만큼 드래곤의 힘은 끈질겼다. 게다가 정령조차 쫓아낼 정도로 지독했고. 그런 힘을 어떻게 없앴단 말인가?

"용의 마력을 전부 제 몸 안으로 흡수해서 방출할 거예요."

"말도 안 돼! 정령조차 거부하는 힘이야. 아무리 너라도 너무 위험해!"

필사적으로 말리는 현주. 차라리 흙더미를 팠으면 팠지, 아끼는 동생이 위험을 자초하는 걸 놔둘 수 없었다. 허나 수아는 고개를 흔들었다.

"언니도 알잖아요? 살아남기 위해서는 총이 꼭 필요하다는 걸."

"수아야……."

"저는 여러 영웅한테 '마력의 축복'을 받았다고 인정받았어요. 마력을 다루는 것에 한해서는 저보다 뛰어난 플레이어는 없을 거예요."

빙긋 웃는 수아를 보며 현주는 침묵했다. 마음 같아서는 뜯어말리고 싶었지만 그럴 수 있는 상황이 아니었다. 할 수 있는 건 전부해야 했다.

"너무 걱정하지 마세요, 언니. 예술의전당에 갔을 때, 인호 오빠가 용의 힘을 다룬 적이 있어요. 오빠가 했는데 저도 못 하라는 법은 없잖아요?"

"걔는 아이템의 힘을 빌린 거잖아. 하지만 넌……."

"여기 있는 것도 진짜 힘은 아니잖아요? 정확히 따지면 파편의 파편 정도겠죠. 그러니 믿어줘요, 언니."

올곧은 눈으로 현주를 바라보는 수아. 결의로 가득 찬 눈빛을 본 현주는 한숨을 내쉬었다. 이미 각오를 다진 이를 어찌 막을 수 있겠는가? 결국 그녀는 고개를 끄덕였다.

"위험하다 싶으면 말릴 거야. 알았어?"

"네."

현주의 마음을 이해한 수아는 가볍게 대답했다. 그러더니 흙더미를 향해 손을 뻗은 뒤, 마력을 불어넣었다.

치지직!

반응은 바로 왔다. 드래곤의 마력은 절대 용납할 수 없다는 듯이 수아의 마력을 튕겨냈다. 하지만 그녀는 물러나지 않고 더욱 마력을 주입했다. 그럴수록 저항이 거세졌지만, 그녀는 전혀 개의치 않았다.

쾅! 콰앙!

마력과 마력이 격돌함에 따라 여기저기서 작은 폭발이 일었다. 치솟은 흙더미로 인해 얼굴이 더러워졌지만 수아는 여전히 당당하게 서 있었다.

'드래곤의 마력도 결국 마력이야. 할 수 있어.'

일반적인 마력보다 더 특별하지만 딱 거기까지였다. 결국 다양한 마력의 종류 중 하나에 불과했다. 그렇다면 못 다룰 리 없었다. 자신의 권능은 마력. 종류에 상관없이 마력의 갈래에 포함되면 무조건 지배할 수 있었다.

여태까지의 격돌이 거짓말이었다는 듯이 충돌이 가라앉았다. 수아의 마력은 이제 상대와 싸우지 않았다. 오히려 포용하고 받아들일 뿐. 상대가 맞서는 걸 포기하니 드래곤의 마력도 싸우지 못했다.

우우웅.

전혀 다른 성질의 마력이 뭉치기 시작했다. 이를 느낀 수아는 전부 자신의 몸 안으로 받아들였다. 그 순간, 엄청난 격통이 그녀를 덮쳤다. 온몸이 찢어지다 못 해 터질 것만 같았다.

"으윽!"

"수아야!"

"저, 저는 괜찮아요. 잠깐 놀라서 그런 거예요."

그게 거짓말임을 현주는 잘 알았다.

수아의 안색은 창백하다 못 해 새파랗게 질린 상태였다. 혈관은 당장이라도 터질 듯이 튀어나왔고 눈은 붉게 물든 지 오래였다.

당장이라도 말리고 싶었다. 그러나 수아의 눈빛이 자신을 못 움직이게 했다. 더 할 수 있다는 의지를 명확히 드러냈기에 어찌할 수가 없었다.

'오빠는 이런 힘을 버틴 거네.'

몸 안을, 정확히는 회로를 휘젓는 마력의 존재가 선명하게 느껴졌다. 누가 드래곤의 힘이 아니랄까 봐 잔재라 해도 패도적인 건 여전했다. 새삼 인호가 대단하다 싶었다. 이런 고통을 겪으면서도 데스나이트와 싸워 이겼으니까.

'그러니 해내야 해.'

단순히 인호와 현주만을 위해서가 아니었다. 자신들이 지켜줘야 할 사람들, 앞으로 살아갈 터전을 위해서라도 해내야만 했다.

그리고 이 순간,

콰아앙!

한 여인의 의지는 보답받았다.

신체 내부에서 커다란 폭음이 울려 퍼졌다. 수아는 세상이 하얗

게 점멸하는 것을 보며 의식을 잃었다. 그래서 보지 못했다. 눈앞에 떠오른 메시지를.

플레이어 이수아가 '불완전한 용의 마력'을 각성합니다.
이에 따라 고유 능력 '마력'의 레벨이 대폭 상승합니다.
현재 신체로는 '불완전한 용의 마력'을 담을 수 없습니다.
체질 개선이 진행됩니다.

Close   View

그 외에도 다양한 패시브 스킬을 익혔다는 내용이 떠올랐다. 그만큼 위대한 업적이었으니까.

"정말 대단하다니까."

현주는 쓰러진 수아를 보며 쓴웃음을 지었다. 이 가녀린 몸 어디에 그만한 정신력이 있나 싶었다. 자신보다 어리지만, 진심으로 존경스러웠다.

"우리도 질 수 없지, 흙돌아?"

-히잉!-

흙돌이가 주먹을 불끈 쥐었다. 이 땅의 정령도 수아의 의지에 감동한 듯 눈빛을 불태우고 있었다.

"뭐라도 상관없으니까 철로 된 것들만 찾아. 다만 이것보다 큰 건 무시해."

현주가 팔을 활짝 벌렸다. 무슨 뜻인지 이해한 흙돌이는 고개를 끄덕이고는 흙더미 안으로 들어갔다. 다행히 아까 전처럼 튕겨 나오지 않았다. 그제야 그녀는 안도의 한숨을 내쉬었다.

웅성웅성.

사당역에는 많은 사람이 모여 있었다. 절대다수가 남성으로 나이는 20대 중반에서 40대 초반까지 다양했다. 총 93명으로 전부 다능력을 각성하지 못한 사람들이었다. 각 클랜에서 차출된 이들은싸우기 위해 기꺼이 나섰다.

"괜찮겠습니까? 아직 무기도 구하지 못했는데."

"이미 누나와 수아가 출발한 지 3시간이 지났습니다. 언제 적이쳐들어올지 모르니 미리 불러두는 게 낫습니다."

"총을 못 찾을 경우도 있지 않습니까?"

"그러면 저들을 돌려보내면 그만입니다. 두 사람이 총을 찾고,사람들을 부르러 가는 사이에 적이 오는 경우보다는 낫죠."

인호의 뜻을 이해한 재혁은 모인 사람들을 둘러보았다. 능력을얻지 못했는데도 다들 떨지 않았다. 오히려 결연한 표정을 짓고 있었다.

"가족이 얼마나 위대한지 다시 한 번 느꼈습니다."

"이런 세상이니까요."

서로를 믿기 어려운 시대였다. 그러니 가족에 대한 애착이 더욱커질 수밖에 없었고. 이곳에 나온 이들도 가족을 지키기 위해 기꺼이 나섰다. 죽을 수 있다는 걸 알면서도.

"저들의 마음이 보답받을 수 있기를 빌어야겠군요."

"받을 수 있을 겁니다."

담담히 재혁의 의견을 받아준 인호. 현주와 수아가 있기 때문에모인 사람들의 마음을 이해할 수 있었다.

"문제는 이경직신도비 쪽입니다. 설마 협력을 거부할 줄이야. 우리가 밀리면 자기들도 위험하지 않습니까?"

"그쪽도 관악산의 몬스터들을 막고 있다고 하지 않습니까? 후방도 중요하니 일단 놔두도록 하죠."

인호는 재혁의 말에 담담한 어조로 대답했다. 허나 그도 속으로 분노를 금치 못했다.

돌아온 박은영의 말에 따르면 이경직신도비 쪽에는 던전과 클랜이 있었다. 문제는 그들이 클랜의 이름을 밝히지도 않고 협력을 거부했다는 점이었다. 자신들은 관악산의 몬스터를 막는 것만으로도 버겁다고.

관악산보다 이곳이 훨씬 더 위험한 것을 생각할 때, 어처구니없는 주장이었다. 하지만 박은영은 따지지 못했다. 그럴 여유가 없었기 때문에. 결국 그녀는 이를 갈면서 돌아왔다.

'이 빚은 반드시 갚아야 할 거다.'

인호는 그리 다짐했다.

그런데 그때,

"김인호!"

"오빠!"

귀에 익은 목소리가 울렸다.

씨익.

인호의 입가에 환한 미소가 떠올랐다. 목소리를 듣는 것만으로도 알았다. 두 사람이 기뻐하고 있음을. 그는 몸을 돌렸다. 수도방위사령부 쪽에서 현주와 수아가 달려오고 있었다.

"뭐지?"

수아를 본 인호는 의문을 느꼈다.

그녀의 기세는 물론 신체도 완전히 달라져 있었다. 외모도 미묘하게 바뀐 상태였고. 키는 더 커졌고 얼굴은 더 예뻐졌다고 할까?

-네놈은 언제 그 둔함을 고칠 거냐? 용의 힘도 느끼지 못해서야 원-

'그러고 보니……'

준경이 지적하자 수아의 기세가 다르게 느껴졌다. 던전에서 만났던 용이 아니라, 과거에 봤던 블랙 드래곤과 비슷했다. 성질이나 크기를 보면 부족한 감이 없잖아 있었지만.

"저곳에 용이 나타난 적이 있었다고 했었죠? 분명 수아 언니는 그 힘을 흡수했을 거예요."

잔 다르크가 덧붙여서 상황은 이해됐다. 그런데 왜 갑자기 용의 마력을 받아들인 것일까? 괜히 몸에 이상이 생긴 게 아닐까 싶어 걱정됐다. 그의 마음을 읽은 잔은 피식 웃었다.

"걱정할 필요 없어요. 제대로 받아들였으니까요."

-성녀의 말이 옳다. 역시 마력의 축복을 받은 존재답군. 불완전하다 해도 용의 마력을 받아들이다니-

"수아 언니도 자질이 있다는 거겠죠."

두 영웅이 뜻 모를 이야기를 나눴지만 인호는 무시했다. 지금은 수아와 현주에게 이야기를 듣는 게 더 중요했다.

"이럴 때는 또 눈치가 빠르다니까. 이 사람들 네가 부른 거지?"

"응. 그보다 무슨 일이 있었던 거야?"

"그건 나중에 말할게요, 오빠."

현주를 대신해 대답한 수아. 그녀가 손짓하자 인벤토리가 활짝 열렸다. 인호는 인벤토리의 크기가 세 배 이상 커졌음을 눈치챘다.

그곳에서 크고 작은 철제 케이스가 쏟아졌다. 큰 건 총기 보관함으로 모두 12개였다. 작은 건 탄통으로 무려 100개가 넘었고. 이를 본 사람들은 환호했다.

"싸울 있어! 싸울 수 있다고!"

"우리 가족은 절대 못 건드려!"

총을 본 사람들이 환호했다. 총기 보관함 하나에 20정의 K-2 소총이 있었다. 이곳에 있는 이들이 전부 무장하고도 남았다.

그뿐인가.

탄통 하나에 840발의 5.56mm 탄환이 있었다. 즉, 84,000발 이상의 탄환이 생긴 셈이니 마음 놓고 싸울 수 있게 된 것이다. 무엇보다 각성할 수 있게 됐다. 그 점이 그들을 들뜨게 했다.

"잠시 주목해주십시오."

나지막한 목소리가 잔뜩 흥분한 사람들의 기세를 억눌렀다. 모두의 시선이 인호에게 고정됐다.

"이 싸움이 끝나면 여러분은 플레이어로 각성할 겁니다. 그러면 끝인가? 아닙니다. 앞으로 끊임없이 죽고 죽이는 싸움을 치러야 합니다. 그게 힘을 얻은 대가입니다."

플레이어로 각성하기만을 기다렸던 이들이 전부 침묵했다. 전혀 생각하지 못했던 부분이었기 때문에 인호의 말은 그들에게 크게 와 닿았다.

"그뿐만이 아닙니다. 플레이어가 되고자 하는 이유는 많을 겁니다. 가족을 지키기 위해서일 수도 있고 힘이나 권력을 얻기 위해서일 수도 있습니다. 뭐가 됐든 한 가지 명심해야 할 게 있습니다."

"클랜에 가입한 순간, 여러분은 커다란 의무를 짊어져야 합니다. 가족뿐만 아니라 다른 사람들의 생명을 책임져야 하죠."

사람들과 잘 지내는 플레이어나, 잘난 척을 해서 미움을 산 플레이어나 모두 클랜에 있는 사람들을 위해 싸워야 했다. 사람들을 잃으면 던전을 제대로 운영할 수 없으니까.

"처음 그리고 마지막으로 묻겠습니다. 자기 죽음을 마주할 각오가 되어 있습니까? 다른 사람들의 목숨을 짊어질 자신이 있습니까? 못 하겠다 싶은 분들은 던전으로 돌아가십시오."

투쟁의 시대는 절대 평온을 용납하지 않았다. 플레이어들은 죽음이라는 부담감을 항상 끌어안고 살아야 했고.

"싸울 겁니다! 더는 안에 남아서 벌벌 떨고 싶지 않습니다!"

"제 손으로 가족들을 지키고 싶습니다!"

여기저기서 우렁찬 목소리가 들렸다. 던전으로 돌아간 사람은 아무도 없었다. 오히려 총기를 높게 들어 뜻을 드러냈다.

"여러분의 마음은 충분히 이해했습니다. 그럼 하나만 부탁하겠습니다."

흥분을 가라앉힌 사람들은 인호를 응시했다.

"부디 살아남으십시오."

그게 인호가 해줄 수 있는 마지막 말이었다.

다시 3시간이 흘러 정오가 됐다.

그리고 마침내 좀비들의 본대가 도착했다.

"저 숫자는 대체……."

"서, 선발대하고는 비교도 안 되네요."

형준과 은영이 질렸다는 듯이 좀비들을 바라보았다.

−그워어어!−

−캬아아악!−

선발대는 아무것도 아니라는 듯, 본대에는 무수한 좀비들이 우글거렸다. 동작대로는 물론 인도, 골목 사이사이에 빼곡하게 들어찼다. 인해전술이 뭔지 그들은 제대로 실감했다.

그러나 진정으로 무서운 건 따로 있었다. 이를 증명하듯 이 자리에 모인 이들 대다수는 같은 곳을 응시하고 있었다.

쿵! 쿵! 쿵!

오우거, 트롤, 미노타우로스 등의 대형 좀비들이 걸을 때마다 요란한 소리가 울려 퍼졌다. 살점이 떨어지고 뼈가 드러나는 등 시체임에도 대형 몬스터 특유의 위압감은 여전했다.

"……눈에 보이는 것만 30마리라니. 원래 살아있는 놈들은 뭉쳐봐야 5마리잖아."

"시체들이니 서로 신경 쓸 필요도 없다는 거겠지. 그나마 피어를 못 써서 다행이긴 한데."

현주의 질문에 대답한 인호는 대형 좀비들을 유심히 살폈다. 보이지 않는 놈들까지 더 하면 얼마나 많은지 가늠할 수가 없었다. 생전의 재생 능력은 발휘하지 못하겠지만 좀비의 특성을 생각할때, 이는 단점이라 할 것도 없었다.

"이거 완전 몬스터 웨이브 아니야?"

"던전에서 나왔다는 점만 빼면 별 차이는 없지. 미쳐 있는 것도 똑같고. 굳이 하나 다른 게 있다면 드래곤이나 거대 애벌레처럼 상식 밖의 놈들은 안 왔다는 점?"

"어차피 둘 다 재앙인 건 똑같잖아."

"그야 그렇지."

인호는 현주의 말에 고개를 끄덕였다. 던전 브레이크든 몬스터 웨이브든 둘 다 현재의 인류에게 악몽이었다. 저 무지막지한 숫자에 집어 삼켜지는 순간, 뼛조각도 남기지 못하리라.

"소총수들은 작은 놈들의 머리나 다리를 노리십시오. 적은 많고 탄환의 숫자는 한정돼 있으니 최대한 조준해서 쏴야 합니다."

83명이나 되는 소총수가 있었지만, 아무도 대답하지 않았다. 바짝 긴장한 채, 천천히 다가오는 좀비들을 바라볼 뿐. 개중에는 공포를 못 이기고 벌벌 떠는 이들도 있었다. 인호의 왕의 기세에 의해 보호받고 있는데도.

"사수들은 큰 놈들을 집중적으로 공격하십시오. 절대 놈들이 방벽에 닿게 해서는 안 됩니다. 마법사들은 아까처럼 폭발을 일으키십시오."

"알겠습니다."

"네!"

이에 반해 플레이어들은 담담히 인호의 지시에 대답했다. 적의 숫자에 압도된 건 일반인들과 다를 바 없었다. 단지 이를 예상하고 만반의 준비를 했기 때문에 크게 동요하지 않았다.

수아와 현주가 수도방위사령부에 가 있는 동안, 그들은 도로에 휘발유를 뿌렸다. 또 다른 곳에 있던 자동차들을 대로 쪽으로 옮겼으며 인근 주유소나 건물 등에 있는 가스통을 갖다 놨다. 화력이라는 측면에서는 첫 전투와 비교도 할 수 없을 만큼 강력해졌다.

-구워어어!-

-캬오오오!-

마침내 좀비들이 달려들었다. 놈들이 사정거리 안으로 들어오자 인호는 힘차게 외쳤다.

"사격 개시!"

타타탕!

K2 소총의 탄환이 쏟아졌다. 단발로 쐈는데도 좀비들의 몸이 박살나고 썩은 핏물이 흩날렸다. 워낙 놈들의 숫자가 많았기 때문에 가능했다.

"파이어 볼!"

"파이어 애로우!"

"파이어 볼트!"

김하은과 김시현을 위시한 마법사들이 일제히 주문을 발사했다. 가지각색의 형태를 한 불꽃들이 날아가더니 자동차와 가스통에 작렬했다.

쾅! 콰아아앙!

폭염와 충격파가 동시에 터지더니 세 자릿수 이상의 좀비들을 단숨에 쓸어버렸다. 거기다 휘발유를 머금은 불꽃들은 순식간에 도로 전체로 퍼져 나가 불의 장벽을 형성했다.

-크아아아아!-

그때, 오우거 좀비 한 마리가 방벽을 향해 달려들었다. 미식축구의 태클 자세를 취한 놈의 기세는 한눈에 봐도 무시무시했다.

"어딜!"

놈의 존재를 놓치지 않은 수아가 방아쇠를 당겼다. 평상시에 싸우던 그대로의 마력을 담아서.

그런데,

콰아앙!

마력탄 한 발에 얻어맞았을 뿐인데 오우거 좀비의 상반신 전체가 박살났다.

놈을 공격한 수아 본인은 물론 혹시나 해서 지켜봤던 인호 모두 깜짝 놀랐다. 겉모습만 봤을 때는 평범한 마력탄이었는데 위력이 상상을 초월했다.

"마력 소모는 어때?"

"평소하고 똑같아요. 아니, 더 적어요. 회복되는 속도도 훨씬 빠르고."

"그럼 그냥 갈겨!"

"네!"

인호의 지시를 들은 수아는 자신만만하게 대답했다. 온몸에서 마력이 용솟음쳤다. 계속 써도 절대 줄어들지 않겠다는 생각이 들 정도였다.

번쩍!

수아의 옆에 똑같은 얼굴을 한 이가 모습을 드러냈다. 분신의 부 츠가 발동된 순간이었다. 다만 이전과 차이가 하나 있었으니, 본체 와 구분할 수 없을 정도로 뚜렷한 기세를 드러냈다.

우우웅!

본체와 분신의 위쪽으로 마력탄들이 빠르게 형성됐다. 새파란 구체는 눈 깜짝할 사이에 100개까지 늘어나더니 좀비들을 향해 떨 어졌다.

이수아류 마력제어술

융단폭격(Carpet bombing)

그 모습을 지켜본 사람들은 하나같이 유성우를 떠올렸다. 그만 큼 강렬하고 환상적인 광경이었기 때문에.

콰콰콰쾅!

마력탄은 크기에 상관없이 좀비들을 마구잡이로 박살냈다. 그 뿐인가? 자동차, 가스통에도 작렬하면서 폭발을 일으켰다. 마법사 들이 화염 마법으로 일으킨 것보다 더 커다란 폭발을. 좀비들의 박 살난 육편이 사방에 흩날렸다.

"큰 거 한 방 쏠게!"

주도권을 잡아야 한다고 판단한 현주가 외쳤다. 그러고는 대답을 기다리는 대신 곧바로 세 정령에게 마력을 보냈다.

-끼잉!-

-히잉!-

먼저 반응한 건 흙돌이와 재롱이었다. 흙돌이가 방벽 뒤쪽에 있는 건물과 도로 등의 파편들 모으자 재롱이가 이를 허공에 띄웠다. 파편들은 이리저리 합쳐지더니 거대한 창이 되었다.

-꺄앙!-

그러자 이제까지 대기하고 있던 푸름이가 창에 번개의 힘을 실었다. 번개를 머금은 창이 새파란 빛을 발했다.

땅의 정령

바람의 정령

번개의 정령

오의(奧義) 합일(合一)

거대한 번개 창

번개의 창은 위에서 아래로 떨어지지 않았다. 약간 아래로 내려온 창은 일직선으로 날아가 궤도에 있는 좀비들을 전부 분쇄했다. 그것만으로 부족했는지 공격은 아스팔트 도로를 헤집었고 그 때문에 궤적 밖에 있던 놈들도 휩쓸렸다.

"대박! 저 사람들이 진짜 우리랑 같은 플레이어라고!?"

"이길 수 있어! 이길 수 있다고!"

수아와 현주의 활약은 이 자리에 있는 이들의 뇌리에 각인됐다. 이에 고무된 사람들은 자신들도 그렇게 되고 싶다는 듯이 공격을 퍼부었다. 특히 소총수 중에서 자신의 능력을 발동하는 이들이 속출했다.

"지금 각성한 분들은 함부로 능력을 사용하지 마십시오. 탄환이 떨어질 때까지 계속 쏘기만 하면 됩니다!"

바로 경고하는 인호.

소총수들은 전부 플레이어로 각성한 지 오래였다. 좀비 또한 몬스터임이 분명했고 그들을 사살함으로써 조건을 채웠기 때문에. 그러니 능력을 사용하고 싶어 몸이 근질거릴 것이다.

그런데도 인호는 그들이 능력을 사용하는 걸 막았다. 이제 막 각성한 이들의 마력은 한계가 있음을 잘 알고 있었으니까. 괜히 어설프게 능력을 사용하는 것보다는 소총이 훨씬 나았다. 무엇보다 더는 두려워하는 사람이 없었다. 그것만으로도 수아와 현주는 큰 역할을 했다.

'그래도 승리를 장담할 수 없다는 게 웃기는군.'

소총수들이 가세하고 수아가 각성하면서 전력이 강해졌다. 현주의 전투 능력 역시 예상보다 강했고. 거기다 전투에 대한 대비도 철저히 했다.

그런데도 좀비들을 가까스로 막는 게 전부라는 게 어처구니없었다. 숫자 자체만으로도 전술이 될 수 있음을 그는 어제와 오늘을 통해 실감했다.

-캬오오오!-

인호가 굳은 얼굴을 하고 있을 때, 좀비의 포효가 들렸다. 사방에 있는 대형 좀비가 지르는 것과 별반 다를 바 없었다. 그러나 이를 들은 그의 얼굴은 어느 때보다 크게 일그러졌다.

이유는 간단했다.

포효는 땅에서 울리지 않았다.

"하늘이라고!?"

다급히 고개를 든 인호. 그의 눈에 무언가가 들어왔다. 거대한 뼈다귀가 하늘을 날고 있었다. 마치 익룡을 떠올리게 하는 생김새였다.

5급 몬스터 '본 와이번(Bone Wyvern)'

그게 놈의 정체였다.

쩌억.

본 와이번이 주둥이를 크게 벌렸다. 입안으로 검은 기류가 빠른 속도로 모이더니 그대로 플레이어들을 향해 쏟아졌다. 오직 용종만이 쓸 수 있는 권능, 브레스였다.

"안 돼!"

본능적으로 외친 인호가 몸을 날리려 할 때, 더 빨리 움직인 사람이 있었다. 바로 잔 다르크였다.

/

'브레스가 닿게 해서는 안 돼.'

잔은 눈을 빛냈다. 본 와이번처럼 죽은 용종들의 브레스는 그 자체로 극독이자 저주였다. 닿는 순간 살아있는 자들은 죽음을 면치 못하리라. 그것을 잘 알기에 그녀는 신성력이 깃든 창을 힘껏 찔렀다.

콰콰쾅!

빛과 어둠이 한 지점에서 격돌했다. 강렬한 충격파에 의해 주변에 있던 건물 창문들이 박살났다. 아래쪽에 있던 좀비들은 압력에 짓눌리더니 그대로 으깨졌다.

"으윽!"

자기도 모르게 신음을 내뱉은 잔 다르크. 공격에서 밀려서 그런 게 아니었다. 하늘을 날 수 있는 본 와이번과 달리 그녀는 그럴 수 없었다. 그 때문에 힘을 집중할 수 없었고 자연스럽게 밀려났다.

그때였다.

쿵!

허공에 갑자기 발판이 생겼다.

"고마워요!"

인호가 펼친 역장임을 깨달은 잔이 외쳤다. 환하게 웃은 그녀는 창에 더욱 신성력을 불어넣었다. 그리고 있는 힘껏 찔렀다.

일점 찌르기.

빛의 파동이 연쇄적으로 일어나더니 단숨에 브레스를 박살냈다. 그것으로 부족했는지 파동은 계속 나아가 본 와이번을 강타했다. 그러자 놈은 뼛조각만 남긴 채 산산조각 났다.

허나 잔은 이에 만족하지 않았다. 죽여도, 죽여도 끝이 없는 좀비들을 굳은 얼굴을 바라보더니 창을 높게 들어 올렸다.

정화의 빛(La Lumière de la purification).

백금의 빛이 피어올랐다. 잠시나마 태양의 빛을 못 느끼게 할 만큼 찬란하고 아름다운 빛이었다.

-그오오오!-

-우워어어!-

빛에 닿은 좀비들이 모두 괴로워했다. 어둠을 기반으로 하는 놈들에게 잔의 빛은 천적이자 상극이었다. 좀비들의 몸에서 검은 기류가 흘러나오더니 처음부터 없었던 것처럼 소멸했다.

수아와 현주 때와 달리 사람들은 요란하게 반응하지 않았다. 사방을 가득 채운 빛을 보며 경이로움만 느꼈을 뿐.

"하늘의 계신 우리 아버지여, 정말 감사합니다."

"아멘."

가톨릭과 기독교를 믿는 사람들은 잔을 보며 기도했다. 다른 종교를 믿는 사람들도 각자 자신의 방식으로 그녀에게 경의를 표했다.

잠시나마 혼란에 빠졌던 이들이 평온을 되찾았다.

'다행이군.'

그 모습을 보며 인호는 안심했다.

이제껏 많이 죽였지만, 여전히 좀비들은 건재했다. 아직 마음을 놓을 때가 아니었다. 상황을 파악한 플레이어들은 온 힘을 다해 맞서 싸웠다.

전투는 점점 치열해졌다.

소총수들은 총신이 휘어진 총을 버리고 새로운 소총을 꺼냈다. 다른 플레이어들은 마력을 전부 쥐어짜내 공격을 퍼부었다. 전투 도중에 레벨이 오르지 않았다면 진즉에 나가떨어졌을 것이다.

콰아아앙!

미노타우로스 좀비 하나가 방벽을 박살냈다.

"으아아악!"

"아아아악!"

방벽에 있던 플레이어들이 바닥에 떨어졌다. 기다렸다는 듯이 좀비들이 달려들어 그들을 물어뜯었다. 물린다고 해서 좀비가 되는 건 아니었지만 대신 그들의 육체는 갈가리 찢겨 나갔다.

하지만 지금 신경 써야 할 것은 저들의 죽음이 아니었다. 적들이 무너진 방벽 안으로 쳐들어올 수 있다는 사실만이 중요할 뿐. 저들이 방벽 안으로 들어오면 모든 게 끝나고 마리라.

"꺼져!"

궁신탄영의 수법으로 방벽 앞에 도달한 인호는 있는 힘껏 검을 휘둘렀다. 검기를 먹은 마검과 성검이 번개가 되어 떨어졌다.

건곤천뢰검(乾坤天雷劍)

제2식 사교낙뢰(斜交落雷)

X자로 교차한 검들은 미노타우로스 좀비의 목과 어깨를 날려버렸다. 가까스로 저지하는 데 성공했지만 이에 만족할 수 없었다. 더 많은 놈이 방벽 쪽으로 몰려들었다.

"오빠 위험해요!"

"김인호!"

익숙한 목소리가 들렸지만 무시했다. 그는 그 자리에서 검을 휘둘렀다. 단 한 마리도 못 들어오게 할 것이라는 각오를 드러낸 채.

건곤천뢰검(乾坤天雷劍)

제3식 난뢰쇄천(亂雷碎天)

검과 검이 연거푸 휘둘러졌다. 그럴 때마다 달려드는 좀비들의 목과 몸통이 잘려나갔다. 이에 더해 역장을 펼쳐 자신이 놓칠 만한 부분도 확실하게 틀어막았다. 단 한 사람이 철옹성으로 바뀌는 순간이었다.

> 플레이어 김인호가 일기당천(一騎當千)의 위용을 뽐냅니다.
> 이는 영웅의 업적입니다. 이에 따라 영웅화가 1퍼센트 상승합니다.
> 현재 영웅화-60퍼센트
> 영웅화가 60퍼센트에 도달함에 따라 체질 개선이 진행됩니다.
>
> | Close | View |
> | --- | --- |

메시지는 무시했다. 몸에 힘이 차오르는 걸로 충분했다.

베고 또 벴다.

몸에 살점이 붙어도, 피가 묻어도 멈추지 않았다. 단 한 사람의 사상자도 생기게 하지 않겠다는 일념이 그를 지배했다. 그 외의 다른 생각은 그의 머릿속에 없었다.

-몰아의 경지에 도달한 건가? 제법이군-

준경은 진심으로 감탄했다. 다른 사람들을 지키겠다는 생각 하나만으로 자신을 잊고 싸우는 인호가 대견했다. 그렇다고 막 싸우는 것도 아님을 잘 알고 있었다.

검을 휘두르는 속도가 더욱더 빨라졌다. 아니, 간결해졌다고 하는 게 옳은 표현이리라. 투왕의 육체가 뒤를 받쳐줬기 때문에 가능했다.

[상급 검술의 레벨이 1 상승했습니다. 현재 상급 검술의 레벨-2]

-역시 내가 제자는 잘 뒀군-

원래 세계에 있던 놈들보다 훨씬 나았다. 그리 생각하며 준경은 흐뭇하게 인호를 바라보았다.

그렇게 얼마나 많은 시간이 흘렀을까?

어느새 해가 졌고 어둠이 하늘을 뒤덮었다.

그리고 일행은 모든 좀비를 막는 데 성공했다.

모든 방벽이 무너져 내렸다. 동작대로는 이제 도로라고 불릴 수 없을 정도로 심하게 박살났다. 사이사이에 좀비들의 육체가 산더미처럼 쌓여 있었으며 바닥에는 총신이 휘어진 K2 소총들도 떨어져 있었다. 탄통은 아예 바닥을 드러냈고.

플레이어들은 이를 무시했다. 다른 곳을 신경 쓸 여력은 없었다. 너나 할 것 없이 모든 플레이어가 땅에 누워있을 뿐. 거칠게 숨을 몰아쉬는 소리가 울려 퍼졌다.

"어떻게 막긴 막았는데……."

"너무 많이 죽었어요."

슬픈 얼굴로 현주의 말을 받은 수아. 주변에는 죽은 이들이 흩어져 있었다. 인호를 비롯해 많은 플레이어가 분발했지만, 그들만으로 버티기에는 좀비들의 숫자가 너무 많았다.

전투가 벌어진 이상, 희생자가 생기는 건 필연이었다. 그렇다 해도 안타까운 마음이 드는 것 또한 사실이었다.

"시신이라도 수습을……."

"전원, 주변을 경계할 것! 싸움은 아직 안 끝났습니다!"

현주가 말을 하기 전에 피로 범벅이 된 인호가 외쳤다. 사람들은 그의 말을 이해하지 못했는지 멍한 표정을 지었다.

"본대가 섬멸됐다는 메시지가 안……."

―감이 좋은 인간이군―

촤악!

인호의 말이 채 끝나기도 전에 붉은 검이 그를 관통했다.

제20장 밤의 귀족

대체 언제 나타난 것일까?

인호의 앞에 한 청년이 서 있었다.

피를 떠올리게 하는 붉은 머리와 눈동자를 가졌으며 피부는 하얗다 못 해 창백했다. 외모는 서양 남성 모델을 압도했으며 입고 있는 검은 정장은 품격을 느끼게 했다. 진짜 귀족이라도 되는 것처럼.

-뭐지?-

청년은 고개를 갸웃거렸다. 분명히 검으로 상대의 심장을 관통했다. 그런데 아무런 감촉을 느낄 수 없었다. 마치 허공을 가른 기분이라고 할까?

"모, 몬스터가 말을 한다고?"

"몬스터인 게 확실해? 사람하고 똑같잖아!"

청년이 의아해하고 있을 때, 주변이 소란스러워졌다. 인간과 똑같이 생긴 데다 말까지 하는 몬스터를 보고 다들 혼란에 빠진 것이다.

-시끄럽군-

얼굴을 찌푸린 청년이 사람들을 노려보았다. 단지 그뿐이었는데도 모두 입을 다물었다. 뱀을 코앞에 둔 개구리가 이런 심정일까 싶은 생각이 들 정도로 청년의 눈은 싸늘했다.

'지금!'

청년에게서 빈틈을 발견한 수아가 방아쇠를 당겼다. 푸른 마력탄 10발이 매섭게 날아갔다.

쾅! 쾅! 쾅!

그러나 거기까지였다. 마력탄들은 청년에게는 다가가지도 못한 채 허공에서 폭발했다. 그래도 수아는 실망하지 않았다. 진짜 목적은 청년이 인호에게서 검을 거둬들이게 하는 데 있었기 때문에.

-대단하군. 그 찰나의 순간에 상황을 판단하다니-

준경의 감탄을 들으면서 인호는 성검을 휘둘렀다.

-뭐라고!?-

갑자기 인호가 움직이자 청년은 당혹감을 금치 못했다. 검을 찌르려 했지만 인호의 움직임이 더 빨랐기에 무의미했다.

서걱!

섬광이 된 검은 청년의 목을 파고들었다. 이를 확인한 그는 검을 옆으로 그었다. 몸과 분리된 목이 허공으로 떠올랐다.

-대단한 임기응변이군. 그 짧은 시간에 무구의 능력을 발동하다니, 이제 무구에 의존한다고 욕도 못 하겠어-

'운이 좋았지.'

준경의 말에 대답한 인호는 안도의 한숨을 내쉬었다. 청년의 목소리가 귓가에 들리자마자 바로 투과의 부츠를 사용했다. 그랬는데도 하마터면 죽을 뻔했다. 1초만 더 늦었어도 절대 살아남지 못했으리라.

'그나저나 저놈은 뭐지? 정체는 왜 안 보이는 거고?'

이제까지 본 몬스터들은 보자마자 누군지 알 수 있었다. 그래서 1급 몬스터인 블랙 드래곤의 이름도 알아차린 거고. 그게 정상이었는데 청년에게서는 아무것도 보이지 않았다. 마치 무언가가 가리고 있다고 할까?

−모르겠다. 강한 놈인 거 같은데 뭐 하나 느껴지는 게 없군−

'너도 파악할 수 없다고?'

−나도 어이가 없지만 사실이다. 저놈은 완전히 텅 비어있다. 네가 지긋지긋하게 상대했던 시체처럼−

"아직 안 죽었어요!"

인호와 준경이 대화를 나누고 있을 때, 잔 다르크가 외쳤다.

좌아아!

이와 동시에 청년의 몸과 바닥에 떨어진 목이 붉은 안개로 바뀌었다. 흩어진 안개는 무너진 고가도로 위쪽으로 모이더니 다시 청년으로 되돌아갔다. 고개를 좌우로 까딱거린 뒤, 사람들을 내려다보았다.

−인간, 이름이 뭐지?−

"알려줄 이유가 있나?"

−네놈은 내 결계를 베는 걸로 모자라 목까지 베었다. 인간의 몸으로 그런 위업을 달성한 만큼, 밤의 귀족으로서 경의를 표하고 싶군. 영웅의 길을 걷는 자여−

"필요 없다."

단호하게 거부하는 인호. 몬스터 따위에게 인정받고 싶은 마음은 없었다.

−이번만큼은 그 무례를 넘어가 주지. 그건 그렇고 역시 다른 인간들을 다 무시하고 여기에 온 보람이 있어. 마력의 축복을 받은 것

도 모자라 불완전하나마 용의 힘을 다루는 이도 있고-

청년이 수아를 바라보았다.

-또 정령의 사랑을 받는 이가 있으며-

그다음으로 바라본 사람은 현주였다. 그리고 마지막으로 본 사람은,

-제일 놀라운 건 그대지, 성녀여. 진짜 이름을 되찾은 이가 왜 여기에 있는 거지? 왜 거짓된 육체가 아니라 진짜를 가지고 있는 거고?-

잔 다르크였다.

"당신에게 말할 거 같나요?"

인호와 똑같은 말을 하는 잔을 보며 카를은 쓴웃음을 지었다.

-아무리 생각해도 알 수가 없군. 진짜 성녀였을 줄이야. 노리고 왔지만, 역시 세상일은 이해할 수 없는 거 투성이다-

서울 N타워에서 나오자마자 이들의 존재를 느꼈다. 동시에 결심했다. 저들의 피를 반드시 마시겠다고. 그래서 중간에 있는 플레이어들을 다 무시하고 가장 외곽에 있는 이곳까지 돌격을 강행했다. 중간에 부하들이 많이 죽었지만, 전혀 개의치 않았다.

다만 한 가지, 예상에서 벗어난 게 있었으니 진짜 성녀인 잔 다르크가 있다는 점이었다. 이래서는 카를 본인도 목숨을 걸어야 했다.

-그냥 보내주지 않겠나, 성녀? 서로 싸워봤자 좋을 게 없을 텐데-

"당신을 놔두면 이곳은 죽음의 도시로 바뀌겠죠. 그걸 아는데 보낼 거 같나요, 뱀파이어!"

잔이 외치자 이제까지 보이지 않았던 청년의 이름이 떠올랐다. 이를 본 순간, 인호를 비롯하여 다른 사람들의 얼굴이 경악으로 일그러졌다.

4급 네임드 몬스터 '오리진 뱀파이어'

카를 프란츠(Karl Franz)

그게 청년의 정체였다.

"4급이라니……."

"야, 야차와 같은 등급 아닙니까?"

재혁과 형준의 안색이 어두워졌다.

두 사람은 서예박물관 던전에서 봤던 야차 '뇌명'을 떠올렸다. 놈은 플레이어들은 물론 두 명의 영웅조차 압도했던 괴물 중의 괴물이었다. 이무기가 도와주지 않았다면 그곳에 있던 이들 모두 목숨을 잃었으리라.

그리고 지금 눈앞의 뱀파이어는 야차와 같은 등급이었다. 비록 네임드 몬스터가 보스 몬스터보다 격은 떨어졌지만, 어차피 괴물인 건 매한가지였다.

-하여튼 성직자란 놈들은 하나같이 피곤하군. 뭐든 좋게 끝나면 그만이거늘-

섬뜩.

나지막한 한 마디였지만 인호는 영혼이 얼어붙는 느낌을 받았다. 그는 본능적으로 외쳤다.

"수아와 현주 누나, 클랜의 간부들만 남고 모두 던전으로 돌아가십시오!"

두 사람만 남긴 이유는 간단했다. 나머지 플레이어들은 저 뱀파이어의 결계를 뚫을 능력이 없었다. 그러니 남아 있으면 무의미한 희생이 생길 게 확실한 지금, 차라리 돌려보내는 게 나았다.

-판단은 빠르다만 내가 식사 거리를 놓칠 것 같나?-

안개로 몸을 바꾼 카를 프란츠. 붉은 안개는 맹렬한 속도로 쇄도하더니 단숨에 사람들을 집어삼키려 했다. 하지만 그는 뜻을 이루지 못했다.

콰아앙!

백금의 빛줄기가 폭사하더니 단숨에 안개를 전부 날려버렸기 때문에. 날아간 안개는 다시 찰흙처럼 뭉치더니 본체로 되돌아갔다. 그 모습을 지켜본 인호는 눈살을 찌푸렸다.

'전혀 타격을 안 받았다고?'

신성력은 뱀파이어에게도 상극이자 천적으로 작용했다. 문제는 그런 힘에 얻어맞았는데도 카를 프란츠가 멀쩡하다는 사실이었다. 조금 전에 목을 베였는데도 멀쩡한 것도 그렇고, 4급답게 보통 괴물이 아님을 실감할 수 있었다.

-식사 예절도 모르나? 메인 디시를 먹기 전에 애피타이저는 필수다-

"제가 있는 한, 당신은 절대 사람들에게 손을 못 댈 거예요."

-확실히 그대에게는 그 말을 실현할 힘이 있지. 저자를 포함해 꽤 강한 힘을 가진 이들도 있고. 혼자 왔으면 큰일 날 뻔했어-

콰아앙!

카를 프란츠의 양옆에서 검은 기류가 피어올랐다. 붉은 안개가 그렇듯이 검은 기류는 끊임없이 뭉쳐지며 응고되었다.

"저건 설마!?"

"거짓말!"

깜짝 놀란 형준과 수아. 잔 다르크와 인호의 표정도 심각해졌다. 어찌 잊을 수 있겠는가? 한때 일행을 위험에 빠뜨렸던 괴물을.

-쿠워어어!-

-크아아앙!-

검은 갑옷으로 전신을 두른 두 괴물이 포효했다. 오른손에 움켜쥔 거대한 검을 높게 들어 올린 채.

"데스나이트라니……."

오페라하우스에서 만났던 베르트랑과 달리 일반 5급 몬스터였지만 그렇다고 무시할 수도 없었다. 이 정도만 해도 던전 브레이크에서 나왔던 모든 좀비를 압도하고도 남았으니까.

-이래도 싸울 건가, 성녀? 그대의 선택 때문에 더 많은 사람이 죽을지 모른다-

"헛소리는 집어치워라."

잔이 대답하기 전에 먼저 나선 인호. 상대를 노려보는 그의 눈빛에는 경멸이 가득했다. 그는 저런 식으로 가식을 떠는 놈들을 가장 혐오했다.

"네놈 스스로 그러지 않았나? 인간은 식사 거리라고. 어차피 사람을 죽이기 위해 온 놈이 선심 쓰는 척하지 마라. 역겨우니까."

-감당할 수 있겠나? 앞으로 이곳에서 흐를 피를-

카를이 살벌한 어조로 되묻자 몸을 떠는 이들도 있었다. 인호조차 압도됐는데 오늘 처음 각성한 이들이 어찌 버틸 수 있겠는가? 개중에는 인호를 원망스러운 눈빛으로 노려보는 이도 있었다.

"궤변은 집어치우라고 했다!"

파아앙!

왕의 기세가 흘러나와 카를의 기세를 잠시나마 밀어냈다. 그것만으로도 사람들의 정신을 되찾게 하는 데는 충분했고.

-영웅의 길뿐만 아니라 왕의 길도 걷는 건가? 그렇게까지 죽음을 원하면 싸워주지. 성녀의 피 맛도 궁금하지만, 네놈들의 것도 마시고 싶어졌으니-

쿠오오오!

카를 프란츠의 중심으로 핏빛의 기류가 뿜어져 나왔다. 4급 네임드 몬스터다운, 무시무시한 기세였다. 이에 질세라 잔도 자신의 힘을 개방했다.

"절대 당신의 뜻대로 되지 않을 거예요!"

마침내 성녀와 뱀파이어가 격돌했다.

이를 지켜본 인호는 재빨리 지시를 내렸다.

"각 클랜 간부들은 지금부터 데스나이트를 상대합니다. 수아와 누나는 따로 싸우고."

"알았어요!"

"오케이."

수아와 현주가 갈라졌다. 뒤를 이어 각 클랜의 간부들이 데스나이트를 향해 공격을 가하기 시작했다. 다들 5급 몬스터의 보호막을 뚫을 힘은 있었다. 이를 확인한 그는 김시현과 김하은을 바라보았다.

"두 분은 사람들을 던전으로 피난시킨 뒤에 다시 와주시면 감사하겠습니다."

"빨리 다녀올게요."

"그때까지 버텨주세요. 다들 따라와요!"

김시현과 김하은이 움직이자 56명의 플레이어가 다급히 뒤따랐다. 싸우겠다고 고집을 피우는 사람들은 없었다. 자신들은 이 싸움에 끼어들 자격이 없음을 잘 알고 있었기 때문에.

-너는 어쩔 셈이냐?-

"잔을 도와야지."

준경의 질문에 대답한 인호는 잔과 카를의 싸움을 지켜보았다.

쾅! 콰쾅!

검과 검이 서로 부딪칠 때마다 폭음과 충격파가 퍼져 나왔다. 그

와중에도 잔이 내지른 검은 착실하게 카를의 몸에 상처를 냈다. 목을 꿰뚫었고 심장을 관통했으며 어깨를 베고 다리를 잘랐다.

누가 봐도 잔이 우위를 점했다고 생각할 만큼 상대를 압도했다. 허나 인호는 그게 전부가 아님을 잘 알고 있었다.

하나같이 죽음에 도달할 수 있는 치명상을 입었는데도 카를은 피 한 방울도 흘리지 않았다. 끊어진 사지도 안개화를 한 번 하면 전부 붙었고. 진짜 불사신이라도 되는 것 같았다.

그에 반해 잔은 한 방만 맞아도 위험한 입장이었다. 그렇기 때문에 진짜 우위를 점한 이는 카를이었다. 야차와 달리 공격이 강하거나 몸이 튼튼하지도 않았다. 그렇다 해도 4급 몬스터답게 상식을 초월한 건 마찬가지였다.

-그녀를 도와야 한다는 건 동의한다. 중요한 건 놈을 이길 방법이다. 어떤 공격도 통하지 않는 괴물을 상대로 어떻게 싸울 생각이냐?-

"생각해둔 건 있다. 먹힐지 모르겠지만."

이것저것 따질 상황도 아니었다. 각오를 다진 인호는 몸을 날렸다.

-들었던 것보다 훨씬 약하군, 성녀. 아무리 격이 떨어졌다 해도 이건 너무 약하지 않나? 아니, 이 경우에는 진짜 힘을 발휘하지 못한다는 게 맞겠어-

카를이 비웃었지만, 잔은 대답하지 않았다. 그저 굳은 얼굴로 상대를 노려볼 뿐. 그는 아랑곳하지 않고 계속 조롱을 이어나갔다.

-계약자 때문에 실력도 발휘할 수 없는 영웅이라니, 이보다 더 불쌍한 존재가 있을까? 그러게 좀 더 뛰어난 계약자를 만나지 그랬나? 그러면 이렇게 놀림 받지 않아도 됐을 텐데-

쉬에엑!

우직하면서도 곧은 찌르기가 매섭게 날아가더니 카를의 머리를 박살냈다. 하지만 소용없는 건 똑같았다. 여태까지 그랬던 것처럼 안개로 바뀌자 바로 몸이 원상복구 됐다.

'이대로라면 질 거야.'

잔 또한 자신이 불리하다는 걸 잘 알고 있었다. 문제는 상대를 이길 방법이 전혀 떠오르지 않는다는 점이었다. 신성력에 당하고도 멀쩡히 재생하는 괴물을 어찌 이긴단 말인가?

전력을 다할 수도 없었다. 그러고도 놈이 살아남는다면? 자신은 물론 수많은 사람이 목숨을 잃으리라. 그 사실을 잘 알기에 계속 지금의 방식을 고집해야 했다.

—우리 동포들을 많이 죽인 그대라면 잘 알고 있을 텐데? 밤의 가호가 계속되는 이상, 우리들은 절대 죽지 않는다. 특히 오늘처럼 만월이 뜬 밤은 더 그렇지—

"하필이면……."

그제야 잔은 하늘에 보름달이 떴음을 깨달았다. 카를 프란츠가 어째서 이렇게 재생을 하는지도 알아차렸고. 보름달 밑에서 뱀파이어들은 가장 강력한 힘을 발휘한다. 재생 능력 또한 마찬가지였고.

"부하들만 보낸 것도, 어제 안 온 것도 그래서였군요."

—정확하다. 죽을 걸 뻔히 아는데 왜 나서겠나? 좀비들이야 나중에 다시 만들면 그만이고—

여유롭게 웃은 카를은 하반신을 안개로 바꿨다. 그 상태에서 움직이자 이전보다 움직임이 더욱더 빨라졌다. 단숨에 잔의 뒤를 잡을 만큼. 그는 척추를 향해 검을 밀었다.

물론 잔도 가만히 있지 않았다.

몸을 비틀면서 상대의 검을 쳐냈다. 이때를 기다리고 있던 카를은 왼팔을 안개로 바꿨다. 팔이 쭉 늘어났고 길고 날카로운 손톱이 잔의 목을 노렸다. 허나 그녀는 고개를 젖혀 공격을 피했다.

쾅!

손톱이 도로의 파편을 박살냈다.

-헛된 발버둥이다. 이미 이곳은 나의 영역. 그대가 살아남을 방도는 없다-

회심의 공격이 빗나갔는데도 카를은 느긋했다. 이미 붉은 안개가 사방을 뒤덮은 지 오래였다. 굳이 안 보더라도 주변 지형을 샅샅이 꿰뚫어 볼 수 있었다. 자신을 향해 달려오는 인호의 존재도.

-이런. 괜히 힘만 뺐군. 계약자만 죽이면 그대도 사라질 수밖에 없거늘-

"여기 오면 안 돼요, 오빠!"

잔이 크게 외쳤지만 인호는 계속 다가왔다. 웃으며 이를 바라본 카를은 곧장 움직였다. 다만 상대가 자신의 공격을 흘릴 수 있다는 건 잊지 않았다.

'투과 능력의 한계는 명백하지.'

투과와 비슷한 안개화를 사용하기 때문에 그에 대한 약점도 잘 알고 있었다. 공격할 때만큼은 실체화를 유지해야 했다. 그렇지 않으면 타격 자체를 줄 수 없으니까.

인간과 괴물의 거리가 빠른 속도로 줄어들었다. 먼저 공격할 수도 있지만 카를은 기다렸다. 인호가 먼저 공격하는 순간을.

쉬엑!

카를의 의도대로 인호는 오른손의 마검을 찔렀다. 이를 본 카를은 활짝 웃었다.

-끝났다!-

"네가 말이지!"

기다리고 있었다는 듯이 외친 인호.

인간과 뱀파이어가 교차했다.

콰아앙!

데스나이트의 거검이 떨어졌다. 현주는 돌덩어리가 휘감긴 주먹을 내질러 정면으로 충돌했다.

마력의 양, 공격의 위력, 체구의 크기 등 모든 점에서 상대가 우위를 점했는데도 그녀는 밀리지 않았다. 흙돌이가 펼친 벽이 뒤를 받쳐주고 있었기 때문에.

"쏴!"

타아앙!

데스나이트의 움직임을 멈춘 현주가 외쳤다. 그러자 재혁이 방아쇠를 당겼다. 대물 마력총에서 새파란 마력탄이 눈 깜짝할 사이에 놈을 향해 쇄도했다.

허나 파괴된 것은 보호막뿐, 정작 표적은 전혀 타격을 받지 않았다. 그래도 상관없었지만.

"보호막이 부서졌어!"

"지금이야!"

장찬양, 정준호 등 각 클랜의 간부들이 있는 힘껏 공격을 퍼부었다. 마력이 얼마 남지 않았지만, 그들은 개의치 않았다. 이러지 않고서는 상대할 수 없는 괴물이라는 걸 알았으니까.

콰앙! 콰쾅!

마력탄과 마법, 검기 등 온갖 공격이 데스나이트의 몸에 작렬했다. 한 방, 한 방의 위력이 약했지만, 보호막이 부서진 지금, 제대로 데미지를 주고 있는 것은 분명했다. 이를 증명하듯 검은 갑옷 여기저기에 균열이 생겼다.

-크허어엉!-

그러나 데스나이트는 타격을 받았는데도 다른 이들에게 시선을 주지 않았다. 오직 현주만을 노려보며 거검을 휘두를 뿐이었다. 이유는 간단했다. 그녀가 제일 위협적이었으니까.

"인정해준 건 고마운데 그 상판은 치워!"

자신을 향해 떨어지는 거검을 보면서도 현주는 피하지 않았다. 오히려 달라붙어 주먹을 날렸다.

진무권(眞武拳)

제1식 나선격(螺旋擊)

팔과 주먹이 맹렬하게 회전을 일으키며 나아갔다. 이에 더해 푸름이가 실은 번개의 힘이 더해졌다.

쾅!

거검과 주먹이 부딪치자 불꽃이 흩날렸다. 다시 한 번 흙돌이가 일으킨 벽에 기댄 채 현주는 버텼다. 결국 그녀는 온힘을 다해 주먹을 올려쳤고 데스나이트의 가슴이 활짝 열렸다.

진무권(眞武拳)

제2식 쇄벽(碎壁)

콰드득!

돌과 번개로 뒤덮인 팔꿈치가 흉갑에 작렬했다. 균열이 일었던 갑옷 일부가 박살났다. 목적을 이룬 그녀는 곧바로 물러났다.

아니, 그러려고 했다.

덥석.

왼손을 뻗어 현주의 손목을 붙잡는 데스나이트. 놈은 하늘에서 달려드는 독수리처럼 검을 내리쳤다. 이를 악문 그녀는 왼손을 들어 공격을 막았다.

"으윽!"

입에서 비명이 튀어나왔고 얼굴이 크게 일그러졌다. 돌로 팔을 보호했기 때문에 버텼지 자칫 잘못했으면 그대로 절단됐으리라. 그나마 막을 수 있는 것도 한 방뿐이었다. 다음 공격이 오면 버틸 수 있다고 자신할 수 없었다.

데스나이트는 검을 높게 들어 올렸다. 어둠의 마력이 빠른 속도로 모여들었다. 이번에야말로 끝장내겠다는 기색이 엿보였다. 하지만 놈의 검은 현주를 베지 못했다.

쩌엉!

어느새 다가온 김성환이 두 자루의 검을 교차시켜 공격을 막아냈다. 뒤를 이어 다른 플레이어들의 공격이 쇄도했다. 그러자 데스나이트는 현주를 놓고 거리를 벌렸다.

"도와드리겠습니다."

"고마워."

순순히 고마움을 표현한 현주. 혼자서 저 괴물을 탱킹하는 건 불가능함을 깨달았기에 상대의 도움을 받아들였다. 다만 한 가지 마음에 걸리는 게 있었다.

'얼른 도와주러 가야 하는데.'

인호와 잔 다르크가 걱정됐다. 둘이 강한 건 맞지만 상대는 4등급에 달한 괴물이었다. 둘만으로는 절대 승리를 장담할 수 없기에 최대한 빨리 도와주러 가야 했다.

-크아아앙!-

허나 그게 쉽지 않음을 현주는 인정할 수밖에 없었다. 지금은 눈앞에 있는 괴물을 상대하는 게 먼저였다.

그런데 그때였다.

갑자기 데스나이트의 움직임이 멈췄다. 그러더니 검은 기류를 뿜어내기 시작했다. 마치 폭풍이라도 되는 것처럼.

"뭐야!"

"으윽!"

눈을 뜨지 못할 정도로 강한 바람이 몰아쳤다. 플레이어들은 본능적으로 양팔로 자신의 얼굴을 가렸다. 바람이 가라앉고 다시 눈을 떴을 때, 데스나이트는 사라지고 없었다.

"끝난 건가?"

"설마. 이건 너무 허무하잖아."

다들 의아해했다.

데스나이트는 무려 5등급 몬스터였다. 그토록 강한 몬스터가 이렇게 끝나다니, 결코 있을 수 없는 일이었다. 그래서 다들 주변을 경계하며 긴장의 끈을 놓지 않았다.

"현주 언니! 저쪽이에요!"

데스나이트를 찾고 있을 때, 수아의 목소리가 들렸다. 현주는 다급히 고개를 돌렸다. 그리고 볼 수 있었다. 손가락으로 어딘가를 가리키고 있는 수아를. 또 그녀의 안색이 창백해진 것도.

불안감이 치솟았지만, 현주는 묵묵히 참고 수아가 가리킨 곳을 바라보았다.

"……저게 뭐야?"

말도 안 되는 일이 일어나려 했다.

[칭호 '결코 물러서지 않는 자'의 효과가 발동됩니다. 모든 능력이 20% 상승합니다.]

칭호의 효과가 발동됐다.

그뿐만이 아니었다.

묵린이 능력을 더욱 증폭했고 뇌영보가 신경 반응 속도를 향상했다. 정안을 펼치자 세상이 다르게 보였으며 흑설은 카를 프란츠의 힘을 감소시켰다. 그런데도 놈을 이길 수 있다는 이미지는 떠오르지 않았다.

'힘으로 이기는 게 전부는 아니지.'

정면으로 싸워서 이기면 좋지만 그걸 꼭 고집할 필요는 없었다. 그냥 이기는 게 장땡임을 누구보다 잘 알고 있었다.

촤아악!

먼저 움직인 건 인호의 마검이었다. 검기를 머금은 마검은 평소와 달리 검푸른 궤적을 그리며 나아갔다.

'알아서 걸려주는군.'

웃으며 그 모습을 본 카를 프란츠는 비어있는 왼손을 까딱거렸다. 붉은 안개가 촉수처럼 꿈틀거리더니 인호의 뒤통수로 쇄도했다. 마검보다 더 빠른 속도로.

-끝났다!-

큰소리로 외치는 카를. 설령 상대가 투과를 펼친다 해도 상관없었다. 안개는 계속 그 자리에 머물 것이다. 놈이 원래대로 돌아오면 바로 안개를 움직여 집어삼키면 그만이었다.

그렇게 카를이 자신만만할 때,

"네가 말이지!"

기다리고 있었다는 듯이 인호가 외쳤다.

이 순간을 위해 왼손에 아무것도 쥐지 않았다. 카를이 자신의 전투 방식에 대해 제대로 모르기 때문에 지금의 한 수를 준비할 수 있었다.

빙백신장(氷白神掌).

은색에 가까운 하얀 빛이 인호의 왼손에서 방출됐다. 단지 모습을 드러낸 것만으로도 주변의 안개가 완전히 얼어붙었다. 심지어 그의 뒤통수를 노리고 있던 것조차.

-뭐라고?!-

카를은 경악을 금치 못했다.

안개의 근원은 수분.

그리고 수분은 냉기 앞에서 무력했다. 게다가 이곳에 펼쳐진 안개는 넓이에 상관없이 전부 그의 신체였다. 즉, 안개가 공격받으면 그에게도 데미지가 전달된다!

'하필이면 얼음이라니!'

안개화로 피하는 건 불가능했다. 얼어붙을 게 뻔했으니까. 선택지는 하나, 정면으로 맞부딪치는 것뿐이었다. 이를 악문 카를은 빛줄기를 향해 검을 뻗었다.

콰앙!

빛줄기에 닿자마자 검은 물론 오른팔이 얼어붙었다. 그러나 이를 신경 쓸 상황이 아니었다. 카를은 이를 악물면서 왼손을 휘둘렀다. 핏빛 기류에 휘감긴 왼팔은 인호의 마검과 맞섰다.

서걱!

칼날이 단번에 왼팔을 베었다. 카를은 바로 재생하려 했지만 그럴 수 없었다. 잘려나간 단면부터 얼어붙기 시작했기 때문에. 강화된 흑설의 힘이었다.

–감히!–

카를의 발끝이 인호의 복부를 파고들려 했다. 인호는 왼손을 움직여 발을 붙잡았다. 온갖 버프로 인해 강화된 신체가 이를 가능케했다. 붙잡자마자 그는 냉기를 몸속으로 보냈다.

'빌어먹을!'

재빨리 다리를 빼냈지만 카를의 얼굴에는 불만이 가득했다. 한낱 인간 따위한테 이렇게 밀리고 있다는 사실이 열 받았다. 단순히 능력이 특이한 게 아니라 싸움 자체에 익숙했다.

쉬에엑!

그때, 백금색의 섬광이 쇄도하더니 카를의 오른쪽 어깨를 꿰뚫었다. 빛은 그것으로 부족했는지 상처를 중심으로 육체를 태우기 시작했다. 처음으로 신성력의 빛이 그에게 제대로 상처를 입힌 순간이었다.

"지금이에요!"

신성력을 억누르기 위해 카를이 잠시 멈췄다. 이를 노렸던 잔이 외쳤다. 그 뜻을 이어받아 마검을 후려치는 인호. 흑설의 검기가 놈의 목젖을 파고들더니 깔끔하게 잘라냈다. 이번에도 단면은 꽁꽁얼어붙었다.

물론 이 정도로 안심할 수 없었다. 인호는 왼손을 뻗어 카를의 가슴을 강타했다. 어찌나 위력이 강한지 하얀 빛줄기는 가슴은 물론 등까지 뚫고 나왔다. 그런데도 그는 멈추지 않고 계속 마력을 퍼부었다.

그 결과, 카를의 몸이 완전히 얼음에 뒤덮였다.

"헉……헉……."

온몸이 비명을 질렀다. 잠깐 사이에 폭발적인 힘을 사용한 대가였다.

그래도 인호는 얼음 조각상이 된 카를을 보며 웃었다. 아무리 놈의 재생 능력이 대단해도 몸이 얼어붙은 이상, 안개로 되돌아가는 건 불가능했다.

-빙백신장이 놈의 상극이었다니, 원래부터 알고 있었나?-

"안개를 얼릴 수 있다는 건 알고 있었다. 단지 놈의 안개는 다른 성질을 가지지 않았을까 걱정했는데 다행히 똑같아."

-그런 부분에서는 확실히 판단이 빠르군-

"판단이라 할 것도 없지. 상식이니까."

대답을 마친 인호는 잔을 바라보았다. 그녀에게 물어볼 게 있었다.

"이건 그냥 부수면 될까? 아니면 네가 처리할래?"

"제가 정화할게요. 부수는 것보다 그게 안전할 거예요."

만약 얼음을 부수면 재생할 가능성이 있었다. 그러니 확실하게 정화하는 게 최선이었다. 인호는 그녀의 의견에 동의하고 자리를 비켰다.

우웅.

잔은 창을 내려놓고 신성력을 운용했다. 백금의 광휘가 그녀를 휘감았고 주변을 활짝 밝혔다. 보는 것만으로도 경건해질 만큼, 아름답고 숭고한 빛이었다.

정화의 빛이 잔의 양손에 모였다. 준비를 마친 그녀는 얼음 조각상에 손을 대려고 했다.

그 순간,

"위험해!"

무언가가 다가오는 걸 느낀 인호가 외쳤다.

쩌어엉!

"크으윽!"

궁신탄영의 수법으로 잔의 앞에 다가오는데 성공한 인호. 성검과 마검을 들어 올려 공격을 막아냈지만 그의 입에서 신음이 튀어나왔다. 강력한 충격이 머리부터 발끝까지 관통했다. 버프를 풀었다면 이 공격을 막자마자 검들을 놓쳤을 것이다.

그런데도 그는 버텼다. 그러면서 적의 정체도 확인했다. 주인의 위험을 감지한 데스나이트 둘이 돌아온 것이다.

'최악이군.'

아직 카를 프란츠를 확실하게 끝장내지 못했다. 만약 여기서 밀리면 놈의 신병이 데스나이트들에게 넘어가게 된다. 그 사태만큼은 반드시 막아야 했다.

-크아아앙!-

-카아아악!-

데스나이트 둘이 검을 거둬들였다. 그다음, 횡 베기를 날렸다. 각각 인호의 목과 몸통을 노린 채. 그걸 본 그는 이를 갈았다.

'못 막아.'

충격은 여전히 그를 괴롭혔고 그 때문에 검을 제대로 휘두를 수 없는 상황이었다. 그렇다고 투과를 펼칠 수도 없었다. 뒤에는 잔이 있었으니까. 여기서 공격을 흘려 넘기면 그녀가 당하리라. 결국 그는 그녀를 끌어안고 물러났다.

"죄송해요. 제가 좀 더 주변 상황에 신경을 썼다면……."

"네 잘못이 아니야."

자신 또한 데스나이트들이 돌아올 줄 몰랐던 건 똑같았다. 지금은 누구에게 책임을 떠넘기기보다 어떻게 해서든 놈들을 쫓아내는 게 중요했다.

그런 인호의 생각을 읽은 것일까?

데스나이트들은 더 이상 달려들지 않았다. 대신 검은 기류로 몸을 바꾸더니 얼음조각 안으로 들어갔다. 투명했던 얼음이 순식간에 검은색으로 물들었다.

"안 돼!"

경악한 잔이 양손을 뻗었다. 백금색의 선이 레이저처럼 쇄도해 얼음을 꿰뚫으려고 했다.

콰아아앙!

허나 빛이 닿기도 전에 얼음조각이 먼저 박살났다. 동시에 검붉게 변한 기류는 잠시 꿈틀거리더니 수십 갈래로 나눠졌다. 그리고 촉수처럼 사람들을 향해 쇄도했다.

빙백신장(氷白神掌).

불길함을 느낀 인호는 재빨리 냉기를 날렸다. 안개와 동일한 성분이었는지 검붉은 기류는 꽁꽁 얼어붙었지만 그는 좋아할 수 없었다. 얼린 것보다 더 많은 촉수가 새로 형성되어 사람들을 덮쳤기 때문에.

"으아아악!"

"아아아악!"

촉수에 꿰뚫린 5명이 처절하게 비명을 질렀다. 단순히 아파서가 아니었다. 몸 안의 피와 마력이 빠른 속도로 흡수되고 있었다. 형언할 수 없을 만큼 끔찍한 고통이 비명의 크기를 더 키웠다.

"왜 안 잘리는 거야!"

"꺼져! 꺼지라고!"

간신히 공격을 피한 사람들이 스킬과 능력을 발동했다. 하지만 전혀 통하지 않았다. 오히려 그 안에 깃든 마력을 게걸스럽게 흡수했다.

쿵!

플레이어로서, 그리고 인간으로서 모든 걸 빼앗긴 이들이 쓰러졌다. 그들의 몰골은 미라를 떠올릴 만큼 끔찍했다.

문제는 그다음에 일어났다.

흡수된 피와 마력이 전부 검붉은 기류의 본체로 전달됐다. 퍼져 있던 것들이 한곳에 뭉쳐 커다란 구체를 형성됐다.

"공격 개시! 저 구체를 부수십시오!"

쉬에엑!

타타탕!

각종 스킬이 발동됐고 휘황찬란한 빛줄기들이 구체에 작렬했다. 강력한 공격이었지만 통하지 않았다. 심지어 폭발도 일어나지 않았다. 구체는 공격에 깃든 모든 마력을 전부 흡수해버렸다. 마치 블랙홀이라도 되는 양.

빠직.

마침내 구체가 파열했다.

안에서 사람의 형상을 한 괴물이 천천히 걸어 나왔다. 죽음의 기운으로 가득한 공간에서 그는 당당히 자신의 존재감을 드러냈다. 다만 달라진 게 하나 있었으니 등에 거대한 날개가 붙어있었다. 박쥐의 날개를 떠올리게 하는 생김새였다.

-후우-

가볍게 숨을 가다듬는 카를 프란츠.

마침내 그가 눈을 떴다.

덜덜덜.

인호는 미친 듯이 떨고 있는 자신의 팔을 보며 쓰게 웃었다. 단지 카를 프란츠를 바라보고 있는 것만으로도 몸이 싸우기를 거부했다. 본능은 그에게 끊임없이 경고했다. 저 괴물과 절대 싸워서는 안 된다고.

"……원래 몬스터들이 성장하는 게 흔한 건가?"

－낮은 등급에서는 자주 일어난다. 허나 5등급부터는 보기 어렵지. 등급이 높아질수록 성장이 어려워지니까－

"난 운이 좋은 건지 나쁜 건지 알 수가 없군."

준경의 말을 들은 인호는 쓴웃음을 지었다. 거대 애벌레가 드래곤의 힘을 흡수하는 과정을 봤으며 두억시니가 야차로 진화하는 모습도 지켜봐야 했다. 그걸로도 모자라 이제 또 새로운 사례를 추가하게 됐다.

4급 보스 몬스터 '뱀파이어 나이트'

카를 프란츠.

데스나이트 둘의 힘을 얻었음을 증명하듯 놈의 격은 한 단계 상승했다. 등급에 맞게 기세 또한 월등히 강해졌다. 과거 만났던 야차 '뇌명'과 필적할 정도로.

－운명이란 정말 알 수 없군. 그렇게 생각하지 않나?－

눈을 뜬 카를이 인호와 잔을 내려다보며 질문했다. 허나 두 사람은 대답하지 않았다. 굳은 얼굴로 상대를 노려볼 뿐. 카를 또한 대답을 기대하지 않았는지 자연스럽게 말을 이어나갔다.

－모든 어둠의 권속에게 상극으로 작용하는 신성력, 뱀파이어만의 능력인 안개화를 봉쇄하는 빙결 능력 모두 나에게 천적이지. 그

런데 세상에 나오자마자 그 둘을 보다니, 얼마나 어이가 없던지―

카를은 쓰게 웃었다.

자신이 정말 죽을 뻔했음을 잘 알고 있었다. 인호의 검에 베이면서 생긴 통증이, 몸이 얼어붙는 감각이 선명하게 떠올랐다. 오늘 보름달이 뜨지 않았다면, 부하들을 데리고 오지 않았다면 정말 목숨을 잃었으리라.

―하지만 결국 운명은 나를 선택했다. 그 증거로 나는 살아났다. 상극의 힘을 둘이나 맞이했는데도! 그뿐인가? 새로운 힘을 손에 넣어 격을 올렸지!―

콰아아아!

핏빛 기류가 무시무시한 기세로 방출됐다. 이에 얻어맞은 건물들의 창문이 박살났으며 바닥에 가득한 파편이 휘날렸다. 또 일행을 지탱하고 있는 도로가 크게 요동쳤다.

"전원 후퇴! 당장 던전으로 돌아가십시오!"

데스나이트가 사라진 지금, 수아와 현주를 제외한 다른 사람들은 도움이 안 됐다. 괜히 남아서 놈에게 피와 마력을 빼앗기느니 돌아가는 게 나았다.

명령을 내린 인호는 카를을 경계했다. 놈이 다른 사람들을 공격하기 위해 움직이면 바로 막기 위해. 그런데 놈은 플레이어들이 물러나는 것을 보면서도 전혀 움직이지 않았다.

―과연 왕의 운명을 걷는 자답군. 주변 인간들을 그렇게 신경 쓰는 것을 보면. 허나 걱정할 필요 없다. 저놈들을 건드릴 생각은 없으니까―

"……무슨 말이냐?"

의외의 말을 들은 인호는 얼굴을 찌푸렸다. 당연히 다른 사람들까지 전부 노릴 줄 알았는데 그게 아니라니, 이해할 수 없었다.

-다른 놈들의 피는 나에게 의미 없다. 마셔봤자 입만 버릴 뿐이지. 중요한 건 네놈들이다-

활짝 웃은 카를이 인호, 현주, 수아, 잔을 가리켰다.

-지저분한 놈이군. 한 판 붙고 싶은데 날 소환할 수 있나?-

"어렵다."

소환 자체는 가능했지만 거기까지였다. 버프로 마력이 늘어난 지금 상태로도 4성 영웅 둘을 유지하는 건 불가능했다. 준경은 아쉽다는 듯이 혀를 찼다.

-안타깝지만 너에게 무리를 강요할 수 없지. 조심해라. 조금 전의 놈을 생각하면 죽을 거다-

"그래."

인호는 마검과 성검을 모두 움켜쥐었다. 그런 그의 곁으로 수아, 현주, 잔이 다가왔다. 다들 지쳤는데도 여전히 전의를 잃지 않았다. 그렇다고 상황이 좋아지는 건 아니었지만.

"자기 상황부터 체크하자. 난 앞으로 10분밖에 못 버텨. 그 뒤에는 버프가 사라지니까."

"나도 마찬가지야. 기껏해야 오의를 한 번, 많아야 두 번 펼치려나? 너는 어때, 수아야?"

"마력은 괜찮아요. 용의 마력을 흡수한 뒤로 마력 회복 속도가 빨라졌거든요."

현주가 질문하자 수아가 대답했다. 확실히 그녀에게서 느껴지는 기세는 처음 싸웠을 때와 비교해도 전혀 쇠하지 않았다. 체력과 집중력이 떨어져서 그렇지.

"잔, 리치를 없앴을 때의 기술을 펼칠 수 있어?"

"한 번뿐이면 가능하긴 해요. 그런데 오빠가 위험할 텐데……."

"나는 신경 쓸 필요 없어. 어차피 저 괴물을 없애려면 그 기술밖에 없으니까."

오직 성스러운 빛만이 저 괴물을 소멸시킬 수 있었다. 자신과 다른 사람들은 잔이 그 기술을 펼칠 수 있는 상황을 만들어야 했고.

"전면은 내가 맡을 거야. 수아와 누나는 각자 자기 자리를 지키며 원거리 공격을 해줘. 잔은 기회를 보고 있다가 제대로 한 방 먹이고."

세 사람 모두 고개를 끄덕이고는 자신의 자리로 움직였다. 그 모습을 본 카를은 가볍게 고개를 끄덕였다.

-이제 준비가 됐나? 그럼 시작하지-

카를이 손짓하자 예의 붉은 검이 앞에 나타났다. 놈은 이를 움켜쥐고는 크게 외쳤다.

-부디 최선을 다해 발버둥 쳐라! 얻기 힘들수록 탐할 가치가 있는 법이니!-

마침내 전투가 시작됐다.

날개를 활짝 펼친 카를이 지상을 향해 쇄도했다. 이에 맞서 인호는 이단 점프와 역장의 팔찌를 이용해 허공으로 치솟았다. 둘의 거리가 급속도로 좁혀졌다.

쉬에엑!

먼저 공격을 한 이는 카를이었다. 놈의 검이 점이 되어 날아왔다. 뒤를 이어 핏빛 기류가 인호를 덮쳤다. 인호는 묵린의 검기를 머금은 마검을 휘둘러 창을 막았다. 그다음, 흑설의 검기에 휘감긴 성검을 찔러 핏빛 기류를 강타했다.

꽈아앙!

천둥이 치듯 요란한 폭음이 터졌고 일대가 밝게 빛났다.

'안 통하는 건가.'

흑설의 검기에 베여 얼어붙는 기류를 보며 인호는 한탄했다. 어는 속도가 너무 느렸다. 이 정도로는 상대가 설령 안개화를 펼친다해도 타격을 제대로 주기 어려웠다.

그러나 놀란 건 카를도 마찬가지였다.

—설마 지금의 나를 얼리다니, 대체 무슨 기술을 배운 거지?—

"알게 뭐냐?"

상대의 말을 일축한 인호는 마검을 내질렀다. 얼음처럼 차가운 검기는 곧장 카를의 왼쪽 어깨를 꿰뚫었다.

—처음 찔렸을 때보다는 버틸 만하군—

검에 찔리고 팔이 얼어붙기 시작했는데도 카를은 여유롭게 웃었다. 오히려 앞으로 나아가 마검을 깊숙이 받아들였다. 깜짝 놀란 인호는 검을 회수했지만 더뎌질 수밖에 없었다. 그 사이, 카를이 검을 내리쳤고 인호는 성검을 세워 공격을 막았다.

콰앙!

강력한 힘이 인호의 전신을 강타했다. 충격을 버티지 못한 그는 지상 쪽으로 추락하기 시작했다. 하지만 바닥에 떨어지기 직전, 역장의 팔찌를 발동시켜 간신히 균형을 되찾는 데 성공했다.

"무슨!?"

크게 당황한 인호.

어느새 카를이 자신의 앞에 서 있었다. 놈은 악동처럼 웃으며 검을 높게 들었다. 그리고 벼락을 떨구듯 힘껏 내리쳤다. 정안으로도 포착되지 않자 인호는 곧장 투과를 발동했다.

콰아앙!

검격이 인호의 몸을 통과해 바닥에 떨어졌다. 그뿐이었는데 온 갖 파편이 분수처럼 높게 튀어 올랐다. 이를 확인한 인호는 곧장 몸을 원래대로 하고 발판에 역장을 펼쳤다.

-그대의 무구는 하나같이 뛰어난 능력을 자랑하지만 대신 한계도 명확하다. 능력을 발동할 때마다 다 티가 나지-

입가에 미소를 머금은 카를이 기다렸다는 듯이 검을 내리쳤다. 투과를 사용할 여유조차 없었기에 인호는 다급히 두 자루의 검을 교차시켰다.

"크윽!"

콰드득!

인호를 지탱하고 있던 역장이 깨졌다. 힘을 이기지 못한 그의 몸은 바닥에 처박혔고. 그러나 카를은 상대를 끝장낼 수 없었다.

콰콰콰!

새파란 빛줄기가 놈을 향해 쇄도했다. 뒤따라 돌로 만들어진 창이 찔러 들어왔다. 완벽한 시간차 공격이었다. 카를은 이에 감탄하며 왼손을 휘둘렀다. 흘러나온 핏빛 기류가 방패로 바뀌며 두 공격을 막아냈다.

-기껏 빙결을 막았더니 이제는 정령의 기운과 용의 마력인가? 이러니저러니 해도 운명은 공평하군. 힘을 주는 대가로 내 대적자도 마련해둔 걸 보면-

신성력만큼은 아니었지만 순수한 정령의 힘과 강대한 용의 마력은 뱀파이어에게 데미지를 줄 수 있었다. 그 힘을 가진 이들이 전부 한자리에 모였다는 사실이 카를의 흥미를 자극했다.

-확신이 든다. 그대들의 피를 마시면 로드(Lord)의 경지에 도달

할 수 있을 것 같군-

"누가 그렇게 해준대!"

"절대 당신의 마음대로 안 될 거예요!"

번개의 창과 마력의 빛줄기가 카를을 노렸다. 이전보다 더 강력한 기운을 품었지만 소용없었다. 카를이 날린 핏빛 기류가 사전에 막아냈기 때문에.

-이대로라면 절대 못 이긴다. 새로운 방법을 찾아야 한다-

"알고 있다."

이러는 동안에도 시간은 계속 줄어들었다.

'잠깐?'

초조해하며 계속 고민을 하던 도중, 한 가지 생각이 떠올랐다. 자신의 왼손을 잠시 살핀 그는, 성검을 칼집에 넣었다. 그리고 역장과 이단 점프를 펼쳐 하늘에 있는 카를에게 나아갔다.

-얼음의 기운만 사용하기로 한 건가? 그것만으로는 부족하다는 걸 이제 알았을 텐데!-

카를이 외쳤지만 인호는 아랑곳하지 않았다. 마검을 직선으로 뻗었다. 운동 에너지를 머금은 마검은 어느 때보다 빠르고 강력했다. 카를은 검으로 원을 그려 공격을 막았지만 잠시나마 멈출 수밖에 없었다. 그 틈을 놓치지 않은 인호는 주먹을 내질렀다.

'뭐지?'

주먹을 본 카를은 의아함을 느꼈다. 냉기 대신 불꽃이 타오르고 있었다. 대체 왜? 무슨 이유로 통하지 않는 공격을 사용하는 것일까?

쾅!

-컥!-

코뼈가 부러지고 코피가 터졌다. 다른 몬스터와 달리 놈의 피는 붉은색이었다. 그래서 더 기괴했다. 몬스터이면서 인간과 비슷하다는 사실 자체가 혐오감을 야기했다.

또 분노가 치솟았다. 도대체 얼마나 많은 사람의 피를 흡수했기에 몬스터 특유의 녹색 피가 붉은색으로 바뀌었을까? 도저히 용서할 수 없었다.

'이, 이건 뭐냐 말이다!'

경악을 금치 못한 카를.

냉기나 신성력을 얻어맞았을 때와는 비교도 할 수 없을 만큼 강렬한 통증이 느껴졌다. 잠깐이나마 눈이 흐릿해질 정도였다. 더 웃긴 건 그에게 데미지를 준 게 불꽃이 아니라는 점이었다. 도대체 무슨 짓을 했는지 알 수 없었다.

'됐어!'

카를이 당황하고 있을 때, 인호는 속으로 환호했다. 그는 기쁜 얼굴로 자신의 왼손을 내려다보았다. 정확히는 중지에 걸려 있는 반지를 응시했다.

금마의 반지.

모든 마법과 주술 및 사악한 존재의 힘을 흡수하는 아이템이었다. 인호는 반지의 힘을 외부로 끌어내 염왕권에 실었다. 뱀파이어 또한 사악한 존재였으니 반지의 기운에 당할 수밖에 없었다.

-무슨 짓을 한 거냐!-

분노한 카를이 발차기를 날렸다. 균형을 바로잡지 못한 상태에서 가했지만, 인간 한 명을 죽이기에는 충분하고도 남았다.

"큭!"

간신히 검으로 막아낸 인호. 팔이 부러졌다 싶을 만큼 고통스러웠다. 그래도 그는 아픔을 꾹 참고 주먹을 날렸다. 불꽃에 휘감긴 주먹은 정확히 카를의 복부에 작렬했다.

-쿨럭!-

카를의 입에서 피가 분수처럼 뿜어져 나왔다. 그중 일부가 얼굴에 묻었지만 인호는 무시하고 마검을 떨어뜨렸다. 오른손으로 놈의 멱살을 움켜쥔 그는 있는 힘껏 왼손 주먹을 내질렀다. 염왕권의 일격이 놈의 얼굴을 강타할 때마다 굉음이 일었다.

"하앗!"

고개가 젖혀지다 못해 꺾이겠다 싶을 만큼 강력한 일격이 꽂혔다. 날개가 생긴 이후, 처음으로 카를의 몸이 바닥에 추락했다. 떨어진 여파가 어찌나 강렬했는지 아스팔트 도로가 깨지고 크레이터가 만들어졌다.

"지금이야!"

"알았어!"

먼저 대답한 사람은 현주였다.

그녀는 온몸의 마력을 짜냈다. 재롱이가 바람을 팽이처럼 돌리기 시작하더니 작은 회오리가 나타났다. 회오리는 흙돌이가 모은 흙더미와 파편을 집어삼켰다. 푸름이는 여기에 번개를 더해 위력을 높였다.

"뒈져!"

땅의 정령

바람의 정령

번개의 정령

오의(奧義) 합일(合一)

회오리의 창

은색과 검은색이 뒤섞인 회오리가 카를이 있는 곳을 향해 떨어졌다.

-어딜!-

핏빛 기류가 소용돌이처럼 휘돌더니 현주가 만든 회오리와 맞서 싸웠다. 쓰러진 상태에서 사용했는데도 회오리는 금방 밀렸다. 실망스러울 법했지만 현주는 웃었다. 자신은 혼자가 아니었으니까.

이수아류 마력제어술

필살기 용의 파동(Dragon Pulse)

본래 마력의 파동이었던 스킬에 용의 기운이 합쳐졌다. 드래곤 브레스에 비할 바는 아니었지만, 그 형태만은 이를 떠올리게 했다.

콰아아아앙!

또 다른 핏빛 회오리가 거대한 빛줄기를 막아냈다. 충격파가 퍼졌고 이에 얻어맞은 건물들의 외벽이 우르르 무너졌다.

"지, 진짜 끈질기네!"

자기도 모르게 외친 현주. 아무리 4급이라도 그렇지 저것들을 전부 막아낼 줄은 몰랐다. 아니, 아예 압도하고 있지 않은가?

"예전에 만났던 야차도 그랬어요. 그래도 저희만 있는 게 아니라 다행이에요."

"그러게."

수아와 현주는 같은 곳을 바라보았다. 그곳에는 백금의 휘광을 두른 잔 다르크가 서 있었다. 양손으로 쥔 창은 형태를 알아볼 수 없을 만큼 찬란하게 빛나고 있었고.

"이번에야말로 끝이에요!"

성스러운 빛(La lumière divine)

최후의 일격이 쇄도했다. 마치 신의 심판이라도 되듯이.

콰아아앙!

새하얀 빛이 핏빛 기류와 두 사람의 공격마저 모두 집어삼키고 장렬하게 폭발했다. 결국 충격을 이기지 못한 빌딩 한 채가 기울어지기 시작했다. 다들 깜짝 놀라 몸을 날렸고 곧 빌딩이 무너졌다.

이를 봤는데도 일행의 표정은 나빴다. 이유는 간단했다. 아직 퀘스트 종료 메시지가 떠오르지 않았으니까.

"얘 진짜 바퀴벌레 아니야?"

"아무리 4급 몬스터라도 그렇지 저걸 막아내다니."

한탄하는 수아와 현주.

두 사람의 말이 끝나자마자 핏빛 기류가 도로를 가득 채운 파편을 날려버렸다. 그리고 카를이 하늘로 날아올랐다.

다만 상태는 좋지 않았다.

전신에 커다란 균열이 일었다. 쩍쩍 갈라진 피부에서 피가 줄줄 흘러내렸다. 잘려나간 왼팔은 아예 재가 되어 사라지고 있었으며 날개는 너덜너덜했다. 말 그대로 살아있는 게 용한 상황이었다.

털썩.

"잔!"

"안 돼!"

카를이 나타나는 것과 동시에 잔이 쓰러졌다. 깜짝 놀란 현주와 수아가 그녀의 이름을 외쳤다. 잔을 살핀 인호의 얼굴이 일그러졌다. 그녀의 몸이 반투명하게 빛나고 있었다. 언제 사라져도 이상하지 않을 만큼.

그 모습을 보며,

-내가 이겼군-

카를이 승리를 확신했다.

촤아아아!

인호의 몸을 휘감고 있던 검붉은 기운이 사라졌다. 그뿐만이 아니었다. 정안이 원래의 눈으로 돌아왔으며 뇌영보도 가라앉았다. 단전에 가득 찼던 마력도 거의 바닥을 드러냈고.

"윽."

순간적으로 비틀거리는 인호. 강렬한 탈력감이 그를 덮쳤다.

"김인호!"

깜짝 놀란 현주가 다급히 인호를 부축했다. 그 때문에 넘어지는 상황만큼은 면할 수 있었다.

"괜찮아, 누나."

"갑자기 왜 그래? 아직 버프가 끝날 때도 아닌데?"

"잔을 구해야지."

인호는 쓰러진 잔을 내려다보았다. 그의 마력을 전부 받아들여서 그런지 반투명해졌던 몸이 실체를 되찾았다. 충격이 커서 일어나지 못했지만, 지금은 그녀가 살아있다는 사실만으로 만족했다. 아직 안심할 때는 아니었지만.

-소멸할 줄 알았는데 다행이군. 그대들의 피도 탐나지만 역시 제일 중요한 건 성녀의 것이니-

"헛꿈을 꾸는군."

-성녀라면 모를까, 그대들만으로 나를 이길 가능성은……. 쿨럭!-

자기도 모르게 피를 토하는 카를.

"못 이길 거 같지는 않은데?"

-위험하긴 하군-

카를의 입가에 쓴웃음이 떠올랐다. 상처가 어찌나 컸는지 재생이 안 됐다. 심지어 안개화도 펼칠 수 없었고. 말 그대로 목숨만 간신히 붙어있는 상황이었다.

-오랜 세월을 살았지만 이렇게 짧은 시간 동안 죽음의 공포를 연거푸 느낀 건 처음이다. 게다가 인간에게 경외감을 느낀 것도 처음이지-

카를은 인호 일행에게 고개를 정중히 숙였다. 죽을 뻔했는데도 그는 끝까지 귀족적인 자세를 유지했다. 그리고는 남은 오른팔로 검을 움켜쥐었다.

-살아남기 위해서는 그대들뿐만 아니라 다른 이들의 피를 전부 마셔야 한다. 허나 이곳에 있는 다른 사람들의 피는 마시지 않음을 약속하지. 이게 내가 그대들에게 보낼 수 있는 마지막 경의다-

"그럴 일은 없을 거다."

단호히 대답한 인호는 마검과 성검을 잡았다. 상태가 좋지 않음을 알지만, 어차피 상대도 마찬가지였다.

"수아, 너는 잔에게 마력을 보내줘. 네 마력이라면 도움이 될 거야."

"그렇게 할게요. 대신 손 좀 내밀어주겠어요, 오빠?"

그 말을 들은 인호가 성검을 바닥에 꽂고 왼손을 내밀었다. 수아는 피로 범벅이 된 손을 아무렇지 않게 잡았다.

'이건!?'

상당한 양의 마력이 자신의 단전 안으로 흘러들어왔다. 다만 정말 중요한 건 마력의 양이 아닌 질이었다. 수아의 마력은 용의 마력. 비록 불완전하지만, 압도적인 힘이라는 사실은 분명했다.

-누구 마음대로……. 크윽!-

두 사람을 방해하려 했지만 카를은 뜻을 이루지 못했다. 그의 가슴에서 새하얀 빛이 피어오르더니 곧 가슴이 터졌다. 그는 발작을 억누르기 위해 멈출 수밖에 없었다.

'잔에게 고마워해야겠어.'

그녀 덕분에 시간을 벌었다.

[칭호 '용의 인정을 받은 자'의 효과가 발동됩니다. 이에 따라 불완전한 용의 마력이 완전한 용의 마력으로 바뀝니다.]

쿠오오오!

비어있던 단전이 채워지자 수라멸천신공이 활성화됐다. 용의 마력은 몸 구석구석을 파고들어 그에게 힘을 선사했다. 이를 증명하듯 검붉은 기운이 폭풍처럼 퍼져 그의 몸을 휘감았다.

-역시 용의 힘. 이 힘이라면 놈을 이길 수 있겠어-

'확실히.'

인호는 준경의 감탄에 동의했다. 용의 마력은 이미 끝나버린 버프를 대신하고도 남을 만큼 강력했다. 비록 오래 사용할 수 없더라도 놈과 싸우기에는 충분하리라.

"그러면 나도 도와줘야겠지. 푸름아?"

-꺄앙!-

현주가 부르자 푸른 소녀가 인호의 품에 안겼다. 그는 당황하며 푸름이를 내려다보았다.

"지져버려."

"누, 누나?"

뜬금없이 이게 무슨 말인가? 인호는 당혹감을 금치 못했지만 푸름이는 전혀 개의치 않고 번개를 일으켰다. 고통을 예상한 그는 주먹을 움켜쥐었다. 허나 예상과 달리 통증은 없었다.

파지직!

푸른 전광이 그의 몸속으로 빨려 들어갔다. 마치 처음부터 그래야 했던 것처럼. 그리고 몸 안과 밖을 오가며 그에게 힘을 불어넣더니 이윽고 두 자루의 검으로 향했다. 그러자 검붉은 검기와 검푸른 검기가 번개처럼 스파크를 일으켰다.

'건곤천뢰검이……'

본능적으로 깨달았다. 건곤천뢰검의 위력이 강해졌음을.

"역시 내 생각이 맞았다니까. 너라면 푸름이와 잘 어울릴 줄 알았어. 안 그러면 쟤가 그렇게 좋아할 수가 없거든."

"말은 좀 하고 해줘."

"뭐 어때? 강해지면 장땡이지. 내가 해줄 수 있는 건 여기까지야. 그러니 꼭 이겨."

"고마워, 누나."

수아와 현주의 힘과 의지를 받았다. 그러니 반드시 상대를 이겨야만 했다. 그런 인호를 보며 카를은 크게 한숨을 내쉬었다.

─이게 로드가 되기 위한 시련이라면 운명은 참으로 가혹하군. 하필이면 영웅의 길을 걷는 자를 내 앞에 내세우다니─

"누가 누구한테 시련을 운운하는 건지 원. 처지가 바뀌었다고 생각하지 않나?"

─하하. 그대의 입장에서는 그렇겠군. 영웅의 앞길을 막는 건 항상 나 같은 괴물이니. 좋다. 누가 시련을 뛰어넘을지 확인해보는 것도 재미있겠어─

이제 말은 필요 없었다.

팟!

너덜너덜해진 날개를 활짝 펼친 카를. 놈이 붉은 선이 되어 지상으로 쇄도했다. 인호 또한 이단 점프와 역장을 밟으며 허공으로 나아갔다.

영웅과 괴물이 마지막 싸움을 시작하는 순간이었다.

콱!

인호는 가슴을 향해 찔러 들어오는 검을 성검의 면으로 맞받았다. 그다음, 궤도를 비틀어 다른 곳으로 향하게 했다.

자연스럽게 카를의 상체에 빈틈이 드러났다. 바로 공격을 가할 수 없었다. 어느새 놈의 무릎이 복부를 향해 쇄도했기 때문에. 허나 인호는 당황하지 않고 투과를 펼쳤다.

콰아앙!

핏빛 기류가 인호의 뒤쪽에 있던 빌딩을 강타했다. 위태롭게 서 있던 빌딩이 크게 흔들렸고 외벽에는 균열이 생겼다. 그중 일부는 파편이 되어 바닥에 떨어졌고.

곧장 몸을 원래대로 되돌린 인호는 마검을 찔렀다. 기다렸다는 듯이 카를이 검을 세워 막았지만 인호는 개의치 않았다. 놈이 그럴 줄은 이미 알고 있었으니까.

'할 수 있다.'

투왕지체 때문에 이미지는 이전부터 명확하게 잡고 있었다. 단지 힘이 부족해서 펼칠 수 없었을 뿐. 하지만 오늘은 달랐다. 용의 힘이, 무엇보다 번개의 힘이 그를 받쳐주고 있었으니까.

'화살을 쏘는 느낌이었지.'

어깨는 시위요, 검은 화살이었다. 준경의 모습을 떠올리며 그는 있는 힘껏 검을 찔렀다. 정확히 마검이 먼저 닿았던 곳을 향해서.

건곤천뢰검(乾坤天雷劍)

제5식 섬뢰관천(閃雷貫天)

검푸른 검기는 빛이 되어 나아갔다.

콰드득.

카를이 쥐고 있던 검이 반으로 부러졌다. 성검은 단숨에 카를의 오른쪽 가슴을 관통했다. 용의 기운과 정령의 기운이 놈의 신체 내부를 불태웠다. 그걸로 모자라 억눌려 있던 신성력까지 자극했고.

-크윽!-

몸의 일부가 파괴됐지만, 카를은 참았다. 검을 버린 그는 손톱을 길게 만든 뒤, 검처럼 휘둘렀다. 마검과 손톱이 격돌했고 충격음이 터졌다. 강력한 힘이 둘을 밀어냈지만 모두 버텼다.

매서운 속도로 성검을 휘두르는 인호. 이에 질세라 카를은 손톱의 위치를 바꿔 공격을 막아냈다. 하지만 몸이 부서지는 와중에 제대로 근접전을 펼칠 수 없었고 그는 결국 인호의 발에 얻어맞아 땅으로 떨어졌다.

-아직이다!-

추락한 카를이 오른손을 뻗었다. 핏빛 기류가 소용돌이치며 위쪽으로 치솟았다.

두근.

이를 본 인호는 보자마자 느꼈다. 뇌광참으로 저 공격을 막는 건 불가능했다. 그러기에는 저 기류 안에 깃든 마력이 너무 강력했다. 다 죽어가는 와중에 대체 어디서 저런 힘이 나올까 싶을 정도였다.

'그렇다면.'

저것보다 더 강력한 초식을 펼쳐야 했다. 그리고 마침 그런 기술이 있었다. 준경에게 고마워하며 인호는 두 자루의 검을 동시에 휘둘렀다.

건곤천뢰검(乾坤天雷劍)

제7식 뇌격지복(雷擊地覆)

검붉은 검기가 가로축을 이루었고 검푸른 검기가 세로축을 그렸다.

'윽!'

검기를 겹쳤을 뿐인데 강력한 압력이 몸을 짓눌렀다. 마치 자석의 같은 극을 붙이는 느낌이라고 할까?

그러나 인호는 이에 굴하지 않고 검을 끝까지 내리쳤다. 십자 형태의 검기가 완성됐고 음속에 가까운 속도로 날아갔다. 원래라면 여러 번 펼쳐야 했지만, 그에게 그만한 힘은 없었다.

콰콰쾅!

십자 검기와 핏빛 기류가 격돌했다. 완벽하게 같은 힘이었는지 두 힘은 충돌하는 순간, 소멸했다. 커다란 충격파를 남긴 채. 그러나 인호는 투과를 펼쳐 충격파를 흘려내고는 발판에 있는 역장을 박찼다.

무시무시한 속도로 떨어지는 인호. 그냥 떨어지는 것도 아니었다. 그는 미친 듯이 검을 휘둘렀고 이에 맞춰 뇌광참이 쏟아졌다.

물론 카를도 가만히 있지 않았다. 그가 오른팔을 휘두르자 수십 줄기의 핏빛 기류가 용솟음쳐 번개의 검기를 후려쳤다.

콰아앙!

검과 손톱이 다시 부딪쳤다. 짓눌린 진흙처럼 카를을 지탱하고 있던 바닥이 푹 꺼졌다. 무기를 맞부딪치며 대치하는 인호와 카를. 둘의 몸에서 우드득 소리가 울려 퍼졌다. 압력을 견디지 못한 뼈가 부러졌고 근육이 찢어졌다.

-인간, 너는 왜 싸우는 거지?-

"그게 지금 중요한가?"

어처구니없다는 듯 카를을 바라보는 인호. 싸우는 도중에 질문하다니, 몬스터라 그런지 사고방식을 이해할 수 없었다. 그것도 조금이라도 밀리면 죽을지 모르는 상황에서.

–신기해서 그렇다. 앞으로 나보다 더 강한 놈들이 이 세계를 덮칠 것이다. 지금 나를 이겨도 네놈이, 인간들이 멸망한다는 운명은 변함이 없다. 그런데 왜 그리 발버둥 치는 거지?–

"그럼 자살이라도 해야 하나? 누가 몬스터 아니랄까 봐 질문도 X신 같군."

–더 괴로운 미래에서 살아가느니 그게 낫다고 생각한다만?–

"개소리. 살아있다는 것 그 자체만으로 가치가 있다. 함께 할 사람들이 있다면 더더욱."

퍽!

우렁차게 외친 인호는 왼발로 상대의 종아리를 걷어찼다. 발의 뼈가 부서졌다는 생각이 들 정도로 아팠지만 그래도 그럴 가치가 있었다. 타격을 받은 카를의 몸이 휘청거렸다.

기회를 포착한 인호가 성검으로 사선을 그었다. 피와 살점이 폭발하듯 뿜어져 나왔고, 그는 얼굴을 찌푸렸다. 날개를 펼친 카를이 가까스로 물러나 상반신이 토막 나는 건 피했다.

"어딜!"

건곤천뢰검(乾坤天雷劍)

제6식 뇌룡승천(雷龍昇天)

두 자루의 검을 땅에 꽂은 인호. 바닥이 폭발하며 엄청난 양의 파편이 카를을 집어삼켰다. 놈의 팔다리, 몸통이 갈가리 찢겼다. 형체를 유지하는 게 신기할 정도로 심각한 부상이었다.

그런데도 놈은 허공으로 떠오르는 데 성공했다. 힘 또한 크게 쇠하지 않았고.

-얼마나 많은 세상이 투쟁의 시대를 겪고 멸망했는지 아는가? 그건 언제 끝날지 모르는 지옥이다. 아무리 각성자가 됐어도 한낱 인간의 정신이 그 기간을 버틸 수 있을 거라 생각하나?-

"알 게 뭐냐! 소중한 사람과 함께 있다. 그거면 충분하지. 투쟁의 시대가 언제 끝나든 나는 계속 싸울 것이다!"

자신은 혼자 싸우는 게 아니다. 수아와 현주가 자신에게 힘을 줬고 잔은 상대에게 큰 상처를 입혔다. 또 뒤에서 준경이 지켜보고 있었다. 혼자가 아니기 때문에 전혀 두렵지 않았다.

-그럼 나에게 보여라! 앞으로 네가 나아갈 길을!-

목청을 높인 카를이 핏빛 기류를 전부 거둬들였다. 그러나 그게 힘을 회수한 게 아님을 잘 알고 있었다. 큰 힘을 펼치기 위한 준비 과정이었을 뿐. 끊임없이 응축된 기류는 이윽고 하나의 검이 됐다.

두근두근!

처음 핏빛 기류를 봤을 때보다 더한 공포가 인호를 덮쳤다. 본능이 외쳤다. 지금의 자신은 저 공격을 막을 수 없다고. 투과가 있지만 남은 한 번으로는 전부 흘려낼 수 있다는 확신이 들지 않았다.

-이길 방법을 가르쳐줘도 못 써먹다니, 형편없는 제자군-

'그건 아직 못 깨달았다고 말했을 텐데?'

준경이 말하는 게 8식인 굉뢰포임은 이해했다. 문제는 중반부의 세 초식과 달리 어떻게 펼쳐야 하는 지 전혀 감을 잡지 못했다.

-제자가 우둔하니 스승이 도와줘야겠지. 저 괴물처럼 네놈이 가진 힘을 전부 한 점으로 응축시켜라-

쿵!

그 순간, 강렬한 충격이 뇌리를 강타했다. 안개처럼 뿌옇던 머리가 맑아졌다. 전율로 인해 몸이 부들부들 떨렸다. 본능적으로 인호는 마검의 끝에 성검을 올렸다.

묵린과 흑설의 힘이 만났다. 격한 반발을 일으켰지만 인호는 개의치 않았다. 빙백신장과 염왕권의 힘을 더했다.

쿨럭.

입에서 피가 흘러나왔다. 전투로 생긴 상처가 깊게 벌어졌다. 그래도 그는 멈추지 않고 용의 마력과 번개의 기운을 퍼부었다. 거대한 두 힘이 자잘한 힘들을 한데 뭉쳤다.

-끊임없이 놀라게 하는구나. 좋다! 끝까지 네 길을 지켜봐 주마, 인간!-

우렁찬 목소리로 외친 카를이 핏빛의 검을 온 힘을 다해 내리그었다. 핏빛의 검격이 채찍이라도 되는 것처럼 길게 늘어나며 위에서 아래로 떨어졌다.

무시무시한 위용이었지만 인호의 표정은 무심했다. 그저 양팔을 당겼다. 다만 이번에는 화살이 아니라 포탄의 이미지를 떠올렸다. 그것도 장전된 포탄.

뭉쳐진 기운이 새하얀 구체로 바뀌었다. 크기는 준경의 것과 달랐다. 그의 구체는 엄지마디 하나에 불과했지만 인호가 만든 건 농구공만 했다. 미완성임을 의미했지만 그렇다고 위력이 약한 건 아니었다. 핏빛의 검과 비교해도 절대 뒤떨어지지 않았으니까.

보여주리라.

자신의 길을.

앞으로 걸어갈 미래를.

건곤천뢰검(乾坤天雷劍)

제8식 굉뢰포(宏雷砲)

최후의 일격이 펼쳐졌다.

[건곤천뢰검의 중반부 초식을 모두 펼치는 데 성공했습니다. 건곤 천뢰검의 레벨이 대폭 상승합니다. 현재 건곤천뢰검의 레벨-8]

무시했다.

눈에 담을 건 상대의 공격과 존재만으로도 벅찼다. 인호는 위를 바라보며 힘을 불어넣었다.

콰아아앙!

핏빛의 검격과 새하얀 구체가 마침내 격돌했다. 충돌의 여파로 생긴 충격파와 열풍이 사방을 후려쳤다. 두 힘이 뒤섞인 빛이 어둠을 날려버리고 주변을 환하게 만들었다.

"컥!"

단지 맞부딪친 것만으로도 내장이란 내장이 다 뒤틀렸다. 눈, 코, 입, 귀는 물론 이제껏 입은 상처에서 피가 줄줄 흘러내렸다. 몸도 크게 흔들렸지만 인호는 필사적으로 버텼다.

-크으윽!-

상태가 나쁜 건 카를 프란츠도 마찬가지였다. 그의 몸 이곳저곳이 재가 되어 사라졌다. 얼른 피를 흡수하지 못하면 승부에서 이겨도 소멸당할 정도로 그의 상태는 심각했다.

그런데도,

-겨우 이게 그대의 전부는 아니겠지!-

카를은 더욱 힘을 끌어올렸다.

몸이 소멸하는 속도가 더 빨라졌지만, 그는 개의치 않았다. 마치 죽어도 상관없다는 듯이.

콰직! 콰지직!

효과는 확실했다.

카를이 전력을 다하자 이제까지 인호를 든든하게 지켜준 검은 질풍이 찢겨나가기 시작했다. 고유 등급의 아이템도 버티지 못할 만큼 충돌의 여파는 강력했다.

"으윽."

발판인 아스팔트 도로가 푹 꺼졌다. 고랑을 만들면서 인호의 몸이 밀려났다. 동시에 핏빛의 검격은 새하얀 구체를 밀어붙이기 시작했다. 어느 누가 봐도 인호가 열세였다.

'빌어먹을!'

속으로 욕설을 내뱉는 인호.

마력은 물론 체력, 집중력 등 몸에서 힘이란 힘이 전부 빠져나간 지 오래였다. 자신은 정신력만으로 버티고 있었는데 상대는 힘을 더 올리다니, 어이가 없었다.

이미 다 죽어가는 놈이 아닌가? 4급 몬스터가 얼마나 강한지 절감했다.

그런데 그때,

툭!

누군가의 손길이 등에 닿았다.

동시에 세 가지 힘이 인호의 몸 안으로 들어왔다. 신성력이 그의 상처를 치료했으며 자연의 기운이 그의 몸에 활력을 불어넣었다. 용의 마력은 곧장 그의 힘이 되어 새하얀 구체로 전달됐다.그뿐만이 아니었다. 구체로 흘러들어가지 못한 마력이 인호의 등에 모였고, 이는 곧장 빛으로 바뀌었다. 빛에 휘감긴 인호의 모습은 마치 날개를 펼친 천사를 연상케 했고.

-복도 많은 놈-

'동감이다.'

준경이 따지자 인호는 순순히 동의했다. 본인들도 힘들 텐데 끝까지 자신을 도와준 세 여인에 대해 고마움을 느꼈다.

"하앗!"

동료들이 준 힘을 쥐어짜 냈다. 이제까지 깨달았던 것들을, 얻은 것들을 전부 검에 담았다.

콰콰콰!

새하얀 구체가 핏빛 검격을 밀어내기 시작했다. 아니, 아예 핏빛 기운 안을 파고들며 위로 솟구쳤다. 그 모습을 보며 카를은 쓰게 웃었다. 핏빛의 검이 부러지고 있는 게 보였다.

'끝이군.'

승부는 결정됐다. 결론을 내린 그는 새하얀 구체를 몸으로 받았다. 그러자 복부에 커다란 구멍이 뚫렸다. 오른팔을 제외한 사지가 전부 사라졌고 날개도 형체를 잃었다.

쿵!

모든 걸 잃은 카를이 지상으로 추락했다. 허나 그는 가까스로 섰다. 마지막 남은 피를 이용해 다리를 만들었다. 자신에게 죽음을 선사한 이에게 추한 꼴을 보여주고 싶지 않았으니까.

-소중한 사람들과 함께한다, 확실히 헛소리는 아니었군. 설마 그 상황에서 도와줄 줄이야-

"그게 인간이다. 혼자서는 못 이룰 일도 여럿이 모이면 해낼 수 있다. 물론 널 이긴 건 운 때문이었지만."

-운이 아니다. 그대들의 생존에 대한 집념과 승리에 대한 갈망이 있었기 때문에 나를 이긴 거지. 아무리 상성이 좋았어도 포기했

다면 패배했을 것이다. 그러니 승리를 폄하하지 않아도 된다-

투툭.

카를의 몸 여기저기에서 재가 떨어졌다. 그중 일부는 허공에 흩날렸고. 설령 피를 마신다고 해도 살 수 있을까 싶을 정도로 카를의 몸 상태는 심각했다.

'저런데도 웃고 있다니……'

죽어가는 데도 카를은 미소를 머금었다. 죽음 따위는 전혀 안중에 안 두는 것 같았다. 그런 인호의 생각을 읽었는지 카를이 바로 대답했다.

-내가 전혀 생각지 못했던 길을 걷는 이가 나타났다. 이것만으로도 정말 흥미로운 일이지. 그러니 죽음의 공포 따위야 알게 뭔가? 무엇보다 나는 그대들과 만난 걸 즐거워하고 있다-

"즐겁다고?"

-염원하던 벽을 하나 뛰어넘었다. 이제껏 경험하지 못했던 것들을 여러 번 겪었고. 이러니 어찌 만족하지 않을 수 있을까?-

다 죽어가는 와중에도 카를은 붉은 눈동자를 번뜩였다. 인호는 그 모습을 보며 고개를 주억거렸다. 상대는 비록 몬스터였지만 저 강인한 정신력은 존중받아 마땅했다.

-한 가지 질문이 있다, 인간-

"말해라."

-나를 꺾기는 했다만, 그대들의 인연이 앞으로도 통용된다고 보는가? 손가락 하나로 너를 쓰러뜨릴 놈들이 널렸는데도-

"물론."

-확신하는 근거가 뭐지?-

당당하게 대답하는 인호를 보며 카를은 의문을 느꼈다. 더 강한 괴물을 봤는데 어찌 저렇게 자신할 수 있단 말인가?

"일주일 전의 나는 고블린이나 오크도 힘들게 잡았다. 그 과정에서 죽을 위기를 수없이 겪었고. 그러나 우리는 나날이 강해졌고 오늘 널 이겼다."

－지금 약하다고 해서 앞으로도 그럴 거라는 법은 없다는 건가?－

"만약 그랬다면 애초에 널 만나지도 못했겠지. 이미 죽었을 테니까. 그러니 나는 발버둥 칠 거다. 소중한 이가 죽지 않아도 되는 세상이 올 때까지 계속."

－하하. 멋진 각오군. 그대라면 언젠가 웨어비스트 로드도 쓰러뜨릴 수 있겠어－

"웨어비스트 로드?"

웨어비스트에 대해서는 알고 있었다. 낙성대 던전에서 싸웠던 산군이 웨어비스트가 아니었던가.

－모든 뱀파이어들의 적이다. 본래 로드가 되어 놈을 쓰러뜨리는 게 내 목표였지만 이제는 이룰 수 없게 됐군. 미련이라면 미련이지만……－

콰드득.

말이 끝나기 무섭게 카를이 자신의 심장 부근을 찌르는 게 아닌가?

"뭐, 뭐야!?"

"갑자기 왜 저래?"

워낙 갑작스러운 일이었기에 인호는 물론 지켜보고 있던 다른 이들도 당혹감을 금치 못했다. 그러나 카를은 아랑곳하지 않고 몸에서 무언가를 뽑았다. 핏빛 보석이 그의 손에 놓여 있었다.

-자신의 정수를 뽑을 줄이야-

준경마저 어처구니없다는 듯이 카를을 바라보았다. 천하의 그조차도 자신의 정수를 아무렇지 않게 뽑는 몬스터는 처음이었다.

-나를 즐겁게 해준 보답이라고 할까? 그대는 언젠가 웨어비스트 로드를 만날 것이다. 그 때 내 힘이 초석이 되었으면 좋겠군-

무시무시한 퀘스트가 떴지만 이를 신경 쓸 수 없었다. 핏빛의 정수가 붕 뜨더니 인호의 가슴 한가운데로 스며들었기 때문에.

[플레이어 김인호가 4급 보스 몬스터 '뱀파이어 나이트'의 정수를 습득했습니다. 이에 따라 영웅화가 5퍼센트 진행됩니다. 현재 영웅화-65퍼센트]

이제까지 그랬듯이 신체가 강화됐다. 다만 한 가지 차이점이 있다면 하단전에 묵직한 게 자리 잡은 게 느껴졌다. 묵린과는 완전히 다른 기운이었다. 고개를 갸웃거린 인호의 눈앞에 새로운 메시지가 떠올랐다.

> 정수가 완전히 흡수되지 않았습니다.
> 영웅화가 진행될 때마다 이에 맞춰 자연스럽게 녹아들 것입니다.
>
> | Close | View |

'거참.'

나중을 기약해야 할 만큼 큰 힘이라니, 가늠조차 할 수 없었다. 허나 인호는 의문을 품는 대신 카를에게 고개를 숙였다. 적이었고 몬스터였지만 받은 거에 대해서는 예의를 차려야 한다고 여겼다.

-가치 있는 적에게 죽어서 다행이군. 그대가 끝까지 뜻을 관철하기를 기원하겠다-

예를 갖춘 인호를 보며 흐뭇해하는 카를. 그 말을 끝으로 그는 눈을 감았다. 담담히 죽음을 맞이하기 위해.

스르르.

마침내 카를 프란츠의 몸은 완전히 재가 되어 사라졌다. 처음부터 없었던 것처럼.

퀘스트가 끝났음을 알리는 메시지가 눈앞에 떠올랐다.

[플레이어 김인호가 메인 퀘스트 '던전 브레이크에서 살아남아

라!'를 달성합니다. 보상으로 플레이어 포인트 60을 획득합니다. 현재 플레이어 포인트-107]

[4급 보스 몬스터 '뱀파이어 나이트'를 격파했습니다. 당신보다 월등히 강한 적을 쓰러뜨린 건 분명 영웅의 업적. 이에 따라 영웅화가 3퍼센트 진행됩니다. 현재 영웅화-68퍼센트]

[칭호 '결코 물러서지 않는 자'가 '역경을 뛰어넘는 자'로 바뀝니다. 자신보다 강한 상대와 싸울 시, 모든 능력이 50% 상승합니다.]

[국립중앙박물관의 입장권을 획득합니다. 다만 플레이어 김인호에게 이미 다른 한 장이 있다는 게 확인됐습니다. 두 장의 입장권이 합쳐집니다. 플레이어 김인호가 국립중앙박물관 심층부의 입장권을 획득합니다.]

[보상이 강화됩니다. 고유(Unique) 등급 대신, 영웅(Epic) 등급의 아이템을 선택할 수 있습니다. 보상 목록에서 고르시길 바랍니다.]

털썩.

메시지를 보자마자 네 사람은 무너지듯 바닥에 주저앉았다. 영웅화 혹은 레벨 업을 통해 몸이 정상으로 돌아왔지만, 여전히 정신적 피로는 극심했다. 당장이라도 잠을 청하고 싶을 만큼.

"진짜 괴물이었어. 아직도 어떻게 이겼나 싶네."

"솔직히 운이 좋았다고 봐요. 상성이 좋아서 이겼지 그게 아니었으면 우리가 죽었을 테니까."

"하기야 인호나 잔이 없었으면 씨알도 안 먹혔겠지. 신성력과 냉기가 있어서 타격을 줄 수 있었잖아?"

수아의 말에 동의한 현주는 인호와 잔을 바라보았다. 허나 두 사람은 고개를 흔들었다.

"이건 우리 모두의 승리야. 마지막만 해도 두 사람이 도와주지 않았다면 분명 내가 패했겠지."

"오빠 말이 맞아요. 당장 뱀파이어만 해도 언니들이 가진 용의 마력과 자연의 기운을 꺼렸잖아요? 그러니 누가 더 잘했는가를 따질 필요는 없다고 봐요."

덥석.

"어쩜 이렇게 예쁜 말만 골라서 할까?"

"그러니까요. 이런 여동생이 생겨서 행복해요."

수아와 현주가 맹수처럼 달려들어 잔을 끌어안았다. 둘은 자신의 볼을 잔의 볼에 대며 힘껏 비볐다.

"어, 언니들? 수, 숨 막혀요."

잔이 괴로워했지만 두 사람은 놔주지 않았다. 오히려 더욱 힘껏 끌어안으며 격하게 애정을 표현했다. 애정 공세를 버티지 못한 잔은 인호에게 도움의 눈길을 보냈지만, 그는 조용히 고개를 돌렸다.

"오, 오빠?"

믿을 수 없다는 얼굴로 인호를 바라보는 잔. 그래도 그는 가만히 있었다. 말려봤자 무의미하다는 걸 잘 알았으니까.

그때였다.

"대표님!"

"다들 괜찮아요?"

익숙한 목소리가 울려 퍼졌다. 일행은 고개를 돌렸다. 그리고 볼 수 있었다. 형준과 은영 등 영웅 클랜의 간부들이 달려오는 모습을. 그들 앞에는 김시현과 김하온도 있었다.

"무사해서 다행이에요! 얼마나 걱정했는지……."

"죄송해요. 도와주지도 못하고."

두 클랜 대표의 얼굴에는 걱정과 미안함이 역력했다. 56명의 플레이어를 던전으로 보내고 다시 오려 했지만 뒤이어 온 간부들이 말려서 가지 못했다. 카를이 실제로 자신들이 상대하는 게 불가능한 괴물인 건 확인했지만 그래도 죄책감을 지울 수는 없었다.

"너무 신경 쓰지 마십시오. 두 분께서는 최선을 다하셨습니다."

"어떻게 그럴 수 있겠어요? 제 부족함 때문에 여러분을 위험에 빠뜨렸는데."

"더 강해지고 싶어요. 더는 동료를 두고 도망치고 싶지 않아요."

"두 분이라면 잘할 수 있을 겁니다."

인호는 시현과 하은을 격려했다. 저런 마음가짐을 지닌 사람들은 언제든 대우받을 가치가 있었다. 그럴 만한 실력과 잠재 능력도 갖췄고.

"그건 그렇고 시신이라도 수습해주고 싶었는데 그것도 어려울 거 같네요."

"설령 수습해도 가족들한테 보여주기 힘들겠죠."

굳은 얼굴로 주변을 둘러본 하은. 전투로 인해 주변은 엉망진창이 된 지 오래였다. 문제는 이 과정에서 시체들이 휩쓸려 가버려 찾을 수 없게 되었다는 점이었다. 물론 플레이어들의 신체 능력이라면 못 찾을 것도 없지만 끔찍한 몰골이 된 이들을 가족들에게 보여줄 수는 없었다.

"나중에 가족들을 불러주세요. 그분들이 보는 앞에서 제가 기도를 올릴게요. 영혼만은 좋은 곳으로 갈 수 있도록."

"네가 나서면 모두 안심할 수 있겠지."

대화를 듣고 있던 잔이 나서자 인호는 고개를 끄덕였다. 성녀인 그녀가 나선다면 가족들도 안심할 수 있으리라.

"형준 씨는 낙성대에서 주희 씨를 옛 벨기에영사관으로 데려가 주십시오. 부상자들을 치료하려면 그녀의 힘이 필요하니까요."

"알겠습니다."

인호가 지시를 내리자 형준은 흔쾌히 고개를 끄덕였다. 안 그래도 다친 동료들이 걱정돼서 확인하고 싶던 차였다.

"그럼 돌아가자."

"오케이."

"좀 쉬고 싶네요."

상황을 정리한 인호가 발걸음을 옮기려고 할 때,

-강한 적과 싸우니 어떤 기분이 들었지? 소감이 궁금하군-

이제까지 가만히 있던 준경이 말을 걸었다.

'내 약함에 대해 뼈저리게 느꼈다. 당장 제8식만 해도 너나 다른 사람들의 도움이 없었다면 못 펼쳤을 거고.'

-심지어 그렇게 펼친 기술도 미완성이었지-

'굳이 상기시켜줄 필요 없다.'

장난스럽게 웃는 준경을 보며 인호는 한숨을 내쉬었다. 분하지만 이는 사실이었다. 준경의 굉뢰포는 엄지 한 마디에 불과했지만 자신의 것은 농구공만 했다. 이것만 봐도 준경과 자신의 격차를 알 수 있었다.

-그 자에게 고마워해라. 더 높은 곳으로 이끌어줄 수 있는 적을 만나는 건 결코 쉬운 일이 아니니까-

'확실히 그럴지도.'

준경의 말마따나 카를은 특별했다. 단순히 정수를 줘서 그런 게 아니었다. 그가 있었기에 자신이 얼마나 부족한지 느꼈고, 투쟁의 시대에서 계속 살아남는 게 굉장히 힘든 일임을 깨달았다.

'그래도 가만히 있을 생각은 없다. 끊임없이 발버둥 칠 거고 악착같이 살아남을 거다. 놈이 말한 웨어비스트 로드도 쓰러뜨려야 하고.'

–뭐 지금은 멀었지만–

'상기시킬 필요 없다고 했을 텐데?'

인호가 한심하다는 듯 노려보았지만 준경은 어깨를 으쓱였다. 그 모습이 그렇게 얄미울 수가 없었다.

"오빠?"

"아, 미안."

수아가 의아해하자 인호는 바로 뒤따랐다.

그렇게 모든 게 다 끝났다 싶었을 때,

띠링!

갑자기 메시지가 떠올랐다.

제21장 기회를 노리는 사람들

"다들 무사해야 할 텐데······."

홀로그램을 통해 바깥을 살피던 백진수는 한숨을 내쉬었다. 전투원 중 유일하게 던전에 남으면서 직접적인 위험에서는 벗어났다.

허나 그의 마음은 편치 않았다. 현재 전황과 다른 사람들의 상태를 알 수 없다는 사실이 답답했기 때문에. 사람들을 지켜야 하는 임무가 없었다면 이 자리를 박차고 달려갔으리라.

"고생이 많구려, 대장."

백진수가 발을 동동 구르고 있을 때, 뒤에서 목소리가 들렸다. 당황한 그는 몸을 돌렸다. 농업 구획의 대표인 조영규가 서 있었다. 옆에는 공업 구획의 대표인 박현백이 있었고.

"이곳은 위험합니다. 이야기는 나중에 듣겠습니다."

"괴물들이 오면 바로 돌아가지. 대장도 적적하지 않나?"

"중요한 이야기니 잠깐 어울려주면 고맙겠네."

원래라면 바로 거부해야 하는 게 옳았지만, 진수는 망설였다. 조영규와 박현백은 영웅 클랜에서 연장자들인 데다 각 구획의 대표였다. 그런 이들이 단호하게 의지를 표명하니 함부로 물릴 수 없었다. 낙성대에 오기 전까지 함께 했던 인연도 한몫했고.

"알겠습니다. 대신 짧게 끝내주시면 감사하겠습니다. 언제 적들이 올지 알 수 없으니까요. 아, 그리고 대장이라는 칭호도 사용하지 말아주셨으면 합니다."

"그렇게 하지. 우리가 온 건 다름이 아니라 자네에게 하나 물을 게 있어서네."

"말씀하십시오."

"자네는 왕에 대해 어떻게 생각하나?"

"왕 말씀입니까?"

박현백의 질문을 들은 진수는 순간 크게 당황했다. 갑자기 왕이라는 단어가 왜 나오는지 이해할 수 없었다. 두 노인은 진수의 반응에 아랑곳하지 않고 빤히 바라보았다.

"딱히 별 감흥은 없습니다. 그냥 옛날에 사용하던 칭호 아닙니까? 몇몇 국가가 군주제를 유지한다지만 한국 사람들하고는 크게 상관없고요."

"확실히 요즘 젊은이들한테는 그게 당연한 인식이겠지. 하지만 우리가 젊었을 때만 해도 그렇지 않았네."

"표면적으로는 공화국이었지만 현실은 그렇지 못했지. 새로운 나라가 들어서자마자 독재자들이 연이어 출현했으니까. 수많은 사람의 희생과 노력이 없었다면 오늘날 이렇게 자유를 누리지 못했을 거고."

"본론이 뭡니까?"

조영규와 박현백을 응시하며 진수는 단도직입적으로 물었다.

언제 몬스터들이 쳐들어올지 모르는 상황에서 선문답하느라 시간을 허비하고 싶지 않았다.

"간단하네. 자네는 지금의 시대에서 민주주의가 통할 수 있다고 믿나?"

"그건……."

진수는 조영규의 질문에 대답하지 못했다. 그러자 박현백이 말을 이어나갔다.

"나는 절대 독재를 옹호할 마음이 없네. 그 당시의 사회가 얼마나 끔찍했는지 생생히 기억하니. 하지만 이런 시대에 지금까지의 자유를 똑같이 누리는 건 불가능하지. 안 그런가?"

"……그렇습니다."

얼굴을 찌푸리면서도 진수는 솔직하게 말했다. 아무리 마음에 안 들어도 현실을 부정할 수는 없는 노릇이었다. 조영규와 박현백은 그런 진수를 이해한다는 듯이 고개를 끄덕였다.

"앞으로의 세상에서 인간은 결코 평등할 수가 없네. 단순히 빈부격차를 떠나 실질적인 힘으로 계급이 결정될 테니까. 설령 우리처럼 각성한다 해도."

"눈앞에 총칼이 있는데 어느 누가 굴복하지 않을까? 사회제도가 무너진 이상, 약육강식이 판을 치겠지. 자네나 우리 대표님과 달리 사람들에게 피해를 주는 놈들도 있을 거고."

"부정하지 못하는 게 안타깝습니다. 삼족오 클랜의 경우도 있었으니."

누구보다 삼족오 클랜이 저지른 짓을 가까이에서 본 진수였다. 놈들은 인간이 아니었다. 인간의 형태를 한 또 다른 괴물이었다.

"놈들이 저지른 악행에 대해서는 나도 들었네. 문제는 그런 놈들이 한, 둘이 아닐 가능성이 크다는 거지."

"다 그런 건 아니지만 대부분의 사람은 욕심이 많네. 힘이 생겼고 그걸 사용할 무대가 만들어졌는데 그런 사람들이 타인을 위해 희생하겠는가?"

"그런 의미에서 우리는 운이 좋았지. 자네를 만났고 대표님을 만났으니까."

"그건 저도 동의합니다."

박현백과 조영규가 말한 것처럼 인호는 훌륭한 사람이었다. 곁에서 그를 도와주는 현주와 수아도 그랬고. 게다가 최근에 클랜에 가입한 잔 때문에 성격이 더 너그러워졌다. 여러모로 좋은 변화였다.

"그래서 본론이 뭡니까? 대체 두 분은 뭘 바라는 겁니까?"

"창업 군주 중에서 처음부터 왕이 되겠다고 다짐한 사람들은 많지 않네. 오히려 주변에 있는 이들이 알아서 그를 왕으로 모셨지. 왜? 힘이 있었으니까. 자신들을 보호해줄 힘 말일세."

"이미 대표님 같은 강자들은 자기들만의 세력을 만들었지 않나? 이 던전이 바로 그 증거지. 이게 옛날 호족 혹은 중세 시대의 영주들과 무슨 차이가 있나? 지배하는 방식이야 다르겠지만."

그제야 진수는 조영규와 박현백이 뭘 바라는지 이해했다. 그래서 어처구니없다는 얼굴로 두 노인을 바라보았다.

"대표님을 왕으로 만들자는 겁니까? 사람들이 그걸 이해할 수 있다고 생각하지 않습니다. 겨우 500명도 안 되는 사람들을 이끄는데 무슨 왕입니까?"

"호칭이야 뭐가 되든 상관없네. 대통령, 영주, 왕이든 부르는 사람 마음이니까. 중요한 건 누가 힘을 가지고 있는가에 관한 부분이지."

"이미 국가는 무너졌네. 그뿐인가? 이제는 옆 동네로 가는 것도 힘든 세상이 됐지. 통제가 없다는 것을 알게 된 이상, 힘을 가진 이들은 전부 자신의 세력을 만들고 확장하려고 할 걸세."

열변을 토하는 박현백과 조영규를 보며 진수는 침묵했다. 심적으로는 두 사람의 의견에 반대했다. 계급이 만들어지고 차별이 생기는 걸 어찌 옹호하겠는가?

다만 그게 이상론이라는 것도 잘 알고 있었다. 사람들이 자신만 해도 어렵게 대하는 걸 알고 있지 않은가? 그들이 그러는 이유는 간단했다. 자신에게 약자들의 목숨을 좌지우지할 힘이 있었으니까.

"자네는 어떻게 여길지 모르겠네만 대표님은 영웅일세. 끊임없이 뛰어난 활약을 보일 거고 우리를 보다 나은 세상으로 인도해주겠지."

"그러니 우리는 미리 준비해야 하네. 대표님이 왕이 될 수 있도록. 힘에 취한 머저리들보다 그분이 훨씬 낫지 않은가?"

"대표님께서 그걸 바랄 거라 믿기 어렵습니다."

"그분의 의중은 중요하지 않네. 조금 전에 말하지 않았나? 그분에게 힘이 있는 이상, 왕이 될 수밖에 없는 운명이라고."

"다만 어중이떠중이들이 그분을 현혹할 가능성을 미리 차단해 둬야지. 이를 위해 우리가 좀 더 노력할 필요가 있네."

진수는 자신이 아무리 반대해도 소용없음을 깨달았다. 조영규와 박현백의 말마따나 영웅 클랜의 세력은 끊임없이 커질 것이다. 조직은 더욱 체계적으로 변해갈 것이며 그 과정에서 직위 등으로 인해 계급이 발생하는 건 필연이었다.

문제는 자신의 사고방식이었다. 21세기에, 모두가 평등하다고 배운 이 시대에 차별이 과연 용인될 수 있는가?

"왜 하필 접니까? 재혁 씨도 있는데."

"대표님과 부대표님들을 제외하면 자네가 전투원들에게 가장 많은 지지를 받고 있지. 원래 낙성대 사람들뿐만 아니라 규장각에서 온 사람들에게도 그렇고."

"반면, 재혁 씨의 지지 세력은 청권사 쪽에서 온 이들에 불과하지. 그렇기 때문에 자네가 확실히 결단을 내릴 필요가 있네."

"후우."

그렇게 진수가 혼란에 빠졌을 때,

띠링!

메시지가 떠올랐다.

메인 퀘스트 '던전 브레이크에서 살아남아라!'가 완료되었습니다.
서울을 지키는데 힘쓴 플레이어들에게 경의를 표합니다.
또 추가 보상이 주어질 겁니다.

영광의 퀘스트 MVP는 영웅 클랜의 김인호입니다.
퀘스트 VP는 세화 클랜의 권태한, 화련 클랜의 노은희, 워로드 클랜의 이준혁, 국방부의 황태영, 하늘 클랜의 한지수입니다.

| Close | View |

"보게. 또 대표님이 가장 큰 활약을 하지 않았나?"

"자네의 의사는 중요하지 않네. 운명은 이미 그분을 영웅으로, 왕으로 낙점했네."

"후우. 아직 잘 모르겠습니다. 이게 정말 옳은 길인지……."

"알겠네. 허나 시간이 많지 않음을 명심하게."

"시대는 이미 바뀌고 있으니 말일세."

그 말을 끝으로 조영규와 박현백은 물러났다.

"뭐가 올바른 걸까?"

홀로 남은 진수가 중얼거렸다. 그러나 대답은 들리지 않았다.

플레이어 권태한이 영웅(Epic) 등급의 패시브 스킬 '왕의 기세(Lv.1)'을 습득했습니다.	
Close	View

여러 개의 메시지가 떠올랐다. 하지만 권태한은 전부 무시하고 하나만 응시했다. 불만이 가득한 얼굴로.

영광의 퀘스트 MVP는 영웅 클랜의 김인호입니다.	
Close	View

"이 인간은 진짜 뭐 하는 놈이야? 무슨 퀘스트만 했다 하면 다 MVP야."

"아무래도 특별한 능력을 얻은 것 같습니다. 남들보다 빨리 강해질 수 있다던가."

"그거야 처음 봤을 때부터 알았고. 근데 이번 퀘스트가 혼자 강하다고 깰 수 있는 건가? 아닌 건 너도 알잖아?"

"……그건 그렇습니다."

정찬우는 태한의 말에 동의했다.

이번 퀘스트는 단순하게 개인이 강하다고 해서 해결할 수 있는 게 아니었다. 개인의 강함을 뒷받침할 수 있는 세력이 있어야 했다. 다르게 표현하면 김인호의 영웅 클랜에 그만한 전력이 있음을 의미했다.

"이상하군요. 제가 볼 때, 그는 아웃사이더 기질이 다분했습니다."

"그러니까. 그놈은 소중한 사람 몇 명만 지키는 타입이지 절대 조직을 이끌 리더가 아니야. 그런데도 제대로 된 조직을 세웠어. 그것도 아무런 기반도 없는 상태에서."

그 점이 제일 이해하기 어려웠다.

그도 그럴 것이 김인호는 자신처럼 대기업의 도움을 받지 않았다. 그렇다고 워로드 클랜이나 국방부처럼 군대의 힘을 빌린 것도 아니었고. 맨손으로 시작했으며 철저히 밑바닥에서 올라온 인간이었다.

그런데도 놈은 항상 자신을 앞섰다. 특히 이번 퀘스트에서 밀렸다는 점은 큰 충격을 선사했다. 개인과 소수의 팀원을 중시하던 기존의 퀘스트와 달리 이번 건은 조직의 힘을 강조했는데 거기서 밀린 것이다.

"지가 무슨 영웅도 아니고 원."

"굳이 신경 쓸 필요가 있을까요? 어차피 만날 일도 없잖아요? 저희가 사당역 쪽으로 갈 것도 아니고요."

이번에는 이지현이 의문을 제기했다.

그들은 인호 일행이 사당역 쪽에서 오는 걸 확인했다. 그에 반해 세화 클랜의 본거지는 코엑스였고 봉은사, 선릉과 정릉(靖陵)을 차지했다. 강남구의 동쪽 끝자락에 자리를 잡은 만큼, 서쪽에 있는 이들과 만날 가능성은 희박했다.

그러나 태한은 고개를 흔들었다.

"김인호뿐만 아니라 이번에 뽑힌 놈들 모두 제대로 된 세력을 갖췄어. 그런 놈들이 현재 세력에 만족하고 있을까? 어림도 없지."

"플레이어들 사이에서도 전쟁이 일어날 수 있다는 건가요?"

"시스템이나 현재 흘러가는 꼴을 보면 뻔하지. 그래서 짜증 나는 거야. 다른 놈들이야 몰라도 김인호는 원래 괴물이잖아. 그런 놈이 계속 퀘스트를 깨고 세력을 확장하면 어떻게 이겨?"

"저희가 보기에는 도련님도 괴물인데."

그렇게 말한 이지현은 고개를 돌렸다. 강남구와 송파구를 연결해주는 삼성교가 보였지만 진짜 중요한 건 이게 아니었다.

거대한 다리는 물론 아래의 한강까지 꽁꽁 얼어붙은 상태였다. 수많은 몬스터들 또한 같은 상태였고. 그중 제일 눈에 띄는 것은 6m에 달하는 거대한 키를 가진 몬스터였다.

5급 보스 몬스터 '오우거 챔피언'

태한이 전력을 다해 쓰러뜨린 괴물의 이름이었다. 클랜원들이 도와준 만큼 혼자서 이룬 성과라 할 수는 없었다. 그렇다 해도 그의 역할이 가장 컸던 것은 누구도 부정할 수 없었다.

"뛰는 놈 위에 나는 놈이 있다는 거지. 내 위에 누가 있을 줄은 몰랐지만."

어찌 보면 오만한 말이었지만 정찬우와 이지현은 따지지 않았다. 그들은 태한이 어렸을 때부터 함께 했다. 그래서 그가 단순한 금수저가 아님을 잘 알고 있었다.

천재.

안 하는 게 없고 못 하는 게 없는 인간이 바로 태한이었다. 단 한 번도 남에게 밀려본 적이 없던 그가 처음으로 인호에게 뒤처졌다. 그렇기 때문에 태한이 인호에게 관심을 가지는 걸 이해했다.

"그래도 현 상황에서는 만날 가능성은 적은 건 분명합니다. 그러니 일단 무시하고 앞으로 어떻게 해야 할지 정하는 게 중요하다고 봅니다."

"저도 같은 생각이에요."

정찬우에 이어 이지현이 말했다. 일리가 있었기 때문에 태한은 고개를 끄덕였다. 여전히 굳은 얼굴이었지만.

"곧 있으면 국립중앙박물관과 관련된 퀘스트가 뜨겠지. 이렇게 떡밥을 잔뜩 뿌려 두었는데 회수를 하지 않으면 그것도 이상하니까."

"국립중앙박물관이 어떤 곳인지가 중요하겠습니다."

"그렇지. 내가 볼 때, 거기는 보물 창고야. 플레이어들이 강해질 수 있는 아이템을 마구 모아뒀겠지. 문제는 그다음이고."

"문제라 하면?"

"뻔하지. 좋은 아이템이 몰려 있으면 사람들은 어떻게 할까?"

장난스럽게 웃는 태한을 보며 정찬우와 이지현은 한숨을 내쉬었다. 이지현은 정찬우를 힐끗 쳐다본 후 질문에 대답했다.

"아이템의 숫자는 한정되어 있으니 그걸 차지하기 위해 피바람이 불겠네요."

"그건 애교지. 입장권의 숫자도 정해져 있는 만큼, 입장권을 차지하려고 혈안이 돼 있을걸? 겨우 300장이잖아. 심층부의 입장권이라도 얻으면 잭팟이고."

"투쟁의 시대가 원하는 상황이 펼쳐졌다는 거네요. 플레이어들 간의 싸움이 일어나니."

"그래도 이건 진짜 기회야. 여기서 좋은 걸 손에 넣으면 김인호 그놈과의 힘의 차이도 뛰어넘을 수 있어. 그러면 놈의 세력도 받아들일 수 있을 거고."

두 눈을 빛내는 권태한.

지난번 패배를 통해 확신했다. 김인호야말로 자신을 진정한 왕으로 만들어줄 패라는 것을.

그러니 그 패를 움켜쥘 힘을 얻으리라.

"김인호! 김인호! 김인호!"

쾅!

포효하듯 울부짖은 중년 남자가 땅을 강하게 찍었다. 그러자 아스팔트 도로가 부서지며 파편의 일부가 흩날렸다. 주변에 군복을 입은 청년들이 있었지만 모두 중년인의 눈치를 살폈다.

"네놈이 내 손만 잡았어도!"

분노하는 사내의 이름은 박종찬이었다.

박종찬이 분노하고 있을 때,

"장군님."

야전상의를 걸친 청년이 다가왔다.

잘 생겼다고 할 수는 없었지만 짧게 자른 머리, 짙은 눈썹은 단정한 인상을 줬다. 키는 훤칠했으며 야전상의를 입었는데도 몸매가 근육질이라는 게 눈에 확 띄었다.

다만 가장 인상적인 건 청년의 눈이었다. 주변에 있는 다른 사람들은 박종찬의 눈치를 살피고 있었지만, 그는 달랐다. 당당한 태도로 박종찬을 응시했다. 어깨에 부착된 견장에 새겨진 계급은 대위에 불과했는데도.

"미안하네, 이준혁 대위. 나도 모르게 추태를 보였군."

허나 박종찬은 이준혁을 보자마자 무표정한 얼굴로 돌아갔다. 마치 처음부터 화를 내지 않았다는 듯이.

"장군님께서 그렇게 화를 내시는 모습은 처음 봅니다. 김인호라는 자와 연관이 있는 겁니까?"

"놈은 나와 악연이라 할 수 있지. 내 앞에 있으면 당장이라도 찢어 죽이고 싶을 정도로."

"대체 무슨 일을 했기에 장군님께서 그런 반응을……."

"놈은 내 염원이 이뤄지는 시기를 크게 미뤘네. 그 때문에 이 구석으로 쫓겨나야 했고."

광평대군묘역.

수서 근방에 있는 유형 문화재로 조선 세종과 소현왕후 사이에서 태어난 다섯 번째 아들 광평대군의 묘였다. 그러나 지금은 워로드 클랜의 본거지였다.

수도방위사령부에서 탈출한 박종찬은 이후 서울 남쪽에 있는 부대들을 수습하면서 사람들을 모았다. 그리고 최종적으로 이곳에 자리 잡았는데 그는 그게 곧 실수임을 깨달았다.

"자네도 알다시피 이 주변에는 던전이 많지 않네. 기껏해야 우리가 차지한 헌릉 정도지. 그러면 다른 곳으로 가는 건 쉬운가? 그렇지 않다는 걸 자네도 잘 알고 있을 거고."

"예. 성남시 때문에 남쪽으로 진입할 수 없으며 송파구 쪽 클랜들 때문에 동쪽의 탄천을 넘기 힘든 상황입니다."

"북쪽은 세화 클랜 놈들이 다 장악했지. 남은 건 서쪽의 예술의 전당뿐이었는데 그걸 막은 게 김인호일세."

그제야 이준혁은 박종찬의 심정을 이해했다.

워로드 클랜에 있어 예술의전당은 단순히 서쪽으로 가기 위한 교두보가 아니었다. 그곳은 동작구는 물론 북쪽의 용산구로 가기 위한 요지 중의 요지였다. 그런 곳을 빼앗겼으니 박종찬이 화를 내는 것도 무리는 아니었다.

"죄송합니다. 제가 장군님과 함께했다면 그런 수모를 겪지 않아도 됐을 텐데……."

"그런 말 하지 말게. 자네가 본진을 지키고 있었기 때문에 나도 마음 놓고 움직일 수 있었으니까. 단지 놈을 떠올리면 내 실책도 떠올라 열 받아서 그런 걸세."

"실책이라 하면?"

"놈이 내 수하가 됐다면 쫓기듯이 수도방위사령부를 나오지 않아도 됐을 걸세."

"그 정도입니까?"

의아해하는 이준혁.

그도 그럴 것이 박종찬은 굉장히 유능한 사내였다. 그래서 무능한 사람들을 경멸했고 칭찬에도 인색했다. 그런 그에게 극찬받는 사람이 있다는 게 신기했다.

"당장 이번 퀘스트만 해도 MVP를 따지 않았나? 게다가 튜토리얼의 MVP기도 했지."

"두 번의 메인 퀘스트에서 전부 MVP가 됐다니, 확실히 괴물은 괴물입니다."

이준혁은 순순히 동의했다.

두 번째 메인 퀘스트는 어느 누가 MVP가 돼도 이상하지 않았다. 하지만 튜토리얼은 달랐다. 군인과 달리 총도 없는 민간인이 가장 큰 활약을 보였다는 것이니까.

"놈들은 마지막까지 사령부에서 싸웠네. 그러니 분명 그 일대에 자리를 잡았겠지. 가령 한국대라던가."

"그럴 가능성이 높습니다. 그 일대에서 가장 넓고 사람이 모이기 좋은 곳이니까요. 게다가 캠퍼스 내에는 규장각한국학연구원이 있는데 그곳이라면 던전으로 바뀌었을 겁니다."

"그럼 놈은 그 일대를 중심으로 세력을 확장했겠군. 예술의전당은 최전선이겠고. 후우."

거기까지 말한 박종찬은 땅이 꺼져라 한숨을 내쉬었다. 한국대학교 일대가 얼마나 좋은 곳인지 알고 있었기 때문에 그곳을 차지하지 못한 것에 대해 아쉬움이 더욱 컸다.

"후우. 처음부터 한국대학교 쪽을 먹었다면 현충원을 통해 바로 용산을 넘볼 수 있었을 텐데. 내가 너무 어리석었어."

"과거에 너무 연연하지 마십시오. 워로드 클랜이 이만큼 성장할 수 있었던 건 장군님께서 계셨기 때문입니다. 저희가 전력을 다하면 영웅 클랜이든 세화 클랜이든 전부 쓸려나갈 것입니다."

"그것도 그렇군."

"지금 저희가 신경 써야 할 건 국방부입니다. 장군님께서 예측하신 대로 놈들이 건재하지 않습니까?"

이준혁의 말을 들은 박종찬은 처음으로 웃었다. 김인호 때문에 생긴 분노를 식혀줄 정도로 즐거운 소식이었다.

"아직 단정할 수는 없네만 진짜였으면 좋겠군."

"저도 진짜이길 바랍니다. 솔직히 입만 산 뒷방늙은이들이 뭘 알겠습니까? 직접 전선에서 싸우는 병사들의 고충을 아는 장군님만이 국방부를 이끌 수 있습니다."

"게다가 대한민국 정부의 정통성을 확보할 수 있게 되네. 그리되면 다른 클랜들의 눈치를 볼 필요도 없지."

"장군님의 말씀대로입니다. 그런 의미에서 다음 메인 퀘스트가 중요하다고 생각합니다. 이제까지의 흐름을 볼 때, 국립중앙박물관이 명백하니 말입니다."

박종찬은 고개를 주억거렸다. 그 부분에 대해서는 그도 이준혁과 같은 생각이었다.

"우선 그곳에서 뛰어난 무기를 얻어 우리 병사들을 무장시킨다. 그리고 바로 국방부로 가면 놈들도 우리를 무시하지 못하겠지. 이번에는 자네가 날 도와줬으면 좋겠군. 자네라면 든든하지."

"과찬입니다."

"아닐세. 내가 볼 때, 자네는 김인호 그 빌어먹을 놈도 뛰어넘을 재능이 있네. 조금 전에만 해도 5급 보스 몬스터인 두억시니를 혼자 쓰러뜨리지 않았나?"

박종찬은 이준혁을 보며 확신했다. 이준혁이야말로 김인호를 뛰어넘을 수 있는 유일한 플레이어라고. 튜토리얼 때에는 전혀 두각을 드러내지 못했던 이가 두 번째 메인 퀘스트에서 단번에 VP로 뽑힌 것만 봐도 알 수 있었다.

"장군님의 믿음에 보답할 수 있도록 최선을 다하겠습니다."

"격전을 벌였으니 쉬도록 하지. 구체적인 안건에 대해서는 내일 논의하도록 하고."

"알겠습니다!"

우렁찬 목소리로 외친 이준혁은 몸을 돌렸다. 그의 입가에는 어느새 미소가 떠올랐다. 뜻을 알 수 없는 미소가.

인호는 일행과 함께 낙성대 던전으로 돌아왔다. 그리고는 바로 김수정 가족을 찾은 뒤, 희소식을 알렸다.

"저, 정말인가요? 정말 남편을 다시 볼 수 있나요?"

"이런 일로 거짓말을 하지는 않습니다."

"약속한 지 얼마 안 됐는데……."

믿을 수 없다는 듯 중얼거리는 김수정. 인호와 약속을 한 지 이제 겨우 이틀이 지났다. 그런데 벌써 남편을 다시 만날 수 있다니? 이 상황이 꿈인지 현실인지 도저히 구분할 수 없었다.

"아무래도 하늘이 지용 씨를 좋게 본 모양입니다. 이렇게 빨리 약을 구할 수 있었던 걸 보면."

"가, 감사합니다. 정말 감사합니다."

눈물을 흘리면서도 김수정은 계속 고개를 숙였다. 일면식도 없는 타인을 위해 이렇게 노력하는 사람이 세상에 얼마나 있을까? 이 은혜를 어떻게 갚아야 할지 감도 잡히지 않았다.

"아저씨, 아빠 만날 수 있어?"

"아빠 볼 수 있는 거예요?"

두 아이, 정지혜와 정성훈이 인호의 바지를 살며시 당겼다. 그러자 그는 한쪽 무릎을 굽히고 두 아이와 시선을 마주했다.

"조금 있으면 볼 수 있을 거야. 약속했잖아?"

"응!"

"네!"

인호는 활기차게 웃는 아이들의 머리를 쓰다듬은 뒤 자리에서 일어났다. 익숙한 메시지가 계속 그의 눈앞에 떠오른 상태였다.

플레이어 김인호가 영웅(Epic) 등급의 물약
'불완전한 엘릭서(Elixir)'를 획득했습니다.

Close	View

우웅.

공간이 갈라지며 작은 병이 나타났다. 그 안에는 푸른 액체가 넘실거렸고.

'엘릭서라……'

불완전해서 암이나 에이즈 같은 병은 고칠 수 없었다. 하지만 그것만 빼면 최고의 물약이라 해도 과언이 아니었다. 어떤 외상이든 전부 다 고칠 수 있었으니까. 이것만 마시게 한다면 정지용을 살릴 수 있으리라.

─설마 이번 보상을 그걸 고를 줄은 꿈에도 몰랐다. 네 방어구도 부서진 상황인데─

'어차피 방어구는 나중에 구할 수 있다. 지금은 약속을 지키는 게 우선이지. 다음 메인 퀘스트는 분명 국립중앙박물관일 테고.'

국립중앙박물관은 대한민국 최고의 박물관이었다. 장담컨대 그곳은 '검은 질풍'보다 뛰어난 방어구가 많으리라. 그러니 그때 가서 골라도 늦지 않았다. 그게 불완전한 엘릭서를 고른 이유였다.

─그럼 이런 생각은 해본 적 없나? 나중에 네 누이나 수아가 위험해질지 모른다. 아니면 네가 위험에 빠질 수 있고─

'무슨 말을 하고 싶은 거지?'

─이틀 전에 처음 만난 사람을 위해 그 귀한 영약을 쓰는 게 옳은 일이냐고 묻는 거다. 혹시 있을 위험을 대비해 지금은 아껴두는 게

좋다고 본다만-

'대체 언제까지 시험할 생각이냐?'

반문하면서도 인호는 웃었다. 이놈의 영웅은 다 좋은데 틈만 나면 얼토당토않은 말로 자신을 현혹하는 게 문제였다. 제대로 도와주지는 못할망정.

─네가 내 제자로 있는 한 계속 그럴 거다. 이런 문답을 통해서도 깨달음을 얻을 수 있으니까. 그러니 질문에 대답이나 해라-

'언제 일어날지 모르는 미래를 대비한다고 당장 죽어가는 사람을 내버려 두고 싶지 않다.'

─그럼 네 누이가 저 남자와 같은 상황이라 하자. 둘 중 하나는 반드시 죽으며 약은 하나뿐이다. 그런데도 약속을 지키기 위해 남자를 구할 건가? 약속에 대해서는 여기 사람들이 전부 알고 있다-

자기도 모르게 눈살을 찌푸리는 인호. 이번 질문은 이제까지의 질문과 비교를 거부할 만큼 어려웠다. 대체 준경이 자신에게 무슨 억하심정이 있어서 이러는가 싶을 정도로.

가족이라는 측면에서 보면 현주를 구하는 게 옳았다. 유일한 가족이 죽는 걸 어찌 놔둘 수 있겠는가? 하지만 자신은 이제 영웅 클랜의 대표였다. 그래서 현주나 수아뿐만 아니라 다른 사람들도 지키겠다고 맹세했었고.

만약 자신이 정지용을 구한다는 약속을 어기고 그녀를 구하면 이곳은 무너지리라. 내부 구성원의 신뢰를 잃은 조직은 절대 버틸 수 없는 게 세상의 이치였기 때문에.

─지닌 실력만 보면 네 누이가 압도적이다. 재능도 마찬가지고. 그녀가 꾸준히 성장한다면 너처럼 영웅의 좌에도 도전할 수 있을 테니. 앞으로 많은 사람을 살리기 위해서는 그녀를 구하는 게 낫겠지-

'그래서?'

–여기서 피해봤자 아무런 의미도 없다. 이건 네가 앞으로 계속 짊어져야 할 업이니까. 왕이 된다는 건 그런 의미다–

'······마음에 안 드는군.'

–무슨 뜻이지?–

준경이 의문을 드러내자 인호는 똑바로 그를 응시했다. 그리고 자신이 내린 결론을 이야기했다.

'그 가정이 마음에 안 든다. 난 이미 죽을 뻔했던 정지용 씨를 구했다. 그럼 똑같은 방법으로 누나를 구할 수도 있겠지. 말도 안 되는 상황을 만들지 마라.'

–그럴지도 모르지. 그렇다 해도 내가 원하는 대답은 아니다. 확실히 네 의사를 밝혀라, 김인호–

'정지용 씨를 먼저 살리겠다.'

–그럼 네 누이가 죽는데도?–

'누구 마음대로? 절대 누나가 죽게 놔두지 않을 거다. 수단과 방법을 가리지 않을 것이며 설령 내 목숨을 바치는 한이 있더라도 반드시 구한다. 그게 내 답이다.'

선택지가 두 개 있다고 왜 둘 중 하나를 골라야 하는가? 타인의 의중 따위는 알 바 아니었다. 오직 자신이 추구하는 바만이 중요할 뿐.

[플레이어 김인호가 자신의 심마(心魔)를 극복했습니다.
이에 따라 영웅화가 1퍼센트 진행됩니다.
현재 영웅화-69퍼센트

Close	View

고유(Unique) 등급의 패시브 스킬 '철인의 정신(Lv.1)'을 습득합니다. 어떠한 상황에서도 흔들리지 않고 자신이 추구하는 바를 떠올릴 수 있습니다.

[왕의 기세의 레벨이 1 상승합니다. 현재 왕의 기세의 레벨-기

Close	View

메시지가 떠올랐지만 무시했다. 인호는 오직 준경만 응시했다.

그런 인호를 내려다보던 준경은,

-크하하하! 바로 그거다!-

크게 웃었다.

-왕이 될 자는 넓게 볼 줄 알아야 한다. 되지도 않는 선택지 따위에 얽매여서야 왕이라고 할 수 없지-

'빌어먹을 놈.'

-제자를 위한 스승의 마음이라고 생각해라. 육체만 강해진다고 해서 진정한 무인이 될 수 없는 법이니-

'참 고맙습니다, 스승님.'

일부러 비꼬듯이 말했지만 준경은 눈 하나 깜빡하지 않았다. 오히려 알면 됐다는 듯이 고개를 끄덕이는 모습이 그렇게 얄미울 수가 없었다. 마음 같아서는 욕설이라도 퍼붓고 싶었지만 참아야 했다.

"김인호? 아까부터 왜 그래? 혼자 죽상 쓰고."

"어디 다친 곳 없어요, 오빠?"

현주와 수아가 자신을 걱정 어린 눈빛으로 바라보고 있었다. 게다가 정지용의 이야기에 대해 들었던 사람들이 전부 방에서 나와 그를 응시하고 있었고.

"……아무것도 아니야."

가볍게 한숨을 내쉰 그는 코어룸으로 발걸음을 옮겼다. 그곳에는 커다란 얼음 기둥이 놓여있었다. 그의 시선은 기둥 중심에 있는 정지용에게 고정되었다.

'준경.'

—이번에는 염왕권을 펼쳐라. 다만 화기만 끌어올리는 거다. 지난번에 빙백신장의 냉기만 사용했듯이—

'알았다.'

양손을 활짝 펼친 다음 조심스럽게 염왕권의 힘을 운용했다. 본래 가진 패도적인 기운은 가라앉히고 가만히 불꽃만 일으켰다.

화르르.

잠시 뒤, 붉은색과 주황색이 휘감긴 불꽃이 인호의 양손에 피어올랐다. 영롱하게 빛나는 모습이 그렇게 아름다울 수가 없었다.

—지금부터가 중요하다. 힘을 조금이라도 잘못 분배하면 얼음이 깨지니 끝까지 집중해야 한다—

'명심하지.'

대답한 인호는 얼음 기둥에 양손을 갖다 댔다.

치익!

새하얀 증기가 피어오르자 얼음 기둥이 녹아내리기 시작했다. 이를 확인한 인호는 기둥 주위를 천천히 돌면서 불꽃을 움직였다. 준경이 경고한 대로, 기둥이 깨질 수 있기 때문에 세심하게 마력을 움직였다.

—확실히 마력을 운용하는 능력은 늘었군. 무식하게 마력을 불어

넣어 위력만 늘리는 놈은 결코 무인이라 할 수 없다. 어떤 상황에서도 자유롭게 마력을 다룰 수 있어야 한다—

준경이 칭찬했지만 인호의 귀에는 들어오지 않았다. 묵묵히 '염왕권(炎王拳)'으로 만들어진 불꽃을 차분하게 불어넣을 뿐.

뚝뚝.

기둥에서 떨어진 물이 바닥을 적셨지만 금방 사라졌다. 그만큼 지금 인호에게서 뿜어져 나오는 열기는 강렬했다.

"예쁘다."

"완전 멋있어."

지켜보고 있던 아이들이 중얼거렸다. 표현만 안 했을 뿐, 어른들도 홀린 듯한 얼굴로 인호를 바라보는 건 마찬가지였다. 불길을 두른 그의 모습은 신화에서 나오는 영웅을 떠올리게 했으니까.

"더 열심히 노력해야겠는데?"

"그러게 말입니다."

쓰게 웃으며 현주의 질문에 대답하는 진수. 염화라는 고유 능력을 받은 자신보다 더 불꽃을 능숙하게 다루는 인호를 보니 아무 말도 할 수 없었다. 단지 자신이 얼마나 부족한지 끊임없이 절감했을 뿐이었다.

하지만 진수 또한 가만히 당하고만 있지 않았다. 주위를 살핀 그는 현주만 들릴 수 있게 작은 목소리로 말했다.

"부대표님은 저 물약을 사용하는 걸 반대할 거라 생각했습니다. 무려 영웅(Epic) 등급의 아이템이니까요."

"일면식도 없는 사람을 위해 쓰기에는 확실히 과하지. 다만 반대할 마음은 처음부터 없었어."

"……그렇습니까?"

현주가 예상외의 반응을 보이자 진수는 얼떨떨한 표정을 지었다. 철저히 이익을 중시하는 그녀였기 때문에 불완전한 엘릭서 같이 귀중한 물약은 아끼자고 주장할 거라 여겼다. 결과적으로 봤을 때는 완전히 오산이었지만.

"이곳에 있는 사람들은 다 다른 곳에서 왔어. 다들 온 지도 얼마 안 됐고, 서로 자기 일 처리하느라 바빠서 딱히 충돌이 일어나지도 않았지만, 완전히 하나라고 할 수도 없지."

"동의합니다. 특히 청권사에서 온 사람들은 얼떨결에 와서 그런지 클랜에 대한 애착이 부족합니다. 원래 이곳에 있거나 규장각 쪽에서 온 이들에 비하면 비협조적인 부분도 존재하고."

"그런 상황에서 인호가 살면서 처음 본 사람을 위해 좋은 물약을 사용했어. 다들 이걸 어떻게 볼까?"

"클랜 사람들을 위해 헌신하는 대표라는 이미지를 심어줄 수 있겠군요. 실제로 귀한 물약을 사용하기도 했고."

"헌신까지는 몰라도 최소한 클랜 사람들을 소중하게 여긴다는 믿음은 줄 수 있지. 그 믿음을 바탕으로 클랜도 하나가 될 수 있고. 물약 하나로 이런 성과를 이룰 수 있는데 반대할 이유가 없잖아?"

진수는 자신이 졌음을 인정했다. 현주의 말마따나 인호를 바라보는 사람들의 눈빛에는 신뢰가 가득했다. 어떤 상황에서도 자신들을 버리지 않을 거라는 확신이 들었고 그것만으로도 충분했다.

치이익!

현주와 진수가 대화를 나누는 사이, 인호는 얼음 기둥을 완전히 녹였다. 그러자 정지용의 몸이 쓰러지려 했지만, 인호가 바로 받았다. 그리고는 조심스럽게 바닥에 눕혔다.

"수고했어요, 오빠. 지금부터는 제가 할게요."

"잘 부탁해."

고개를 끄덕인 잔은 정지용의 이마에 오른손을 댔다. 그리고 그녀가 주문을 외우기 시작하자 백금의 빛이 피어올랐다. 햇볕처럼 따스하고 포근한 빛은 속까지 꽁꽁 얼어붙은 정지용의 몸을 파고들었다.

"으으."

냉기가 사라지자 정지용의 입에서 처음으로 신음이 튀어나왔다. 다만 고통스러워하는 기색이 역력했다. 이를 본 수정은 당혹감을 감추지 못했다.

"괜찮은 거죠? 이이 괜찮은 거 맞죠?"

"걱정하지 않아도 돼요. 몸이 깨어나고 있는 거니까요. 다만 부인께서 한 가지 해줘야 할 일이 있어요."

"그게 뭔가요? 뭐든 다 할게요."

어떤 일도 하겠다는 듯이 두 눈을 불태우는 수정. 그것만 봐도 그녀가 얼마나 각오를 다졌는지 알 수 있었다.

"오빠."

"여기 있습니다."

잔이 말하자 인호는 불완전한 엘릭서를 수정에게 내밀었다. 수정은 의아해하면서도 병을 받았다.

"부인의 입으로 남편분의 입에 약을 넣어주면 돼요. 쉽죠?"

"그거면 되나요?"

"그거면 돼요."

웃으며 대답하는 잔.

수정은 천천히 병의 뚜껑을 열었다. 한 방울도 흘리지 않도록 조심스럽게 약을 마신 그녀는 그대로 정지용과 입을 맞추었다. 그가 삼킬 수 있도록 최대한 천천히 흘려보냈다.

수정의 입에서 약이 완전히 사라졌을 때,

번쩍!

정지용에게서 푸른빛이 뿜어져 나왔다.

동시에 그의 몸이 허공에 붕 떠올랐다. 신체 내부에서는 '우드 득' 거리는 소리가 끊임없이 울려 퍼졌고. 이 과정이 모두 다 끝나 자 그는 다시 바닥에 내려왔다.

스르르.

정지용은 본능적으로 눈을 떴다.

"윽!"

갑자기 밝은 빛을 보자 그는 자기도 모르게 얼굴을 찌푸렸다.

"지용 씨!"

"아빠!"

수정과 두 아이가 정지용을 끌어안았다. 소중한 가족의 품을 느 낄 수 있어 좋았지만, 그 와중에 그는 당황했다. 죽은 자신의 앞에 왜 가족들이 나타난단 말인가?

"여, 여보? 얘, 얘들아? 어, 어떻게……."

"당신 살았어요! 살았다고요!"

"내가……살았다고?"

"이분들이 구해주셨어요!"

그제야 지용은 주변을 둘러보았다. 많은 사람이 있음을 알았지 만, 그의 눈에 들어온 이는 인호와 잔뿐이었다.

"살아 돌아오신 걸 진심으로 축하드립니다. 지용 씨."

"약이 효과가 있어서 정말 다행이에요."

"와아아아!"

기다렸다는 듯이 함성을 지르는 사람들. 여전히 얼떨떨함에서 벗어나지 못한 지용은 무심코 가슴에 손을 댔다.

두근두근.

심장이 박동하는 게 느껴졌다. 그뿐인가? 온몸을 부술 것만 같았던 고통도 사라지고 없었다. 정말 자신이 죽지 않고 살아있음을 실감할 수 있었다.

이를 깨닫자 지용의 눈에서 뜨거운 눈물이 흘러내렸다. 살아났다는 것보다 다시 가족을 만날 수 있다는 사실이 행복했다.

"······정말 감사합니다. 이 은혜는 반드시 갚겠습니다."

"신경 쓰실 필요 없습니다. 자녀분들과 맺은 약속을 지켰을 뿐이니."

"이제부터는 무리하지 마세요. 남은 가족들의 슬픔은 어떤 고통보다 크니까요. 아셨죠?"

인호와 잔의 대답을 들은 지용은 다시금 각오를 다졌다. 이들을 위해서라면 뭐든지 다 하겠다고.

지켜보고 있던 이들도 흐뭇해하며 눈앞의 광경을 바라보았다. 다들 귀중한 물약을 한 치의 망설임도 없이 사용한 인호를 보며 자부심을 느꼈다. 영웅 클랜의 일원이라는 점에 대해서.

-이제 조금은 왕 같군-

모두에게 둘러싸여 환호를 받는 인호를 보며 준경은 흐뭇하게 웃었다.

[플레이어 김인호가 서브 퀘스트 '플레이어 정지용을 치료하라!'를 달성합니다. 이에 따라 플레이어 포인트 50이 주어집니다. 현재

플레이어 포인트-157]

[이 과정에서 자신이 보상으로 받은 영웅(Epic) 등급의 물약 '불완전한 엘릭서'를 사용한 게 확인되었습니다. 처음 본 타인을 구한 걸로 모자라 자신의 보상을 고민 없이 사용한 것은 분명 위대한 영웅의 업적입니다. 영웅화가 5퍼센트 진행됩니다. 현재 영웅화-74퍼센트]

[헌신에 대한 보상으로 영웅 등급의 아이템 하나가 주어집니다. 목록에서 선택하세요.]

[영웅화가 70퍼센트를 넘었습니다. 이에 따라 체질 개선이 진행됩니다. 또한 건곤천뢰검, 상급 검술을 제외한 모든 스킬의 레벨이 1씩 상승합니다.]

"후우."

코어룸에 홀로 남은 인호는 가볍게 호흡을 가다듬었다. 체질 개선은 언제나 반가웠다. 자신이 강해진다는 사실을 가장 확실하게 느낄 수 있었으니까. 무엇보다 기쁜 건 세 개의 단전이 전부 커졌다는 점이었다.

"이 정도면 길잡이도 부를 수 있겠어."

마력의 양이 많이 늘어난 게 느껴졌다. 이를 증명하듯 잔 다르크에게 마력이 전달되고 있는데도 전혀 힘들지 않았다. 오히려 마력이 남아돌았다. 이 정도 양이면 척준경은 몰라도 길잡이는 유지할 수 있으리라.

그뿐만이 아니었다.

전체적으로 스킬에 대한 이해도도 높아졌다. 그동안 자신이 뭘 잘못했는지, 어디가 부족했는지도 알게 됐고.

－수많은 각성자들을 봤지만, 네놈처럼 빨리 성장하는 놈은 처음 보는군－

"그런가?"

－지금이라면 네놈에게 성검을 준 죽음의 기사와 제대로 합을 나눌 수 있을 거다－

"이기는 게 아니고?"

－어림도 없는 소리를 하는군－

어처구니없다는 얼굴로 인호를 노려보는 준경, 인호는 피식 웃었다.

굳이 준경이 말해주지 않아도 자신의 성장 속도가 다른 플레이어들에 비해 빠르다는 걸 자각하고 있었다. 왜 그런지에 대한 해답도 찾은 지 오래였고.

"투왕지체에게 고마워해야겠어."

죽음의 위기를 극복할 때마다 투왕지체는 자신을 더욱 높은 경지로 이끌어줬다. 이보다 뛰어난 성장 보정이 또 있을까 싶을 정도로 효과가 뛰어났다.

－내가 봐도 그게 네 인생 최고의 선택이 아니었나 싶군－

"동감이다."

－허나 방심하지 마라. 그 흡혈귀 놈이 말했다시피 4급 괴수들도 가볍게 짓누를 수 있는 놈들이 득실거린다. 앞으로 상대할 적에 비하면 네 힘은 없는 것과 다를 바 없다－

"알고 있으니 걱정할 필요 없다. 카를 프란츠에게 받은 퀘스트도 완료해야 하고. 무엇보다 네놈을 이기려면 죽어라 하고 노력해야지."

－그건 꿈이 아니라 망상이다－

단호하게 말하는 준경을 보며 인호는 피식 웃었다. 그리고 메시지를 향해 손을 뻗었다. 메시지 안에는 '보상 목록'이라는 글자가 적혀 있었다.

-영악한 놈. 처음부터 거기까지 예측하고 영약을 사용했군-

"확신은 없었지만 그럴 가능성을 고려하긴 했지. 투쟁의 시대는 등가교환을 무엇보다 중시하지 않나?"

퀘스트를 통과한 뒤에 막대한 보상을 받는 것도 등가교환 안에 포함됐다. 그렇기 때문에 불완전한 엘릭서를 사용해 남을 구하면 그에 대응하는 가치를 지닌 보상을 받을 거라 예상했다. 다행히 제대로 들어맞았고.

"그렇다 해도 네놈에게 한 말은 진심이다. 남이 주는 선택지가 아닌, 내 의지에 따라 움직일 거다."

-그럼 됐다. 그 마음만 잊지 마라-

"물론."

자신을 괴롭힌 고민에 대한 해답을 어찌 잊을 수 있겠는가? 대답을 마친 인호는 보상목록을 열었다. 그러더니 바로 아이템 하나를 뽑았다.

우웅.

[플레이어 김인호가 영웅(Epic) 등급의 물약 '불완전한 엘릭서(Elixir)'를 획득했습니다.]

푸른 액체를 담은 병이 나타났다. 인호는 이를 부드럽게 움켜쥐고는 품속에 넣었다.

-그걸 또 고를 줄이야, 의외군-

"이제까지 받은 퀘스트들 모두 하나같이 위험했지만 이번에 받을 퀘스트는 더할 거다 싶은 생각이 들어서 말이지."

-그리 판단하는 근거는?-

"국립중앙박물관에 뛰어난 아이템이 많다는 건 누구나 예상할 거다. 그러니 서울에 어지간한 클랜이나 플레이어들은 전부 모일 거다."

-그래봤자 네놈보다 강한 각성자는 없을 거다. 굳이 그렇게 신경 쓸 이유가 있나?-

인호는 고개를 저었다. 준경이 자신을 인정해준 건 고마웠다. 하지만 인호는 자신을 과신하지 않았다.

"우리가 모든 플레이어를 만난 것도 아니고 확신할 수는 없지. 게다가 플레이어들이 무서운 건 몬스터들과 달리 대가리를 굴린다는 점이다."

-간계를 부리는 놈들이 나온다는 건가?-

"예술의전당 때에도 박종찬이 헛수작을 부리지 않았나? 하물며 이번에는 국방부 놈들도 끼어들지 모르는 상황이다. 어떤 일이 생겨도 이상하지 않지."

만약 메시지에 뜬 국방부가 정말 대한민국의 국방부라면 어떤 수작을 부려도 이상하지 않았다. 그만한 힘과 권력을 가진 집단임을 잘 알고 있었다.

-근데 그 국방부라는 곳이 네놈 국가의 통치 기관 중 하나 아닌가?-

"그렇지."

-만약 그곳이 진짜라면 놈들은 국가를 이끌 자격을 가지게 된다. 정통 계승자라고 봐도 무방하겠지. 만약 놈들이 너에게 복종을

요구하면 어떻게 할 거냐?-

"그건 접촉해봐야 알 거 같다."

-상대할 가치가 없는 놈들이라면?-

인호는 대답하지 않았다. 대신 마검을 뽑았다. 그 모습을 본 준경은 조용히 고개를 주억거렸다. 그것만으로도 인호의 뜻을 알기에는 충분했다.

띠링!

그때, 새로운 메시지가 떠올랐다.

"정말 쉬지도 못하게 하는군."

한탄하며 인호는 메시지를 열었다.

퀘스트를 읽자마자 인호는 간부들을 소집했다. 그리고 한 사람을 더 부르는 것도 잊지 않았다. 바로 정지용이었다.

"제가 여기 끼어도 되는지 모르겠습니다. 팔도 하나 잃었는데 말입니다."

"지용 씨의 능력은 이전에 확인했습니다. 또 엘릭서를 마셔서 능력치도 많이 오르지 않았습니까? 충분히 간부가 될 자격이 있다고 생각합니다. 다른 간부들도 전원 동의했고요. 안 그렇습니까?"

"대표님 말씀이 맞습니다. 그러니 자신을 낮추지 마십시오, 지용 씨."

"……믿어주셔서 감사합니다. 최선을 다하겠습니다."

인호와 진수의 말을 들은 지용은 가슴이 벅차오름을 느꼈다. 살면서 타인에게 이렇게 인정받은 건 처음이었기 때문에. 가볍게 고개를 끄덕인 인호는 고개를 돌렸다.

"지금부터 메인 퀘스트에 대해 논의하도록 하겠습니다. 모두 알

다시피 이번 퀘스트는 최악입니다. 차라리 던전 브레이크가 낫다 싶더군요."

"농담이 아니라는 게 서글픕니다."

이재석이 쓴웃음을 지은 채 대답했다. 인호와 다른 이들도 그와 같은 표정을 지었다. 수많은 좀비와 싸우는 건 악몽을 떠올리게 했다. 문제는 새로운 메인 퀘스트도 이에 뒤떨어지지 않는다는 점이었다.

"솔직히 악질도 이런 악질이 없다고 봐요. 이건 아예 대놓고 싸움을 부추기는 거잖아요?"

"입장권을 얻지 못한 플레이어들은 미친 듯이 달려들 겁니다. 전설 등급의 아이템이 언급된 이상, 눈에 보이는 것도 없을 테고."

은영과 형준이 의견을 밝히자 다들 동의했다.

전설 등급이 언급된 건 투쟁의 시대가 시작된 이후 처음이었다. 고유 등급의 아이템만 해도 무시무시한 위력을 가졌는데 전설 등급쯤 되면 어떤 플레이어든 혈안이 될 수밖에 없었다.

"두 분의 말마따나 싸움이 일어날 겁니다. 게다가 앞으로 모일 인원의 규모를 생각할 때, 서울 전역이 전쟁터가 될 수 있습니다."

"모든 던전의 방비를 더 철저히 해야겠습니다. 입장권을 뺏으려고 다른 플레이어들이 쳐들어올 수도 있으니."

"진수 씨말대로입니다. 누나, 새로 각성한 사람들의 분류는 다 끝났어?"

"응. 근접 딜러 9명, 원거리 딜러 6명, 탱커 6명, 정찰 계통 5명이야."

"간부들까지 더하면 총 34명인가."

5개의 던전을 관리해야 하는 만큼 절대 많다고 할 수 없었다. 그래도 파티 하나씩을 만들 정도는 됐기 때문에 인호는 만족했다.

"메인 퀘스트에 도전하기 전에 클랜을 확실히 정비할 겁니다."

"대표님. 조직 정비에 관해 건의할 게 있습니다."

"말씀해주십시오, 공방장님."

인호와 다른 사람들의 시선이 박현백을 향했다. 특별한 경우가 아닌 이상, 그는 의견을 내세우지 않았기 때문에 그를 바라보는 이들의 눈빛에는 호기심이 가득했다.

"원래 진수 씨가 규장각을 지키는 걸로 알고 있습니다."

"맞습니다."

"진수 씨를 대신해서 지용 씨에게 규장각을 맡기는 게 어떻겠습니까?"

"그게 무슨……."

깜짝 놀란 진수가 자리에서 벌떡 일어났다. 허나 인호가 손을 들어 제지해서, 그는 입을 다물어야 했다.

"이유가 뭔지 알 수 있겠습니까, 공방장님?"

"처음 낙성대에 자리를 잡은 이들은 거의 다 이곳에 남는 걸로 알고 있습니다. 지난 전투에서 전투원으로 각성한 이들과 그 가족들만 움직이고."

"말씀대로입니다."

"저를 비롯하여 처음 낙성대에 온 이에게 진수 씨는 고마운 사람입니다. 자신도 돌보지 않고 모두를 지키기 위해 애썼으니까요."

박현백의 말에 형준과 은영은 물론 각 구획의 대표들도 고개를 끄덕였다. 진수가 누구보다 노력했다는 건 분명한 사실이었기 때문에.

"다들 진수 씨와 헤어지기 싫다는 겁니까?"

"그렇습니다."

박현백의 대답을 들은 인호는 생각에 잠겼다. 처음 온 사람들이 백진수를 좋아하는 건 그도 잘 알고 있었다. 이제까지 계속 낙성대를 잘 지켜줘 믿음도 갔고.

'지용 씨도 던전 하나를 지킬 실력이 있지.'

지용은 수아나 현주보다는 못 해도 다른 간부들과는 비슷했다. 던전을 맡을 자격은 충분했다. 다만 한 가지 문제점이 있었다.

"하지만 규장각은 지용 씨에게 트라우마라……."

"저는 괜찮습니다, 대표님."

인호의 말을 끊는 지용. 그의 눈은 불타오르고 있었다. 자신의 가치를 증명할 기회가 빨리 왔다는 사실이 만족스러웠다.

"다른 분들은 어떻게 생각합니까?"

"전 괜찮다고 생각해요."

"나도 찬성."

"저도요."

수아와 현주, 잔이 먼저 동의했다. 뒤이어 다른 이들도 같은 의견을 제시했고. 단 한 사람, 백진수만 침묵을 지켰지만 이를 신경 쓰는 이는 아무도 없었다.

"그럼 지용 씨, 규장각 던전을 잘 부탁드립니다."

"목숨을 걸고 반드시 지키겠습니다."

"목숨은 됐습니다. 위험하면 언제든 낙성대로 후퇴하십시오."

"명심하겠습니다."

말은 그렇게 했지만 절대 그러지 않겠다는 기색이 지용의 얼굴에 역력했다. 따져봤자 의미도 없었기에 인호는 다시 본론으로 돌아왔다.

"전투원들은 여러분의 능력에 맞춰 배정될 겁니다. 그들을 성장시키는 건 물론 제대로 된 파티를 만들어야 하니 최선을 다 해주십시오."

"걱정하지 않으셔도 됩니다."

"대표님을 실망하게 할 일은 절대 없을 겁니다."

"오히려 대표님을 깜짝 놀라게 하고 싶네요."

재석, 형준, 은영이 차례차례 대답했다. 그들의 각오를 들은 인호의 입가에 미소가 떠올랐다. 클랜을 생각하는 저들의 마음이 그를 기쁘게 만들었다.

"마지막 논제입니다. 현재 저희가 얻은 입장권은 전부 4장입니다. 혹시 박물관에 들어가고 싶은 분들은 손을 들어주십시오. 그동안 던전은 다른 분들에게 맡길 테니 망설일 필요 없습니다."

"대표님과 부대표님들, 그리고 잔 다르크 씨가 가는 게 좋다고 봅니다. 어떤 상황에서든 무사히 돌아오실 테니까요."

"던전을 지키고 다른 플레이어들을 성장시키는 것도 중요하다고 생각해요. 이 임무에 집중하고 싶어요."

재석과 형준이 주장하자 다른 간부들도 동조했다. 영웅 혹은 전설 등급의 아이템을 원하지 않는다면 그건 거짓말일 것이다.

허나 앞으로 일어날 험난한 싸움에서 살아남을 역량이 없다는 것 정도는 다들 잘 알았다. 괜히 민폐를 끼치는 것보다는 남는 게 올바른 판단이었다. 좋은 아이템은 다음 기회에 얻으면 그만이었고.

그렇게 인원이 정해지려고 할 때,

"저는 여기에 남을게요."

수아가 말했다.

"낙성대는 저희에게 가장 중요한 곳이에요. 저나 현주 언니 중 한 명은 남는 게 좋다고 봐요."

"그러면 내가……."

"언니는 지난번에도 던전에 남아서 보상을 많이 못 받았잖아요? 이번에는 제가 지킬게요. 그러니 진수 씨, 저를 대신해서 가주시겠어요?"

"제가 부대표님을 대체할 수 있을지 모르겠습니다."

솔직하게 심정을 밝히는 진수. 수아와 자신의 실력 차이가 얼마나 큰지 잘 알고 있었다. 잘못하면 다른 일행의 발목을 잡을 수도 있기에 부담감도 컸고.

"진수 씨라면 잘할 거예요. 그동안 계속 노력하셨잖아요? 언니한테 이기려고."

"그랬단 말이지?"

현주가 흥미롭다는 듯 웃으며 자신을 바라보자 진수는 등 뒤로 식은땀이 흐르는 걸 느꼈다. 그래도 그는 현주의 시선을 외면하지 않았다. 오히려 당당히 마주했다.

"좋습니다. 그럼 국립박물관에 갈 인원은 저와 현주 누나, 잔 다르크, 그리고 진수 씨입니다. 호명된 분들은 자리에 남아주십시오."

"저희는 사람들과 함께 이동할 준비를 하겠습니다. 부디 무사히 돌아오시길 바랍니다."

호명된 이들을 뺀 나머지는 코어룸을 떠났다. 비록 싸우지는 않더라도 그들에게 주어진 일은 많았다. 전투원은 물론 다른 던전으로 갈 사람들을 뽑아야 했으니까.

'모두 잘하려나?'

-한 번 명령을 내렸으면 믿어라. 일일이 신경 쓰는 게 저들에게는 민폐다-

준경의 말이 옳다는 건 안다. 다만 그래도 걱정되는 건 어쩔 수 없었다.

'누군가를 이끄는 것도 못 할 일이군.'

-네놈은 원래 군인이었다고 하지 않았나?-

'그렇긴 한데 내가 지휘를 한 적은 한 번도 없었지.'

특전사에서 팀을 이끄는 건 대위였다. 부팀장은 중위에서 상사였고. 자신은 그냥 위에서 내려오는 명령만 따르면 되는 입장이었다. 영웅 클랜을 세우면서 리더가 됐지만, 여전히 어색했다.

-자리가 사람을 만드는 경우도 있지. 계속하다 보면 적응이 될 거다-

준경의 격려를 들은 인호는 고개를 주억거렸다. 그리고 남아있는 이들을 응시했다.

"보급은 어떻게 할 거야, 김인호? 수아가 안 가니 인벤토리도 사용할 수 없잖아."

"그건 확실히 불편하네."

그제야 인호는 수아의 인벤토리에 얼마나 많은 도움을 받았는지 깨달았다. 이제까지 수아 때문에 식량, 식수에 대해 전혀 걱정할 필요 없었는데 상황이 달라졌다.

"제가 다시 바꿔……."

"괜찮습니다, 진수 씨. 이제 와서 그러는 것도 모양이 사납습니다. 너무 편안한 능력에 적응되는 것도 피해야 하고요. 가방에 챙길 수 있는 것들만 넣으면 어떻게든 버틸 수 있을 겁니다."

"정 안 되면 현지 조달이라도 하지 뭐."

"네!?"

현주의 말을 들은 잔은 당혹감을 감추지 못했다. 진수도 의아하다는 듯이 현주를 쳐다봤다.

"혀, 현지 조달은 약탈 아닌가요?"

"설마 내가 그러겠어? 던전 안은 다른 세상이잖아? 거기서도 충분히 식량을 구할 수 있지 않을까 싶어서."

자신이 착각했음을 깨달은 잔은 얼굴을 붉혔다. 인호는 그런 그녀를 이해했다. 백년전쟁 당시 영국군의 약탈은 악랄하기로 유명했기 때문에. 그러니 그녀가 예민하게 반응할 수밖에 없었다.

"보급은 결정됐고. 남은 문제는 두 가지야. 하나는 한강의 동작대교를 비롯해 다른 교량들이 무너졌으면 강을 건널 수단이 없어.

배가 운항하는 것도 아니고."

"주변에 나무들이 많잖아? 정 안 되면 그것들을 베서 뗏목이라도 만들면 되지 않을까?"

인호가 걱정하자 아무렇지 않다는 듯 말하는 현주. 그러자 진수가 이의를 제기했다.

"뗏목은 너무 위험합니다. 현 상황을 볼 때, 강에도 몬스터가 있을 확률이 높습니다. 전투가 일어나면 금방 부서질 겁니다."

"물속에서 괴수와 싸우는 건 피해야 해요. 설령 괴수의 등급이 낮다 해도 상대하기 까다롭거든요."

진수에 이어 잔까지 반대했다. 영웅까지 힘들다고 말한 이상, 뗏목을 타고 움직이는 계획은 파기해야 했다. 허나 현주는 실망하지 않고 바로 대안을 제시했다.

"여의나루역을 통하는 게 어때? 내가 알기로 마포역까지 하저터널을 통해 연결되어 있어. 빙 돌아가는 것도 모자라 던전 두 개를 통과해야 하지만 어차피 시간도 많으니 상관없잖아?"

"그건 그렇지. 여의나루역까지 가면서 멀쩡한 다리가 있는지 찾아도 보고."

던전 두 개를 통과하는 건 아무것도 아니었다. 투쟁의 시대 첫날에도 아무렇지 않게 돌파하지 않았던가?

"마지막 문제는 뭡니까, 대표님?"

"현충원입니다."

국립현충원 또한 던전이 될 자격을 갖췄다. 그러니 클랜이 자리를 잡았을 확률이 높았다. 특히 그곳에 주둔하던 경비업체가.

"예술의전당에서 입장권을 얻은 건 우리 동맹과 세화 클랜뿐입니다. 그렇다고 놈들이 강북에 있는 던전에서 입장권을 얻었을 확률은 없으니, 반드시 길목을 막을 겁니다."

"던전 브레이크 때 몬스터들이 동작대로를 통해 왔잖아? 아마 그때, 휩쓸려 가지 않았을까 싶은데?"

백진수가 말하자 현주가 이의를 제기했다. 그녀의 말은 분명 일리가 있었지만 이번에는 인호가 부정했다.

"카를 프란츠는 우리의 피를 노리기 위해 다른 던전들은 다 무시했다고 했어. 아마 그쪽은 멀쩡할 가능성이 높아."

"그게 또 그렇게 되나? 그럼 싸워야지 뭐. 겸사겸사 던전도 하나 얻고."

시원하게 웃으며 말하는 현주. 그 모습을 준경이 미친 듯이 웃기 시작했다.

─하하하! 역시 네 누이가 최고다! 수많은 여인을 봤지만, 이토록 화끈한 이는 본 적이 없다. 4성도 됐겠다, 제대로 소개를……─

'넌 좀 빠져라.'

가볍게 준경의 말을 무시한 인호는 진수와 잔을 응시했다.

"현충원을 얻으면 서울의 어디든 갈 수 있게 됩니다. 요지인 만큼 이번 기회에 차지하는 게 저희에게 도움이 될 겁니다."

"결정됐군요. 출발은 내일 오전 7시에 하도록 하겠습니다. 다들 오늘 푹 쉬시길 바랍니다."

이틀 동안 싸우기만 했다. 아무리 영웅화가 진행되고 레벨이 상승했다 해도 휴식이 필요했다. 육체적 피로는 해소됐어도 정신적 피로는 여전했으니까.

"알겠습니다."

"너도 푹 쉬어."

"쉬세요, 오빠."

세 사람은 인호에게 말을 남기고는 코어룸을 나섰다. 홀로 남은 그는 준경을 불렀다.

"꿈속에서 대련을 부탁한다."

-괜찮겠나? 지금은 쉬는 게 낫다고 보는데-

"정리하고 싶은 게 있다. 쉬는 건 그 이후에 해도 된다."

메인 퀘스트와 전투를 통해 얻은 것들을 자신의 것으로 만들 필요가 있었다. 그런 그의 각오를 읽은 준경은 고개를 끄덕였다.

-오냐. 얼마나 강해졌는지 확인해주지-

"잘 부탁한다."

대답을 마친 인호는 다시금 각오를 다졌다.

어떤 위기가 오든 반드시 뛰어넘겠다고.

〈4권에서 계속〉

영웅으로 레벨업 3

초판 1쇄 발행   2019년 10월 30일

저자 달필공자
그림 Sila

디자인 윤아빈
주간   홍성완
마케팅 정다움, 김서희

발행인 원종우
발행처 (주)이미지프레임

주소 (13814) 경기도 과천시 뒷골1로 6, 3층
영업부 02-3667-2653   **편집부** 02-3667-2654   **팩스** 02-3667-2655
메일 edit03@imageframe.kr   **웹** vnovel.co.kr

ISBN 979-11-6085-957-7 04810   (세트) 979-11-6085-928-7 04810

V +048

글 : 퉁구스카 / 그림 : MARCH

가격 : 10,000원